哑巴与春天／农具的眼睛／昆虫的天网／蚊烟中的往事／采山的人们／光与影／动物们／邻里间的围栏／故乡的吃食／棺材与竹板／露天电影／五花山下收土豆的人／伐木小调／暮色中的炊烟／年画与蟋蟀／寻石记／会唱歌的火炉／傻瓜的乐园／木匠与画匠／我的世界下雪了／女人的手／女人与花朵／暗夜飞霞／灯祭／留名／遗忘／尽头／一只惊天动地的虫子

中华散文珍藏版

迟子建散文

人民文学出版社

图书在版编目(CIP)数据

迟子建散文/迟子建著.—北京:人民文学出版社,2015
(中华散文珍藏版)
ISBN 978-7-02-011014-8

Ⅰ.①迟… Ⅱ.①迟… Ⅲ.①散文集—中国—当代 Ⅳ.①I267

中国版本图书馆 CIP 数据核字(2015)第 150137 号

责任编辑　杨　柳
装帧设计　刘　静
责任印制　王景林

出版发行　人民文学出版社
社　　址　北京市朝内大街 166 号
邮政编码　100705
网　　址　http://www.rw-cn.com

印　　刷　三河市延风印装有限公司
经　　销　全国新华书店等

字　　数　204 千字
开　　本　880 毫米×1230 毫米　1/32
印　　张　9.375　插页 3
印　　数　13001—16000
版　　次　2008 年 1 月北京第 1 版
印　　次　2017 年 11 月第 3 次印刷

书　　号　978-7-02-011014-8
定　　价　32.00 元

如有印装质量问题,请与本社图书销售中心调换。电话:010-65233595

作者像

当我童年在东北的北极村的时候，因为不知道"山外有山，天外有天"，我认定世界就北极村这么大。当我成年以后到过了许多地方，见到了更多的人和更绚丽的风景之后，我回过头来一想，世界其实还是那么大，它只是一个小小的北极村。
————《我的梦开始的地方》

看夜有多黑，就有多么光明的心；世界有多寒冷，就有多么如火的激情！
————《白雪红灯的年》

我心目中的伟大作品，就是这种经过了跋涉千万次的"涛湫"，抵达了真正梦想之境的史诗！一个作家要有伟大的胸怀和眼光，这样才可以有非凡的想象力和洞察力。我们不可能走遍世界，但我们的心总在路上，这样你即使身居陋室，心却能在千山外！最可怕的是身体在路途上，心却在牢笼中！
————《心在千山外》

作者手迹

出版说明

为了全面展示 20 世纪以来中华散文的创作成就，我社于 2005 年 4 月编辑出版了《中华散文插图珍藏版》系列。到目前为止，已经出版了四辑五十位现当代文学大家的散文集，其目的是要将"五四"新文学革命以来近百年间的中华散文做一次全方位的展现和总结。为此，该系列书也成了"人文版"散文的标志性出版物，在作家、读者和图书市场中产生了极大的影响。

这套《中华散文珍藏版》是在此基础上的精选，宗旨是进一步扩大散文的社会影响力，优中选优，精益求精，为读者，特别是青年读者提供一套散文阅读范本。

人民文学出版社一直秉承读者至上、质量第一的出版原则，但愿这套书的编辑出版，能为多元思潮中的人们洒下一捧甘霖。

人民文学出版社编辑部

目　录

哑巴与春天 …………………………………………… 1
农具的眼睛 …………………………………………… 4
昆虫的天网 …………………………………………… 7
蚊烟中的往事 ………………………………………… 10
采山的人们 …………………………………………… 14
光与影 ………………………………………………… 18
动物们 ………………………………………………… 22
邻里间的围栏 ………………………………………… 26
故乡的吃食 …………………………………………… 30
棺材与竹板 …………………………………………… 34
露天电影 ……………………………………………… 38
五花山下收土豆的人 ………………………………… 42
伐木小调 ……………………………………………… 46
暮色中的炊烟 ………………………………………… 51
年画与蟋蟀 …………………………………………… 55
寻石记 ………………………………………………… 59
会唱歌的火炉 ………………………………………… 61
傻瓜的乐园 …………………………………………… 64
木匠与画匠 …………………………………………… 67

我的世界下雪了 ……………………………………… 70

女人的手 ……………………………………	75
女人与花朵 …………………………………	78
暗夜飞霞 ……………………………………	81
灯祭 …………………………………………	83
留名 …………………………………………	87
遗忘 …………………………………………	91
尽头 …………………………………………	94
一只惊天动地的虫子 ………………………	98
祭奠鱼群 ……………………………………	101
木器时代 ……………………………………	104
家常豆腐 ……………………………………	107
苍苍琴 ………………………………………	110
红绿灯下 ……………………………………	113
白雪红灯的年 ………………………………	116
北方的盐 ……………………………………	119
中国北极的天象 ……………………………	122
远去的邮车 …………………………………	124
马背上的民族 ………………………………	126
午夜的费穆与伯格曼 ………………………	128
朗诵与逆向思维 ……………………………	130
食物的"后宫" ………………………………	133
时间怎样地行走 ……………………………	136
我们到哪里去散步 …………………………	139
时远时近的光 ………………………………	142
雪山的长夜 …………………………………	144
我的梦开始的地方 …………………………	148
在温暖中流逝的美 …………………………	153
窗里窗外的世界 ……………………………	156

是谁扼杀了哀愁……………………………… *159*
那些不死的魂灵啊……………………………… *162*
这个时代还需要神话吗………………………… *165*
多美的夜色啊…………………………………… *168*
心在千山外……………………………………… *171*
狗屎与鲜花……………………………………… *173*
寒冷也是一种温暖……………………………… *176*
两个人的电影…………………………………… *179*
竹园的花朵……………………………………… *183*

阿央白…………………………………………… *185*
伤怀之美………………………………………… *188*
周庄遇痴………………………………………… *193*
鲁镇的黑夜与白天……………………………… *198*
紫气中的烟火…………………………………… *204*
山水豆花………………………………………… *208*
从此岸到彼岸…………………………………… *212*
尼亚加拉的彩虹………………………………… *215*
石头与流水的巴黎……………………………… *220*
最苍凉的海岸…………………………………… *223*
艺术之"缘"……………………………………… *228*
生命中不能承受之"重"………………………… *231*
酒吧中的欧洲杯………………………………… *233*
邦迪海滩的驯犬者……………………………… *237*
风景……………………………………………… *240*
非洲木雕的"根"………………………………… *243*
农事博览会……………………………………… *245*
光明于低头的一瞬……………………………… *250*

最深的湖水 …………………………………………… 253
看花的姿态 …………………………………………… 256
今日水犹寒 …………………………………………… 260

哑巴与春天

最惧怕春风的,莫过于积雪了。

春风像一把巨大的笤帚,悠然扫着大地的积雪。它一天天地扫下去,积雪就变薄了。这时云雀来了,阳光的触角也变得柔软了,冰河激情地迸裂,流水之声悠然重现,嫩绿的草芽顶破向阳山坡的腐殖土,达子香花如朝霞一般,东一簇西一簇地点染着山林,春天有声有色地来了。

我的童年春光记忆,是与一个老哑巴联系在一起的。

在一个偏僻而又冷寂的小镇,一个有缺陷的生命,他们的名字就像秋日蝴蝶的羽翼一样脆弱,渐渐地被风和寒冷给摧折了。没人记得他的本名,大家都叫他老哑巴。他有四五十岁的样子,出奇的黑,出奇的瘦,脖子长长的,那上面裸露的青筋常让我联想到是几条蚯蚓横七竖八地匍匐在那里。老哑巴在生产队里喂牲口,一早一晚地,常能听见他铡草的声音,嚓——嚓嚓,那声音像女人用刀刮着新鲜的鱼鳞,又像男人抡着锐利的斧子在劈柴。我和小伙伴去生产队的草垛藏猫儿时,常能看见他。老哑巴用铁耙子从草垛搂下一捆一捆的草,拎到铡刀旁。本来这草是没有生气的,但因为有一扇铡刀横在那儿,就觉得这草是活物,而老哑巴成了刽子手,他的那双手令人胆寒。我们见着老哑巴,就老是想逃跑。可他误以为我们把草垛蹬散了,他会捉我们问责,为了表示他支持我们藏猫儿,他挥舞着双臂,摇着头,做出无所谓的姿态。见我们仍惊惶地不敢靠前,他就本能地大张着嘴,想通过呼喊挽留我们。但见他喉结急剧蠕动,嗓子里发出"呃呃"的如被噎住似的沉重的气促声,但他却说不出一句话来。

老哑巴是勤恳的,他除了铡草、喂牲口之外,还把生产队的场院打扫得干干净净。冬天打扫的是雪,夏天打扫的是草屑、废纸和雨天时牲畜从田间带回的泥土。他晚上就住在挨着牲口棚的一间小屋里。也许人哑了,连鼾声都发不出来,人们说他睡觉时无声无息的。老哑巴很爱花,春天时,他在场院的围栏旁播上几行花籽,到了夏天,五颜六色的花不仅把黯淡陈旧的围栏装点出了生机,还把蜜蜂和蝴蝶也招来了。就是那些过路的人见了那些花儿,也要多望上几眼,说,这老哑巴种的花可真鲜亮啊,他娶不上媳妇,一定是把花当媳妇给伺候和爱惜着了!

有一年春天,生产队接到一个任务,要为一座大城市的花园挖上几千株的达子香花。活儿来得太急,人手不够,队长让老哑巴也跟着上山了。老哑巴很高兴,因为他是爱花的。达子香才开,它们把山峦映得红一片粉一片的。人们说老哑巴看待花的眼神是挖花的人中最温柔的。晚上,社员们就宿在山上的帐篷里。由于那顶帐篷只有一道长长的通铺,男女只能睡在一起。队长本想在通铺中央挂上一块布帘,使男女分开,但帐篷里没有帘子。于是,队长就让老哑巴充当帘子,睡在中间,他的左侧是一溜儿女人,右侧则是清一色的男人。老哑巴开始抗议着,他一次次地从中央地带爬起,但又一次次地在大家的嬉笑声中被按回原处。后来,他终于安静了。后半夜,有人起夜时,听见了老哑巴发出的隐约哭声。

从山上归来后,老哑巴还在生产队里铡草。一早一晚地,仍能听见铡刀"嚓——嚓嚓——"的声响,只不过声音不如以往清脆,不是铡刀钝了,就是他的气力不比从前了。那一年,他没有在场院的围栏前种花,也不爱打扫院子,常蜷在个角落里打瞌睡。队长嫌他老了,学会偷懒了,打发了他。他从哪里来,是没人知道的,就像我们不知他扛着行李卷又会到哪里去一样。我们的小镇仍如从前一样,经历着人间的生离死别和大自然的风霜雨雪,达子香花依然在春天时静悄悄地绽放,依然有接替老哑巴的人一早一晚地为牲口铡着草料,但我们总觉得少了点什么。原来这小镇是少了一个沉默的人——

一个永远无法在春天中歌唱的人!

农具的眼睛

看一个农民的活计做得是否地道,打量他家的农具便知晓了。

农具一般被放置在仓棚中,或者被挂在山墙上。放在仓棚中的,是镐头、犁杖、铁齿子和钐刀,而挂在山墙上的,是耙子、锄头和镰刀。农具似乎与树木有着亲缘关系,农具的把儿几乎都是木柄制成的。你能从光滑的农具把儿上,看到树的花纹和节子。那些大大小小的木节一个个圆圆的,有黑色的,也有褐色的,好像农具长了眼睛似的。

农具当中,我最憎恨的就是犁杖了。有了它,我们就得干牛做的活儿。由于家中没养牲口,用犁杖耕田时,我爸爸就把我们姐弟三人当成牛,套在犁杖上,让我们拉犁。我一拉犁就有屈辱的感觉,常常是直着腰,只把绳子轻飘飘地搭在肩头。这时父亲就会在后面叫着我的乳名打趣我,说我真不简单,能把绳子拉弯了。我父亲是山村小学的校长,曾在哈尔滨读中学,会拉小提琴,他那双手在那个年代既得写粉笔字,又得摸农具,因为我们上小学时,学工学农的热潮风起云涌,我们每周都要到生产队的田地里劳作一两次。而且,家家户户又都拥有园田,种植着各色菜蔬,自给自足,所以无论大人还是孩子,没有没摸过农具的。

农具当中,我不厌烦的是锄头和镰刀。锄头的形态很像道士帽,所以你若把它倒立着,俨然是一个清瘦的道士站在那里。锄头既可用于铲除庄稼中的杂草,又可给板结的田地松土。我扛着锄头去田间劳作,一般是到土豆地里去了。土豆一般要铲三次,人们称之为"头趟、二趟、三趟"。没打垄前铲头趟,那时苗才出齐不久,土豆秧矮矮的,杂草极好清除,半天的时间,一片地就会铲完了。铲二趟的时候呢,那是在土豆打垄之后,粉的、白的、蓝的,土豆花也开了,杂草与土豆秧争夺生长的空间,这时就得抡起锄头"驱邪扶正"。到了铲三趟的时候,闷在土里的早熟的土豆已有把泥土顶破了的,这时稗草疯长,有的和秧苗缠绕在一起,颇有"绑票"的意味,想把秧苗一并拖垮,这时候为土豆清除"异己"就显得尤为重要了。所以,铲三趟的时候最累,有时候你得撇下锄头,亲手一下一下地把纠缠在土豆秧身上的杂草摘除。我喜欢铲二趟,我爱那些细碎的土豆花,它们会招来黄的或白的蝴蝶,感觉是在花园中劳作。干活乏了小憩的时候,躺在被阳光照耀得发烫的泥土中,感受着如丝绸一样柔曼滑过的清风,惬意极了。清风拍打着土豆花,土豆花又借着风势拍打着我的脸颊,那些娇柔玲珑的花朵如蜜蜂一样蜇着了我,让我脸颊发痒,那是一种多么醉人的痒啊。渴了的时候,我会到田边草丛中采上几支酸浆来吃,它长得跟竹子一样,光滑的身子,细长的叶片,它的茎能食用,酸甜可口,十分解渴,我铲地时就不背水壶,因为酸浆早已存了满腹的清凉之汁等着我享用。

  我父亲是个知识分子,他伺候庄稼的本事与他的教学本领是无法相提并论的。我们家的地不是因为施肥过少而使庄稼呈现一派萎靡之气,就是垄打得歪歪斜斜的,宽的宽,窄的窄,白菜和豆角往往长着长着就露出根茎,阻碍了它们的成长,所以进了我家园田的庄稼,很像是被送入孤儿院的弃婴,命运总是不大好。我就不止一次听见邻人在路过我家的田地时,发出的"啧啧"的叫声,那不是赞赏的"啧啧"声,而是惋惜,好像我们辜负了那肥沃的田地似的。我们家的农具,也因而比别人家的要邋遢许多,锄头上锈迹斑斑,镐头和犁杖上携带的尘土足够蓄一只花盆的,镰刀钝得割草时草会发出被剧烈撕扯的痛苦的叫声,如乌鸦一样呀呀呀地叫,而不是锋利的镰刀割草时所发出的刷刷刷的如流水一样的声音。而那些地道的农家,农具总是被磨得雪亮,拾掇得利利索索的,该放仓棚的就放在仓棚里,该挂在山墙上的就挂在山墙上,不似我们家的农具,一律被堆置在墙角,任凭风雨侵蚀,如一群衣衫褴褛的乞丐。即便如此,我还是热爱我们家的农具,热爱它的愚钝和那满身岁月的尘垢。

我喜欢镰刀,是因为割猪草的活儿在我眼中是非常浪漫的。草甸子上盛开着野花,你割草的时候,也等于采着花了。那些花有可供观赏的,如火红的百合和紫色的马莲花,还有供食用的,如金灿灿的黄花菜。用新鲜的黄花菜炸上一碗酱,再下上一锅面条,那就是最美妙的晚饭了。我打草归来,肩上背的是草,腰间别的是镰刀,左手可能拿的是一束马莲,右手握的就是黄花菜了。所以我觉得猪的命运也不算坏,它一天到晚除了吃就是睡,窝里絮的草还来自于芳菲的大草甸子,比耕田的牛马要有福气,可惜它的命太短太短了。看来单纯为了人的口福而生存的动物,总是薄命的。

我们家在山村小镇使用过的那些农具,早已失传了。它们也许流失到别人手中,依然被农人的手把握着,春种秋收;也许它们已经在被废弃的老屋中静悄悄地腐烂了,成了一堆废铁。但我忘不了农具木把儿上的那些圆圆的节子,那一双双眼睛曾打量过一个小女孩如何在锄草的间隙捉土豆花上的蝴蝶,又如何在打猪草的时候将黄花菜捋到一起,在夕阳下憧憬着一顿风味独具的晚饭。我可能会忘记尘世中我所见过的许多人的眼睛,那些或空洞或贪婪或含着嫉妒之光的眼睛,但我永远不会忘记农具身上的眼睛,它们会永远明亮地闪烁在我的回忆中,为我历经岁月沧桑而渐露疲惫、忧郁之色的眼睛,注入一缕缕温和、平静的光芒。

昆虫的天网

与我交恶的昆虫,当首推蜜蜂了。在我的记忆中,它们就是一群隐藏在林间草畔的奸细,当你还欣赏它的雍容华贵之美时,它会出其不意地对你反戈一击,把你蜇得鼻青脸肿的。

蜜蜂确实很漂亮,它那细密的黑白间杂的绒毛就像贵妇人穿着的天鹅绒晚礼服,高贵而典雅,所以尽管它的身躯没有蝴蝶大,但是飞起来仍然给人姿态娴雅的感觉。蜜蜂喜欢群居,它们一旦飞出来,就是密密麻麻的一片。

我被蜜蜂狠狠蜇过两次,一次是七岁的夏天,妈妈带着我们姐弟三人回北极村的姥姥家,快乐地玩耍了十几天后,当离别的时刻到来时,妈妈告诉我,我将被留在姥姥家里。我抗议,把一把筷子摔在丰盛的告别席上。饭后我怀着一线希望跟着亲戚们到船站送行,当我看着一艘轮船载着妈妈、姐姐和弟弟远去,我被真真切切地留在岸边时,有一种被遗弃的屈辱感,泪水扑簌簌地落了下来。为了表达我的不满,从码头回姥姥家时,我故意不走人走的路,到路边的柳树丛中蹚着草走,不幸就是在这时降临的,我不小心撞着了一个马蜂窝,倾巢而出的小黑绒球伸出锋利的触角,把我蜇得如入地狱般的痛苦,我的身上伤痕累累,最后只得由心疼得唏嘘落泪的姥姥给背回家去。从此后,即使看到在花间采蜜的没有攻击性的蜜蜂,我也没有好感。姥姥家仓房的屋檐下,吊着一个蜂窝,虽然按姥姥的说法蜇我的蜜蜂早就自绝了性命,但我觉得它们也不是什么好货色,为了报复它们,有一回我把自己武装到牙齿,将裤管和袖筒系紧,戴上手套和蚊帽,将脖颈和脚腕用毛巾裹上,让自己的皮肉无一处裸露,然后手执一个长杆,痛快淋漓地捣毁了那个蜂窝。家中有蜜蜂做巢,与燕子前来筑巢一样,被看作吉祥的象征,我捅了蜂窝,姥姥的忧伤可想而知了。那个掉下的蜂巢里还存有蜂蜜,虽然亲戚们并未深入责备,但我觉得自己是打碎了一个蜜罐,有些愧得慌。

另一次被蜜蜂袭击,是我回到母亲身边的时候,大约有十一二岁的样子吧。我挎着篮子去山中采都柿,先是不慎掉进一个塌陷了的坟坑中,胆战心惊地爬上来后不久,就撞上了一个吊在白桦树上的蜂窝,这回的敌人比较喜欢我的屁股,专朝那里蜇,使我在归家途中步履蹒跚。

蜜蜂对我的两次围剿,使我至今对它们也没有好印象,看来仇恨在疼痛中已经不知不觉地做下了。

昆虫中最美丽也是最令我喜爱的,就是蝴蝶了。蝴蝶翅膀阔大,颜色妖娆,飞起来飘飘忽忽、风情万种的,比摇曳的流星还要炫目。当蝴蝶落在花朵上时,它就像还没有把旌旗展开的旗手一样,四翅竖立在背部,有一种静穆之美;而当它在阳光中展开羽翼,临风起舞时,它俨然就是一个盛装的新娘,人见人爱。蝴蝶有大有小,小的蝴蝶多是白色和黄色的,喜欢在庄稼地里翻飞;而大的蝴蝶以蓝色和紫色的居多,它们选择的生存领地多是茂密的林间和屋前成片的花圃。我最喜欢一种紫蝴蝶,它羽翼丰满,艳而不俗,紫色的羽翼上生有金红色的圆点和湖泊形态的白色斑点,我常常捉这种蝴蝶。我捉蝴蝶,可不像宝钗似的要用扇子去扑,扇子太金贵了,使不起,而且在我看来用它也极难扑到蝴蝶。我扑蝴蝶,把身上穿的布衫脱下来即是。蝴蝶不像蜻蜓似的可以高飞,所以也比较好扑。只不过有时候在花圃上扑它时,会连带着打落几朵花;在山中扑它时,布衫会被树枝剐出一道口子,为此而会遭到大人的责骂。但不管怎么说,蝴蝶是捉到手了。其实蝴蝶静止之时,你赤手空拳也能将它捉到。你屏住气息,慢慢向它靠近,冷不丁地伸出手指,在它还耸身为花朵的馥郁甜美而陶醉时,它那脆弱的翅膀已经被牢牢地按住了。到了手的蝴蝶基本都活着,它们的命运有三种,要么被放到透明的大玻璃瓶中继续欣赏它的美丽,要么把它活生生地压在书页中做标本,要么用大头针从它的身子当中穿过,将它钉在天棚的电灯旁。那后一种蝴蝶的命运可说是最悲惨了,为了让灯畔能有一圈的紫蝴蝶环绕着,我不知要用大头针扎死多少只蝴蝶,现在想来真是羞愧极了。

  昆虫当中,我还喜欢蝈蝈和蜻蜓。绿色的雄蝈蝈叫起来非常清脆,我们常把它塞在蝈蝈笼中,把它吊到窗前。阳光照射着它,它就叫得欢。它喜欢吃倭瓜花,我就每天早晨到倭瓜地里摘那些还带着露珠的金黄的花朵。蝈蝈之所以拥有一副金嗓子,大约与吃这种金黄色的花朵有关吧。至于爱在水边飞翔的蜻蜓,我最喜欢的是它胸部的背面那两对膜状的翅,那是真正透明的翅膀。我见过的蜻蜓多是白色的,但也有黑色、红色和蓝色的,让人觉得蜻蜓也是一种花朵,只不过它是盛开在水面上的游动着的花朵。

  昆虫也有它们的敌人,它们的敌人在我看来就是蜘蛛。蜘蛛是一种节肢动物,它圆头圆脑的,有细密的触须,它的肛门尖端能分泌一种黏液,而这黏液遇到空气后会凝结成丝,形成蛛网。蜘蛛用这张网就可以扑食昆虫。蛛网是透明的,隐蔽性强,有的悬在屋檐下,有的挂在豆角架上,还有的浮在树枝上,它们无疑就是撒向昆虫的一张张天网。飞翔着的昆虫在忘乎所以之时,往往就撞上了这张网,一命呜呼。我见过撞在蛛网上的蝴蝶和蜻蜓,它们被它紧紧缠住,脱身不得,让人怜惜。但是看到蜜蜂撞到蛛网上了,我就很解气,少年的我会指着它负气地说:坏东西,你也有今天啊!

蚊烟中的往事

如果是夏天,如果火烧云又把西边天映红了的话,我们喜欢将饭桌放置在院落里吃晚饭。当然,这时候必不可少的是笼蚊烟,因为傍晚的蚊子很活跃,你若不驱赶它,当你享受美味佳肴的时候,它也会叮我们的脸和胳膊,享受它的美味佳肴。

笼蚊烟其实很简单,先是用一蓬干树枝将火引着,让它燃烧一会儿,就赶紧抱来一捆蒿草,将它们均匀地散开,压在火上。这时丝丝缕缕的青烟就袅袅生起了,蚊子似乎很不习惯这股在我们闻来很清香的烟,它们远远地避开了。我们就可以轻松地吃晚饭了。

这样对着青翠的菜园和绚丽晚景的晚饭,是别有风味的。饭桌上通常少不了一碗酱,这酱都是自己家做的。每年二月二龙抬头的日子一过,寒风还在肆虐的时候,做酱的工作就开始了。家庭主妇们煮熟了黄豆,把它捣碎,等它凉透了,再把它们揉捏成砖头的形状,用报纸一层又一层地裹了它们,放置起来。这种酱块到了清明之后,自然风干了,将它身上已经脆了的报纸撕下来,将酱块掰开,放到酱缸里,对上水和盐,酱就开始了发酵的过程。酱喜欢阳光,所以大多数的人家不是把酱缸放在窗跟前,就是搁在菜园的中央,那都是接受阳光最多的地方。阳光和风真是好东西,用不了多久,酱就改变了颜色,由浅黄变为乳黄直至金黄,并且自然地把酱汁调和均匀了,香味隐约飘了出来,一些贪馋的人受不了它的诱惑,未等它充分发酵好,就盛着它吃

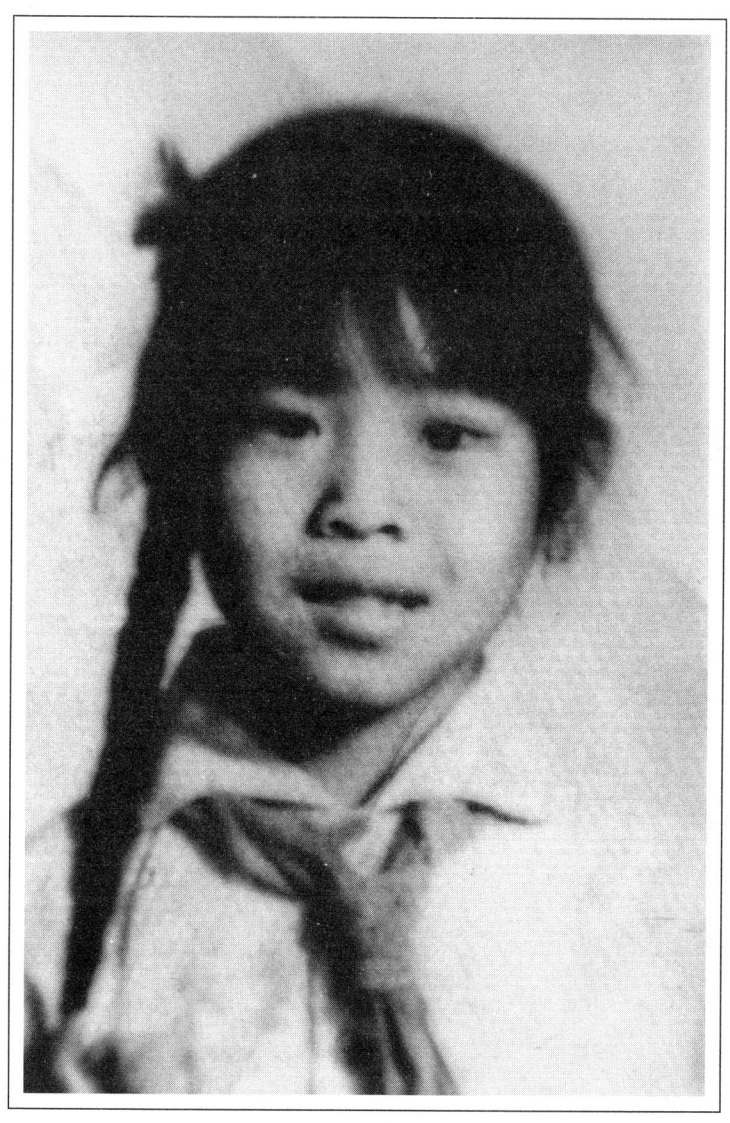

八岁，上小学

快乐童年（左为弟弟迟钝，右为姐姐迟超越，中间的那个丑小鸭，是我）

了。夏日的晚餐桌旁,占统治地位的就是酱了。那些蘸酱菜有两个来源:野地和菜园。野地的菜自然就是野菜了,比如明叶菜、野鸡膀子、水芹菜、鸭子嘴、老桑芹和柳蒿芽。野菜通常要在开水中焯一下,让它们在沸水中打个滚,捞出来,用凉水拔了,攥干了再吃。野菜中,我最爱吃的就是老桑芹,所以采野菜时,明明看到了大片的水芹菜和鸭子嘴,我还是会绕过它们,去寻觅老桑芹。很多人不喜欢吃老桑芹,说它身上有股子奇怪的气味,像药味,可我却格外青睐它。因为有了酱,就有了采野菜的乐趣,你可以堂而皇之地提着篮子,出了家门,就说是采野菜去了,你愿意在河边多流连一刻,看看浸在水中的柔软的云,是没人知道的;你愿意在山间偷偷地采一些浆果来吃,大人们依然是不知道的;反正有那么几种野菜横在篮子中,你就可以理直气壮地踏入家门。但野菜是分季节的,春季和初夏吃它们是可以的,等到天气越来越热的时候,它们就老了,柴了,吃不得了,这时候伺候晚餐桌上酱碗的,就得是园田中的蔬菜了。青葱、黄瓜、菠菜、生菜、香菜和小白菜水灵灵地闪亮登场了。园田中的菜适宜于生吃,只需把它们在清水中洗过就是。一家人围坐在饭桌旁,这个人拿棵葱,那个人拿棵菠菜,另一个人则可能把香菜卷上一绺,大家纷纷把这些碧绿的蔬菜伸向酱碗,吃得激情飞扬的,而此时蚊烟静静地在半空浮悬,晚霞静悄悄地落着,天色越来越黯淡,大家的脸上就会呈现出那种知足的平和表情。

　　我最钟情的酱,是炸鱼酱。鱼来自草甸子中的水泡子。水泡子里有鲫鱼、柳根和老头鱼。父亲用一根柳条杆为我做了根鱼杆,虽然它不直溜,但钓起鱼来却不含糊。我挖上一些蚯蚓,放到铁皮盒里用土养起来,做诱饵,然后扛着简陋的鱼杆和蚯蚓罐去了大草甸子。水泡子大都在芳香的草甸子上,面积不大,圆形或椭圆形,非常幽静,我择一个水深的地方,将鱼杆抛下去,静候鱼咬钩的时刻。只要鱼上钩了,鱼杆就会像闪电那样颤动着,这时候你轻轻收回鱼杆,随着银白的饵线露出水面,鱼也就跟着摇头摆尾地上岸了。我把逮住的鱼用铁丝穿上,重新上了蚯蚓,把饵线再次抛入水中。水泡子中的鱼不似河里的,它长不大,都是小鱼,而且由于是死水,鱼有股土腥味,所以决不能清蒸和调汤喝,只能放上浓重的调料煎炒烹炸。我钓回来的鱼,基本都是把它连着骨头剁成泥,舀上一碗黄酱,炸鱼酱吃了。只要晚餐桌上有一碗鱼酱,园田中的蔬菜就遭殃了,一盆青菜往往不够,再拔上一盆,可能还是不够,不把酱碗蘸得透出瓷器的亮色,我们的嘴是不会罢休的。当然,我去水泡子边钓鱼的次数屈指可数,一个是因为女孩子家,家长不放心我去;还有一个是我自己也恐惧去了,因为水泡子边的蚊子十分猖狂,一场鱼钓下来,我的脸上被咬得到处是包。终于,有一个学生溺死在水泡子,彻底结束了我的钓鱼活动。七十年代不是响应毛主席的号召,到大风大浪里锻炼成长吗?有一次体育老师就把学生带到水泡子,不管大家会不会游泳,一律给赶下水去,让他们经受风浪的洗礼。结果一个不会水的男生被洗礼得丢了性命,他被淹死了。他妈妈闻讯赶来,晕厥在岸边,从此她就常常念着儿子的名字,在水泡子边疯疯癫癫地走。人们说水泡子有了鬼,会缠人,就很少有人涉足了。我猜想那以后水泡子里的鱼也是寂寞的,因为它们听不到人类的脚步声了。

　　酱缸其实是很娇气的,它像小孩子一样需要精心呵护着。它的脸要蒙上一层白纱布,以防蚊虫飞进去,弄脏了它;它喜欢晒太阳,似乎还很害痒,要经常用一个木耙子捣一捣它,把它身上的白醭撇出去;它还惧怕雨水,所以酱缸旁通常要放着一块玻璃,一看雨要来了,就把它盖上去。我就很心疼家中的酱缸,有的时候在学校上课,一听到雷声轰隆隆地响起,就举手跟老师请假,撒谎说要上厕所,而我出了教室后会一路飞奔回家,冲进菜园,盖上酱缸。酱没被淋着,我却会在返回的路上被雨水打湿。

蚊烟稀薄的时候,火烧云也像熟透了的草莓似的落了。我们吃完了晚饭,天也就越来越陈旧,蚊子又三三两两地回来了。我们把饭桌撤了,打扫干净笼蚊烟的灰烬,站在院子里盼着星星出来,或者是打着饱嗝去火炕上铺被窝。我还记得父亲酒足饭饱在院子中看天时,如果被飞回的蚊子给咬着了,他会得意地喊我妈妈出来,说他很招人稀罕,母蚊子又啃他的脸了!我们那时就都会发出快意的笑声,以为爸爸在开玩笑。长大后我才知道,父亲说得也没错,吸食人的血液的确实都是雌蚊,而雄蚊吮吸的则是植物的汁液。如今曾说过这话的父亲早已和着缥缈的蚊烟去另一个世界了。菜园依然青翠,火烧云也依然会在西边天燃烧,只是一家人坐在院落中笼起蚊烟吃晚饭的岁月一去不复返了,让我在回忆蚊烟的时候,为那股亲切而熟悉的气息的远去而深深地怅惘着。

采山的人们

山在我眼中就是一个大的果品店,你想啊,春天的时候,你最早能从那吃到碧蓝甘甜的羊奶子果,接着,香气蓬勃的草莓就羞红着脸在林间草地上等着你摘取了。草莓刚落,阴沟里匍匐着的水葡萄的甜香气就飘了出来,你当然要奔着这股气息去了。等这股气息随风而逝,你也不必惆怅,因为都柿、山丁子和稠李子络绎不绝地登场了,你就尽情享受野果的美味吧。

除了野果,山中还有各色菜蔬可供食用,比如品种繁多的野菜呀,木耳和蘑菇呀,让人觉得山不仅是个大的果品店,还是一个蔬菜铺子。但只要你稍稍再想一想,就知道它不单单是果品店和蔬菜铺子了,你若在山中套了兔子,打了野鸡和飞龙,晚餐桌上有了红烧野兔和一道鲜亮的飞龙汤,山可不就是个肉食店嘛!

如果这样推理下去的话,也可以把山说成一个饮品店,桦树汁和淙淙的泉水可以立刻为你驱除暑热,带来清凉;而且野刺玫和金莲花的花瓣又可以当茶来饮用。不过,在那些勤劳、朴素的人的心目中,山也许只是一个杂货铺子,桌子的腿折了,可以进山找一根木头回来,用工具把它修理成桌腿的形状;秋季腌酸菜时找不到压酸菜的石头了,就可以去山中的河流旁扛回一块。而山在那些采药材的人的心目中又会是什么样子呢?定是个中药铺子无疑!

山真的是无奇不有,无所不能。我们那些居住在山里的人家,自然就过着靠山吃山的日子。没有采过山的人几乎是不存在的。而由于我自幼就是个饕餮之徒,所以我进山采的都是与吃有关的东西。

野果中,最令人陶醉的就是草莓了。它的甜香气像动人的音乐一样,能传播到很远很远的地方。有的时候闻着它,比吃它还要美妙,所以常常是采了草莓果归来,会用线绳绑上一绺,吊它到窗棂上,让它散播香气。只一天的工夫,满屋子就都是它的气息了。

我记忆最深的野果,是都柿,它可以当酒来吃。都柿是一种最常见的浆果,它们喜欢生长在林间的矮树丛中,而且向阳山坡上的比背阴山坡上的要广泛。都柿秧都是矮株的,一尺那算是高的了,通常的只有筷子那般高,它们春天开粉色或者白色的小花,花谢便做果,果实先是青的,像一颗颗的绿豆。随着阳光照临次数的增多和暖风持续的吹拂,都柿渐渐地长成云豆那么大,并且改变了颜色,穿上了一身蓝紫色的衣衫,看上去气质不俗。这果实一进夏天就可吃,不过有点酸,到了晚夏时节,它就分外的甘甜了。它的浆汁可以染蓝你的嘴唇,而且,它是浆果中惟一能把人醉倒的,你吃上一捧、两捧甚至是一碗也许还心明眼亮的,但如果你一连气吃了两三海碗的话,你就眯着眼打盹,等着见周公去吧。有一回我和几个小伙伴去山中采都柿,我挎了一只维得罗(当地人对一种底小肚大口深的小铁桶的称呼,由俄语音译而来),我们很幸运地找到了一片都柿甸子,都柿稠密不说,品质也上乘,又大又甜的,我一边往维得罗里采,一边往自己的口中采,等维得罗满了的时候,我已吃花了眼。但见那片都柿还有许多未被摘取的沉甸甸地压在枝头,它们一个个眼儿妩媚地多情地望着我,似乎在等待你的亲吻。没有器皿再盛它们了,干脆就把自己的肚子当维得罗算了,我坐在都柿甸中,美美地吃了起来,直吃得舌头麻木了,目光发飘了,小伙伴吆喝我该出山回家了,这才罢休。由于吃醉了,我步态飘摇,挎着的维得罗就像只魔术盒子一样,在我眼前一会儿发出蓝色的幽光,一会儿又发出玫瑰色的柔光,再一会儿呢,发出的是银白色的冷光。我像傻瓜一样嘻嘻乐着,被都柿的魔法给彻底击中了。我还记得好不容易上了公路,太阳已经西沉了,我觉得自己是踩着一条金光大道回家,很得意。在路口迎候着我的家人,远远看见了我蛇行的步态,知道我是吃醉了,而我迷离恍惚的样子遭到了同伴的耻笑。

采山也不总是浪漫的。比如有人采都柿时着上了草爬子,就很倒霉。草爬子专往人的软组织里叮,而且有一些是有毒的,能致人于死地。你采山归来,若是觉得腋窝和腿窝发痒,就绝对不能掉以轻心了,要赶紧脱光了衣服仔细检查,否则它会钻进你的皮肉中去。我就见邻居的一位大娘让草爬子给叮在了腋窝的地方,她抬着胳膊,她的家人擎着油灯照着亮儿,用烟头烧那只已把触角探进皮肉中去的草爬子。我发现一些坏东西很怕火,比如狼,比如草爬子,怪不得传说中做坏事的人死后要下地狱,原来地狱中也是有火的啊。

当然,被草爬子和蛇袭击的毕竟是少数,而且你可以在上山前采取预防措施,如将裤腿和袖管系牢,让它们无孔而入,所以不必在采山时过分地提心吊胆。当然,也有人在采山时出了大事故的。比如一个姓周的年轻男人,他采木耳时遇见了熊,尽管他聪明地躺下来装死,爱吃活物的熊丧失了吃他的欲望,但它还是在离开前拍了他的脸一下,大约是与他做遗憾的告别吧。熊掌可非人掌,这一巴掌拍下去,姓周的半边脸就没了,他丢了魂魄不说,还丢了半边脸和姓名,从此后大家都叫他周大疤瘌,因为他痊愈后凹陷的那半边脸满是疤痕。

还有一个采山人是不能不说的,她姓什么,我们并不知道,她丈夫姓王,大家就叫她老王婆子。她个子矮矮的,扁平脸,小眼睛,大嘴,罗圈腿,走路一拐一拐的,屁股大如磨盘,所以你若是走在她背后,等于看一头跛足的驴拖着磨盘在行走。老王婆子平素不爱与人往来,不是待在她家的屋子里,就是劳作在菜园。她是个山里通,知道什么节气长什么,更知道山货都生长在什么地方。她采山,永远都是单枪匹马的。她采木耳最拿手,只要是阴雨连绵了两三天,一晴了天,她就进山了。谁也不知她去哪里了,可她晚上总是满载而归,颤颤巍巍的肥厚的黑木耳能晒满房盖,让路者垂涎欲滴、羡慕不已。不过你要是打探她在哪儿采回来的,她总是很冷淡地说"山里",她说的也没错,但其实等于白说。曾经有人悄悄在她采山时尾随到她身后,可她进山后总是能巧妙地把他们给摆脱了,那些宝贝山货的栖息之地成了永远的谜。为了这儿,她在我们那个小镇的名声和人缘都不好。老王婆子的命运最后也是悲惨的,她未到老年就得了半身不遂,瘫倒在炕上,再也无法采山去了。很多人解气地说,这是报应,让最能采山的自私的人进不了山,她等于是看着金山,却无法把它揣在怀里,那种凄凉和痛苦可想而知了。

关于采山人的故事还有很多,比如各自都有家室的男女互相看上了,在小镇里没机会成就好事,就借着采山的由头,去绿树清风中偷情,被人给撞见;再比如一个受婆婆欺负的小媳妇不敢在家中发泄不满,上山后择一个无人的地方,就是一通哀哀地哭,让听到的人以为鬼在嚎;再比如采山人迷了山,两天两夜下不来山,他的家人就组织亲戚举着火把上山寻找,而迷山的人呢,他却迷在离村落不足一里的地方,如同被灌了迷魂汤,就是分不清东南西北了,成为大家的笑料。那些老一辈的采山人,大都已经故去了。他们被埋在他们采山经过的地方,守着山,就像守着他们的家一样。

光 与 影

　　光肯定不单单是为了黑暗而存在的,因为光也生长在光明的时刻。比如白昼时大地上飞舞的阳光,它就是光明中的光明。当然,大多的光是因了黑暗的存在而存在的,生长这样光明的物品有:蜡烛、油灯、马灯、电灯泡、灯笼、篝火等等。月亮和星星无疑也是生长在黑暗中的光明,但它们可能是无意识地生长的,所以对待黑暗的态度也相对宽容些。月亮有圆有缺,即使它满月时,也可能一头扎进乌云的大厚被子中蒙头大睡,全不管有多少夜行人等待它的光明。星星呢,它们的光暗淡的时候多于明亮时,所以人类想借助它们的光明,是不大容易的。

　　我记忆最深的光,是烛光。上小学的时候,山村还没有通电,就得用烛光撕裂长夜了。那时供销社里卖的最多是蜡烛,蜡烛多是五支一包,用黄纸裹着。当然也有十支一包的,那样的蜡烛就比较细了。蜡烛白色的居多,但也有红色的,人们喜欢买上几包红蜡烛,留到节日去点。所以供销社里一旦进了红蜡烛,买它的人就会挤破门槛。在那个年代,蜡烛是完全可以作为礼品送人的。正月串亲戚的人的礼品袋中,除了鸡、鸭、罐头和布匹外,很可能就会有几包蜡烛。懂得节省的人家,一支蜡烛能使上四五天,只要月亮的光能借上,他们就会敞开门窗,让月光奔涌而入,刷碗扫地,洗衣铺炕。我最爱做的,就是剪烛花。蜡烛燃烧半小时左右,棉芯就会跳出猩红的火花,如果不剪它,费蜡烛不说,它还会淌下串串烛泪,脏了蜡烛。我剪烛花,不像别人似的用剪刀,我用的是自己的手,将大拇指和二拇指并到一起,屏住气息探进烛苗,尖锐的指甲盖比剪刀还要锋利,一截棉芯被飞快地掐折了,蜡烛的光焰又变得斯文了。我这样做,从未把手烧着,不是我肉皮厚,而是做这一切眼疾手快,火还没来得及舔舐我。烧剩的蜡烛瘦着身子,但它们也不会被扔掉,女孩子们喜欢把它们攒到一起,用一个铁皮盒盛了,坐到火炉上,溶化了它们,采来几枝干树枝,用手指蘸着滚烫的烛油捏蜡花。蜡花如梅花,看上去晶莹璀璨,有喜欢粉色的,就在蜡烛中添上一截红烛,溶化后捏出的蜡花就是粉红色的了。在那个年代,谁家的柜子和窗棂里没有插着几枝蜡花呢! 看来光的结束也不总是黑暗,通过另一种渠道,它们又会获得明媚的新生。

　　光中最不令我喜欢的就是阳光了。往往我还没有睡足呢,它就把窗户照得雪亮了。夏天的时候,它会晃得你睁不开眼睛,让人在强烈的光明中反倒有失明的感觉。不过我不讨厌黄昏时刻的阳光,它们简直就是从天堂播撒下来的一道道金线,让大地透出辉煌。比较而言,月光是最不令人厌烦的了,也许有强大的黑暗做为映衬,它的光总是柔柔的,带着股如烟似雾的缥缈气息,给人带来无边的遐想和温存的心境。好的月光质感强烈,你觉得落到手上的仿佛不是光,而是绸带,顺手可以用来束头发的。而且泻在山山水水的月光也不像阳光那样贫乏,月光使山变得清幽,让水变得柔情,流水裹挟着月光向前,让人觉得河面像根巨大的琴弦一样灿烂,清风轻轻抚过,它就会发出悠扬的乐声。

　　马灯和油灯,因为有了玻璃灯罩做为衬托,其性质有点像后来的电灯了。很奇怪,我印象中使马灯的都是些老气横秋的更夫和马倌,他们提着它,要么去给牲口喂夜草,要么去检查门闩是否闩上了。而掌着油灯的人呢,又多数是年老的妇人,她们守着油灯纳鞋底或者是补衣裳,油灯那如豆的火苗一耸一耸的,映着她们花白的头发和衰老平和的面庞。所以我觉得马灯和油灯与棺材前的长明灯密切相关,因为使着这两种灯的人,离点长明灯的日子是不远的了。

有了光,而又有了形形色色的天上和人间的事物,就有了影子。云和青山有影子,它们的影子往往是投映在水面上了;树、房屋、牲畜、篱笆、人、花朵与飞鸟,都会产生影子。有些影子是好看的,如月光下被清风摇曳的树影,黄昏时水面漂泊的夕阳的影子,以及烛光中小花猫蹑手蹑脚偷食儿的影子。我印象最深的影子,是烛光反射到墙面的影子,它们有桌子的影子,有花瓶的影子,有插在柜角的鸡毛掸子的影子,也有人影。这些上了墙的影子随着光的变幻而变幻着,忽而胖了,忽而又瘦了,忽而长了,忽而又短了,让人觉得影子毕竟是影子,一从实物中脱离出来,它就走了样了。

老人们爱说,一个人有影子是好事情,要是有一天你发现自己的影子消失了,说明你离做鬼的日子不远了。所以我从小特别恐惧看自己的影子。它在,你可以气定神凝;一旦寻不着它,真的会急出一身冷汗,以为身后已经跟着一群小鬼了。而一个人即使沐浴在光明中,也并不总能看到自己的影子。而且,自己的影子有时也会吓着自己,比如走夜路的时候,我在前面走,我的影子就跟在我后面走,让我觉得身后跟着一个人,惴惴不安的。回过头一望,影子却不见了,可当你转过身接着行走的时候,影子又跟在身后了,甩也甩不掉,就像一条忠诚于主人的狗一样,一直跟着你。

在光与影的回忆中,有一把小提琴的影子会浮现出来。我家的墙壁上挂着一把小提琴,只有父亲能让它歌唱。它的旋律响起来的时候,即使在阴郁的天气中,你仍能感受到光明。"文革"中,那把小提琴被砸烂了,因为那是属于小资阶级的东西。琴声能流淌出光明,这样的光明能照亮人荒芜的心,可是这种光明是看不到影子的,如果用老人们的说法去推理它,音乐与鬼魅就是难解难分的了。难怪最忧伤最动人的旋律在给人带来心灵光明的时候,也会在一个特殊年代带来生活上的灾难,因为音乐带着鬼啊。

　　生活的富足,使马灯、油灯渐次别我们而去了,烛台也只成了一种时髦的展览了。当我们踏着繁华街市中越来越绚丽的霓虹灯的灯影归家,为再也找不见旧时灯影的痕迹而发出一声叹息的时候,那些灯影斑驳的往事,注定会在午夜梦回时幽幽地呈现。

动　物　们

　　有一种门,是门中门,只有一尺见方,通常设置在院门的底端,挨着地,由两个自由翻转的合叶一左一右牵着它,既能往里开,又能向外开,这门当然不是走人的,更不是什么装饰物,它是专为家中的动物和家禽而设计的。白天时主人锁上家门,上班的上班,下田的下田,猫啊、狗啊、鸡啊、鹅啊的,就各忙各的去了,觅食的觅食,闲逛的闲逛,会友的会友。主人们若是回来晚了,当它们该回家的时候,就会从这扇小门钻进院子,喝喝水啦,趴在院子里打个盹啦等等。而当它们又想出门的时候,只要用头一顶这扇门,眼睛里看到的就是户外的风景了。

　　动物和动物的力气是不一样的,比如狗的力气就比猫大。而家禽呢,鸡的力气就比不上鹅。所以那扇小门的厚度就有个讲究,要轻点、薄点,使它们进出时自如一些。但是它们又不能过于轻薄,否则赶上风大的夜晚,它就会被吹得一脚门里一脚门外地摇荡,发出啪啪的响声,而搅扰了屋里人的美梦。

　　最自如出入这扇门的无疑就是狗了。看家的狗一般终于职守,但它们老是待在院子里也是闷的,所以寂寞时会溜出家门,看看院外的风景,或者与其它相熟相知的狗亲昵一会儿。猫呢,它们身怀翻墙跨院的绝技,高高的院墙对它们来说根本就不是屏障,它们往往不走这扇小门,尤其是有狗望着它们的时候,它们会精神抖擞、三下两下爬过院墙,轻盈地跳到院外,让狗只能低头哀叹自己的愚笨,所以猫与狗的关系总是比较疏离。

我养过两条狗,一条是黄狗,一条是黑狗。黄狗叫傻子,黑狗叫黑子。傻子其实一点都不傻,它威风凛凛的,很剽悍,是北极村属得上的一条好狗。它太厉害,一直被一条长长的铁链拴着,只能待在后菜园里。它的嗅觉很灵敏,若是有生人来,隔着一条街,它就会发出吠叫;而若是有主人要回来了,也是隔着很远,它就能感知,提前摇起尾巴,做出欢迎的姿态,而姥爷或是舅舅一会儿的工夫就会推开家门。我常拿了馒头在它面前吃,趁大人不注意,会掰一半喂它。傻子很聪明地飞快地一口把它吞下,然后歪着脑袋十分动情地望着我,发出温柔的叫声,用一只前爪轻轻挠着地,企望我再偷着喂给它一些。我受不了它那种如水的目光和低低的猞叫,总是想方设法满足它。所以,我往往是吃了一个馒头还不够,再去拿第二个。傻子有个爱好,它喜欢吃蜜蜂,它跳得很高地捉空中飞旋的蜜蜂,几乎是百发百中,让我为之欢呼。不过它一吃了蜜蜂我就为它担心,万一蜜蜂没死,蜇破了它的肚子,它还怎么吃食儿啊?我一见它躁动不安地拖着锁链哗啦啦地走来走去,就想,糟了,一定是蜜蜂在傻子的肚子里嗡嗡地飞,闹得它心烦意乱了。我至今不明白它为什么喜欢吃蜜蜂,也许蜜蜂身上有蜂蜜,吃了能甜它的心?傻子的任务就是看家护院,不过到了冬天,家人若是去很远的山中拉烧柴或者是去江上捕鱼,就会把傻子带上。山中有野兽,狗能判断出它们的方位,发出警告的吠叫,提醒主人。而去江上捕鱼时,傻子要被套上爬犁,去时爬犁上装着捕鱼的工具,回来时则多了一样东西,那就是鱼了。傻子一跟着去捕鱼就兴高采烈的,如果运气好,上网的鱼多,姥姥会把狗鱼等不太上讲究的鱼撇给它一两条,它在冰面上就把它生吃了。回家的时候,傻子拖着沉重的爬犁,走了一身的汗,毛发上的汗气凝结成霜,使它看上去成了一条白狗了。我离开北极村的时候,最不舍得的就是傻子。我握着它的爪,哭了。回到父母身边后,只要姥姥家来信了,我会问信上说没说傻子怎么样了。可信上都是人的消息,没有关于傻子的只言片语。隔了很多年我再回北极村时,傻子还认得我,不过它已经老态龙钟了,毛发稀疏而没有光泽,姥姥说傻子有一回偷吃了鸡窝的蛋,被姥爷打得半死,至此后精神就一天不如一天。傻子最后死了,姥姥念着它对主人多年的恩情,把它埋了。

黑子是我回到父母身边后家人养的狗。它的毛很短,尖头尖脑的,瘸着一条腿,十分丑陋,我不明白家里为什么要养这样一条狗。我不喜欢它,左邻右舍家来了人,它多管闲事地叫得很凶,而当我们家来了生人呢,它却欢天喜地地给迎进来了,简直就是个叛徒。我爸爸的风湿病一旦发作,走路就一瘸一拐的,跟着爸爸走的黑子呢,也是一瘸一拐的,同学们见了我会不怀好意地说,你家的狗跟你爸走路怎么一模一样啊?我觉得很没面子,真想找条绳子把它悄悄勒死。我最厌烦在放学的路上它来迎我,别的同学也有被家中的狗迎接着的,但人家的狗个个都精神,黑子呢,它严格来说是个残疾,所以它一旦跑过来亲昵地蹭我的裤脚,我就没有好气地斥责它,把它赶走。它夹着尾巴灰溜溜地一瘸一拐地离去,总能招来同学们的嘲笑声。黑子虽然面容丑,它的心却是不丑的。鸡回家时若是顶那扇小门吃力了,它就帮助撞开,用一条腿支着门,让鸡进院子,很有绅士风度的样子,所以鸡们都不反感它。大多数人家的鸡喜欢与狗争食儿,我们家的鸡却不会去吃黑子的食儿。后来镇子里发生狗瘟,黑子染了病,被勒死了,当时让我觉得无比畅快,觉得一团碍眼的东西终于从眼前被清除了。只是以后在镇子里再也看不到有一条狗是一瘸一拐地走路,总觉得少了点什么。而且黑子死了,家中的鸡也显得有些落寞,傻呆呆的,不爱出门,大约是怕回来时万一顶不开门,再也没有狗帮助它们了。不过鸡的落寞也落寞不了多久,它们在冬天时会被宰了,用雪埋了,留做过年时吃。在人丛中,家禽的命运跟狗的命运一样,是轻薄的。

比较而言,猫的命运相对要好一些。它们可以依偎在主人的饭桌旁,分享主人吃的东西。而且,它们除了捉老鼠之外,没有其他的活计,所以猫常常是蜷伏在热炕上呼呼大睡。不过,若是仓房中的老鼠闹得凶,主人在米缸里发现了漆黑的老鼠屎,它们就会遭到叱骂,主人会饿着它,不让它进屋门,让它在仓房中专心捉鼠。偏偏很多猫是懒惰和贪图富贵的,一怒之下离家而去,再不肯为主人效劳。所以你家丢失了的猫,几年后在另外一个村镇的人家的炕头上可能会看到。而一个人家养的狗,你就是每天打它五十大板,它也还会兢兢业业地为主人家守夜,这大约就是猫与狗的不同之处吧。常吃人的食物的猫,也许不知不觉中,把人与人的背信弃义的气息也沾染了过去。而狗呢,就像旧时代的小媳妇,即使遭受了天大的委屈,也会忍辱负重地陪伴主人过下去。

邻里间的围栏

邻里间的关系如同夫妻间的关系,有融洽的,也有隔阂的。融洽的邻里通常共用一个院子,中间不设围栏,彼此走动方便些。你家今天吃什么饭,主人穿什么衣服,他家买了什么东西,来了什么客人,大家互为相知,俨然一家人的样子。如果东家包了饺子,一定要端上一碗,给西家送去;而西家烙了油饼的话,也会拣上两张,送与东家。当然,夫妻间难免有磕磕碰碰的,若是西家传来了吵架声,东家就会悄然谛听,静观事态发展。小打小闹的也就随它去了,若是吵到大打出手的程度,孩子们发出惊恐的哭声,东家就不能袖手旁观了,要挺身而出去拉架。拉架是有学问的,夫妻就是再吵,吵过之后依然亲,你所要做的,并不是为人家明辨是非,你充当的不过是一盆冷水的角色,把熊熊怒火浇灭了就可以了。等夫妻冷静下来,他们自会剖析和检讨自己的过错。偏偏有糊涂的拉架者,非要充当包公的角色,为人家评说是非曲直,最后反受人家奚落,碰了一鼻子灰回来,这样的事情也不是没有的。

互相交恶的邻里,最明显的标志就是院子与院子之间设置着围栏。见面还能彼此点个头的,围栏也就不那么阴森,只不过是矮矮一道透出缝隙的木板障子;而那些见了面连招呼都不能打,甚至互相啐痰飞白眼的邻里,其围栏就跟看守所的一样森严了,高且不说,一定是密不透风的,连蚂蚁钻过来也要吃力些。

我们那幢房,邻里间的关系是分外融洽的。那是一栋东西

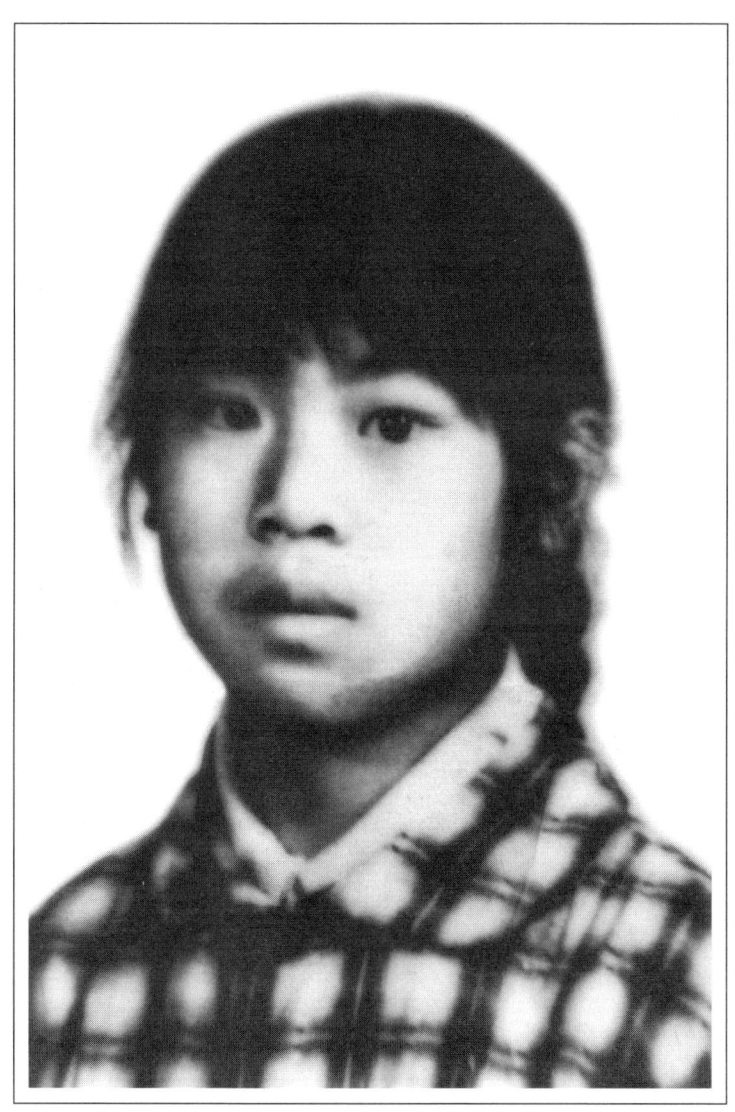

初中时代

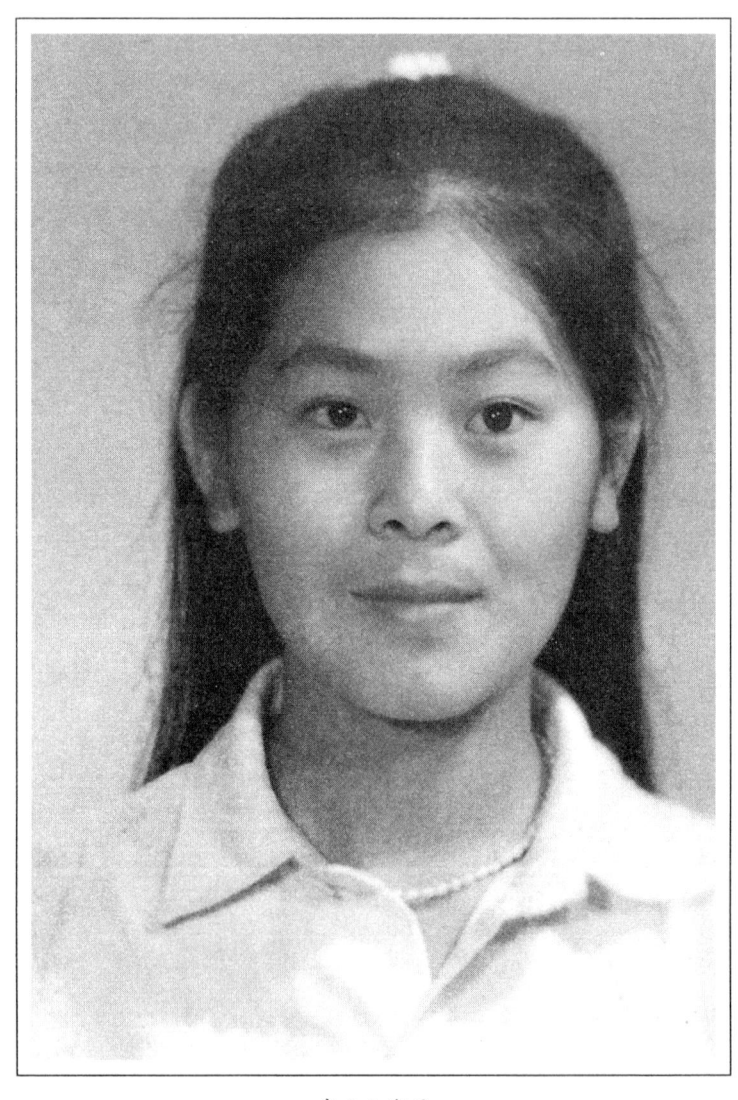

我十八岁了

向的板夹泥房子,呈长方形,共住着四户人家。东面住着一户祖籍湖南的夫妻,他们有六个孩子,三男三女;西头人家的主人是个木匠,他家平素是五个孩子的,但有的时候会突然变成六个,因为男主人有两次婚姻,前房的夫人为他生了个儿子,他虽然远在外地,但有的时候会突然背着旅行包出现在西头的院落。不谙世事的我们就像打量怪物一样,悄悄跑过去偷偷瞧他,看他的眉眼有没有像木匠的地方,回家报告给大人。住在中间的是我们家和另外一户,我家挨着湖南人家,而与木匠家相邻的那户似乎总也住不长,今年是姓张的一对年轻夫妇,明年可能又是姓李的。住这户的人家不太爱与邻里交往,他们多是外地来的,与本地人总有些格格不入,显得落落寡合。所以围栏就是必不可少的了。不过两道围栏不高,缝隙也大,我家和木匠家也都能在夏天时看到女主人在院子里洗衣服或者奶孩子的身影,不过有些支离破碎罢了。

  邻居间的交往主要靠的是女主人,而女人交往的方式就是串门。串门也可说是家与家之间的外交,由于女人生性是琐碎的,所以这种家长里短的外交在增进友谊的同时,也难免生出是非。我就见过不少因串门而绝交的邻居,深究起来,她们居然都是为鸡毛蒜皮的小事而绝交的。比如张家的女人去了李家,正赶上人家吃晚饭,李家的女人就热情地添上一双筷子请张家的女人尝尝她的手艺。张家女人大大咧咧的,就实话实说哪道菜做得不好,并把做这道菜的窍门告诉给她,李家女人自然觉得在自家男人面前丢了面子。偏偏张家女人第二天晚饭时又会把自己做的同样的一道菜送过来,李家的男人吃了赞不绝口,你想李家女人能高兴吗?她找个借口,说是自己家的鸡讨厌,老爱溜到张家拉屎,脏了人家的院子,就砍来几捆柳条,把两家共用的院子隔开了,各走各的门,从此后两家也就疏远了,各过各的日子。但这样的人家毕竟占少数。

我喜欢到东头的湖南邻居家串门。他家喜欢把生肉吊到灶房的房梁下,由着油烟熏烤。时间久了,肉会渐渐风干,变成酱红色,并且会掉下乳白的蛆来。一看到蛆,我就联想到厕所,心想他们家怎么把肉变成厕所里的东西才会吃,真是奇怪啊。可他们家把它切成片蒸熟后,却吃得津津有味的。一到春节,我们家的山东亲戚会寄来一包花生米,而他们家的湖南亲戚寄来的则是一箱通红的干辣椒,大家就互送一些品尝。我爸爸喜欢把干辣椒放到炉盖上烤酥,捏成碎末撒到萝卜条汤里。我呢,也把他家的东西当成自家的来使,我家的扁担硌肩膀,挑水时我见他家的扁担闲着,就取来用,用后放归原处即是了。如果家里来了客人,凳子不够使了,就去他家拎回两个。他家呢,发面团时没了面引子或者是做鱼时要块干姜,也会到我家来取。后来这家的男主人在冬天伐木时出了事故,人受了重伤,被送到哈尔滨后截掉双腿,也没能保全住性命。邻居没了男主人,逢年过节的,他家就会传来女主人的哭声,母亲这时就得叹着气过去宽慰她。可偏偏是祸不单行,又过了两年,她的二女儿得了急病死了,从此后就很难看到她的笑脸了。冬天时,两家都打了不少木柴没处垛,大家就自然而然地把它们摞到两家的院子中间,他家一垛,我家一垛,有了一道不高也不矮的屏障,从此就各用各的院子。又几年过去,这位失去了丈夫和二女儿的邻居,又失去了大女儿,此时她已变得麻木了。我常见她失神地站在菜园里看天。过年的时候,母亲总打发我去她家和她说话,让她转移对已逝亲人的思念,可我一踏进她家的院子,就觉得头皮发麻,总觉得鬼影在每一个角落里飘动着,尤其是当我看到除夕夜她蹲在十字路口给亲人们焚烧纸钱的时候,更觉得她家发出的每一声响声都是鬼发出来的。从此后,我不大敢上她家了,而且走夜路也没有以前胆子大了,常常是走了一身的冷汗回来。

偶尔我也会到西头的木匠家去。我喜欢看他打桌子、椅子和躺柜,一看到他打棺材,就远远避开了。我喜欢他给活人打东西,一给死人打,我就惊恐。后来他家也死了一个女儿,我觉得他家也是鬼影憧憧,不敢去了。我早期作品那股浓郁的死亡气息,与这种童年生活经历不能不说没有关系。

我们那个小镇邻里间没有围栏的历史,最后因为一件轰动全国的杀人案,而彻底宣告结束。与我们家隔着一条道的,有一幢住着四户人家的板夹泥房子。中间的两家因为处得好,就用一个院子。一户姓张,是瓦匠;一户姓蓝,男主人在县城的派出所上班,女主人在家打理家务。女主人很俊俏,戏也唱得好,生产队年终唱戏时,她是绝对的主角。姓蓝的由于在城里上班,每天骑着自行车早出晚归的。也许由于他有工作,而这工作又比较显赫,腰间挎着枪,他看上去有些自负,见了小镇的人,也不爱打招呼。突然有一天,他开枪杀死了瓦匠夫妻以及他们的一个儿子,当他没有子弹的时候,他就举刀去砍瓦匠的女儿,幸而那个女孩从后菜园逃走了。姓蓝的自知被捉到后必死无疑,他用刀砍自己的脖子,企图自杀。可是他在杀自己上比较手软,没有杀死,我在枪响后跑到出事现场,目睹了姓蓝的躺在地上,脖子上咕噜噜冒着血泡的情景。他被抢救过来后交代,他家和瓦匠家共用一个院子,他在县城上班,他怀疑整天待在家中的瓦匠对自己貌美的妻子心怀不轨,所以想把他们一家斩尽杀绝。此案一出,整个小镇的人都惊呆了。人们私下议论说,如果两家不是合用一个院子,悲剧也许就不会发生了。看来家与家之间的围栏是必要的。从此,那些不设置围栏的邻居,都先后竖起了围栏;有了围栏的人家,则加高加固了它。而小镇邻里间的关系总不像过去那么融洽,相互警惕的多了,女人们连门也串得少了。只是邻里间的动物和家禽们还一如既往地保持它们之间的亲密交往,让人们在透出冷漠之气的人际关系中,仍能感受到一丝温暖和一脉平和之气。

故乡的吃食

北方人好吃,但吃得不像南方人那么讲究和精致,菜品味重色暗,所以真正能上得了席面的很少。不过寻常百姓家也是不需要什么席面的,所以那些家常菜一直是我们的最爱。

如果不年不节的,平素大家吃的都很简单。由于故乡地处苦寒之地,冬季漫长,寸草不生,所以吃不到新鲜的绿色蔬菜。我们食用的,都是晚秋时储藏在地窖里的菜:土豆、萝卜、白菜、胡萝卜、大头菜、倭瓜,当然还有腌制的酸菜和夏季时晒的干菜,比如豆角干、西葫芦干、茄子干等等。人们喜欢吃炖菜,冬天的菜尤其适合炖。将一大盆连汤带菜的热气腾腾的炖菜捧上桌,寒冷都被赶走了三分。人们喜欢把主食泡在炖菜中,比如玉米饼和高粱米饭,一经炖菜的浸润,有如酒经过了岁月的洗礼,滋味格外的醇厚。而到了夏季,炖菜就被蘸酱菜和炒菜代替了。园田中有各色碧绿的新鲜蔬菜,菠菜呀、黄瓜呀、青葱呀、生菜呀,等等,都适宜生着蘸酱吃;而芹菜、辣椒等等则可爆炒,这个季节的主食就不像冬天似的以干的为主了,这时候人们喜欢喝粥,云豆大楂子粥、高粱米粥,以及小米绿豆粥,是此时餐桌的主宰。

家常便饭到了节日时,就像毛手毛脚的短工,被打发了,节日自有节日的吃食。先从春天说起吧。立春的那一天,家家都得烙春饼。春饼不能油大,要擀得薄如纸片,用慢火在锅里轻轻翻转,烙到白色的面饼上飞出一片片晚霞般的金黄的印记,饼就熟了。烙过春饼,再炒上一盘切得细若游丝的土豆丝,用春饼卷了吃,真的觉得春天温暖地回来了。除了吃春饼,这一天还要"啃春",好像残冬是顽石一块,不动用牙齿啃噬它,春天的气息就飘不出来似的。我们啃春的对象就是萝卜,萝卜到了立春时,柴的比脆生的多,所以选啃春的萝卜就跟皇帝选妃子一样周折,既要看它的模样,又要看它是否丰腴,汁液是否饱满。很奇怪,啃过春后,嘴里就会荡漾着一股清香的气味,恰似春天草木复苏的气息。立春一过,离清明就不远了。人们这一天会挎着篮子去山上给已故的亲人上坟。篮子里装着染成红色的熟鸡蛋,它们被上过供后,依然会被带回到生者的餐桌上,由大家分食,据说吃了这样的鸡蛋很吉利。而谁家要是生了孩子,主人也会煮了鸡蛋,把皮染红,送与亲戚和邻里分享。所以我觉得红皮鸡蛋走在两个极端上:出生和死亡。它们像一双无形的大手,一手把新生婴儿托到尘世上,一手又把一个衰朽的生命送回尘土里。所以清明节的鸡蛋,吃起来总觉得有股土腥味。

  清明过后,天气越来越暖了,野花开了,草也长高了,这时端午节来了。家家户户提前把风干的粽叶泡好,将糯米也泡好,包粽子的工作就开始了。粽子一般都包成菱形,若是用五彩线捆粽叶的话,粽子看上去就像花荷包了。粽子里通常要夹馅的,爱吃甜的就夹上红枣和豆沙,爱吃咸的就夹上一块腌肉。粽子蒸熟后,要放到凉水中浸着,这样放个两天三天都不会坏。父亲那时爱跟我们讲端午节的来历,讲屈原,讲他投水的那条汨罗江,讲人们包了粽子投到水里是为了喂鱼,鱼吃了粽子,就不会吃屈原了。我那时一根筋,心想你们凭什么认为鱼吃了粽子后就不会去吃人肉?我们一顿不是至少也得吃两道菜吗!吃粽子跟吃点心是一样的,完全可以拿着它们到门外去吃。门楣上插着拴着红葫芦的柳枝和艾蒿,一红一绿的,看上去分外明丽,站在那儿吃粽子真的是无限风光。我那时对屈原的诗一无所知,但我想他一定是个了不起的诗人,因为世上的诗人很多,只有他才会给我们带来节日。

端午节之后的大节日,当属中秋节了。中秋节是一定要吃月饼的。那时商店卖的月饼只有一种,馅是用青红丝、花生仁、核桃仁以及白糖调和而成的,类似于现在的五仁月饼,非常甜腻。我小的时候虫牙多,所以记得有两次八月十五吃月饼时,吃得牙痛,大家赏月时,我却疼得呜呜直哭。爸爸会抱起我,让我从月亮里看那个偷吃了长生不老药而飞入月宫的嫦娥,可我那双蒙眬的泪眼看到的只是一团白花花的东西。月光和我的泪花融合在一起了。在这一天,小孩子们爱唱一首歌谣:蛤蟆蛤蟆气臌,气到八月十五,杀猪,宰羊,气得蛤蟆直哭。

蛤蟆的哭声我没听到,倒是听见了自己牙痛的哭声。所以我觉得自己就是歌谣中那只可怜的蛤蟆,因牙痛而不敢碰中秋餐桌上丰盛的菜肴。

中秋一过,天就凉了,树叶黄了,秋风把黄叶吹得满天飞。雪来了。雪一来,腊月和春节也就跟着来了。都说腊七腊八冻掉下巴,所以到了腊八的时候,人们要煮腊八粥喝。腊八粥的内容非常丰富,粥中不仅有多种多样的米,如玉米、高粱米、小米、黑米、大米,还有一些豆类,如云豆、绿豆、黑豆等,这些米和豆经过几个小时慢火的熬制,香软滑腻,喝上这样一碗香喷喷的粥,真的是不惧怕寒风和冰雪了。

一年中最大最隆重的节日莫过于春节了。我们那里一进腊月,女人们就开始忙年了。她们会每天发上一块大面团,花样翻新地蒸年干粮,什么馒头、豆包、糖三角、花卷、枣山,蒸好了就放到外面冻上,然后收到空面袋里,堆置在仓房,正月时随吃随取。除了蒸年干粮,腊月还要宰猪。宰猪就是男人们的事情了。谁家宰猪,那天就是谁家的节日。餐桌上少不了要有蒜泥血肠、大骨棒炖干豆角、酸菜白肉等令人胃口大开的菜。

人们一年的忙活,最终都聚集在除夕的那顿年夜饭里。除了必须要包饺子之外,家家都要做上一桌的荤菜,少则六个,多则十二、十八个,看到盘子挨着盘子,碗挨着碗,灯影下大人们脸上的表情就是平和的了。他们很知足地看着我们,就像一只羊喂饱了它的羊羔,满面温存。我们争着吃饺子,有时会被大人们悄悄包到饺子里的硬币给硌了牙,当我们"当啷"一声将硬币吐到桌子上时,我们就长了一岁。

棺材与竹板

活人的世界曾有两件事物给我带来死一样的恐慌,一个是棺材,一个是雨季时游魂一样飘荡而来的算命人。

我们那个小镇,一过了七十的老人,即使那身体硬朗得还能走上二里路,一顿能吃上两碗饭,也要提前把棺材打起来,放在柴垛或者是菜园中,为那最后一天的上路而预备着。棺材本来是空着的,可它带来的死亡的阴影却比一座真正的坟墓还要明显。你想想啊,你明明看着这个老人还能买豆腐,还能在菜园中劳作,可一看那红棺材已经摆在那儿了,一想他没有多久就会睡在那里了,就觉得自己已经看到鬼影了。所以我特别恐惧与有了棺材的老人说话,总怕他们那寒冷的目光会将我的魂给摄了去。

还有一种人,未到老年也预备下了棺材,那都是中年时一病不起、行将就木的人。人们很迷信,认为打下一口棺材,能驱赶了小鬼,把病给冲了,病人自此就会好起来。也确有这样的事情发生,有个中年男人病得只有一口气了,为他打了棺材后,他竟然奇迹般地好了,能喝水吃饭了,能用洪亮的声音说话了,能下地走动了。所以棺材在我眼中还是一剂我们参不透滋味的灵丹妙药。这样的棺材如果卖不出去,由着风雨侵蚀几十年,就糟烂了,不能用了,只得把它劈了烧火。

白天时若是经过有棺材的人家,我还不会太害怕,因为路面上不仅有明晃晃的阳光,还有鸡鸭鹅狗在游荡。夜晚可就不一样了,尤其是没有月亮的夜晚,路过这样的人家,心就会害冷似的一阵一阵地抽搐,头皮簌簌响,似有阴风吹过,回到家时气短得连话都说不连贯了。所以走夜路时,我往往会多走几条小巷,将摆放了棺材的人家绕过去。

但有一口棺材我却是不怕的,那就是刘老太太的。她是我同学的奶奶,八十多岁了,一天到晚撇着嘴,看什么都不顺眼。刘老太太每天要拄着拐杖像探望老熟人一样去看看她的棺材。鸟儿在上面拉了屎,她会骂鸟,说要剜了鸟的屁眼;蚂蚁爬上了棺材,她又会骂蚂蚁,说蚂蚁长了一身的贱腿。就是阳光照耀着棺材,她也会骂个不休,嫌阳光将棺材的颜色照淡了,旧了,不鲜亮了,将来她去那里,等于带着幢灰秃秃的房子,会让人瞧不起的。有一次,她差点被气得进了棺材,老鼠大约想她的棺材闲着也是闲着,就在里面做了窝,孕育了一窝小老鼠。当她把那窝还没长毛的小老鼠托出棺材时,眼珠都要被气冒了。她用拐杖敲打着棺材,骂家里人全都是没用的东西,眼睁睁地看着老鼠糟践她的房子。小老鼠吱吱叫着,不明白它们在棺材里待得好好的,何以被一双瘦骨嶙峋的手给甩了出来。闻讯而来的围观者都笑了起来。从那以后,我一经过那儿,就想起曾在里面作乱的老鼠,会从心底发出笑声。那个棺材在我眼里也就不是棺材了,而是一个刚从土里拔出来的水灵灵的大红萝卜,散发着一股怡人的甜香气息。

雨季到来的时候,也就是农闲时节。这时小镇会来算命的外乡人。我至今都奇怪,为什么算命的多是瞎子,而他们招揽生意的方式就是敲打着竹板?阴雨的日子中,人们喜欢坐在炕头抽着黄烟,喝着酽茶,讲一些老旧的故事,或者是昏昏沉沉地小睡,当竹板声清冷地传来的时候,人们就仿佛是听见了命运的叩门声,纷纷从炕上爬起来,打开家门,把算命人迎进屋子,当上宾招待着,炒上肉菜,烫上好酒,将家人的生辰八字报上去,听凭瞎子对自己命运的论断。想必我们都是俗人,所以被算出来的命,不如意的多,光明的少。而若想化解这些不如意,就得求助于瞎子。他化解的方式不外乎是扎上一些被称做"替身"的纸人,夜晚时将它焚化在十字路口。所以雨季到来前,商店就会进来很多的白纸和黄纸,只要竹板声响起,就不愁卖不掉它们。而算命的将替身烧完,主人会赏给他一些钱,感谢他为家里排忧解难了。算命人走后,我们依然过着老日子,不喜也不忧,平平常常,有人就会叹息说上了瞎子的当。可当他们下次到来时,竹板声一旦一声一声地响起,大家又会魂不守舍地问自己的命去了。看来命像云一样来去无定,是人心中永远的谜团和痛,人们为了解读和破译它,不会放过任何一个到来的机会,算命者在人间的足迹注定是不会消亡的了。

打竹板的人在小镇头两家算命的遭遇,决定了其他人家对算命者的态度。人们会打听他算得灵不灵。所以说算命者生意的好坏,在于他的"开市"之说是否令人心服口服。若是被算的人家说,这人掐算得可真是准啊,连我屁股上生块红记,祖父年轻时当过胡子,三年前家里失过火,都了如指掌,真是长着天眼啊。那么求瞎子去家里算命的就络绎不绝了。反之,如果一个鳏夫正因为无子嗣而郁闷,你却说他儿孙满堂;一个人家本来穷得叮当响,你却说他生在富贵之家,金银财宝满箱满柜,这种太缥缈的生活虽然像晚霞一样绚丽,但确实是远在天边的绚丽,谁又会相信呢?这样的算命者就是打上一天的竹板,把每一户都走遍,也不会再有一份生意了,最后只得灰溜溜地离开。

聪明的算命者很像哲学家,先说上一堆好话,让人心底熨帖,然后再说几句不好的,这样容易与人产生共鸣:生活可不就是有喜有忧吗!这时候算命者如果说再过三年,你有个"小坎"或是"大坎",你一定会相信的,甘愿掏出钱来求他化解那还没出现的但却被他言之凿凿的口舌之灾或是病灾。

我记忆最深的一个算命者,是一个穿着灰布衣裳的年轻瞎子。他拄着一根光亮的拐杖,打着竹板,戴着顶灰布帽子,穿梭在我们小镇中。我父亲素来是不信命的,所以算命者很难踏进我家的门。但这个小瞎子算命实在是灵,好像他前世的幽魂一样在我们小镇飘荡,每一家发生的大事没有不知晓的,所以家家户户都抢着让他去算命。我父亲经不住母亲的一再央求,破例让他上了我家。我清楚记得过年时才用的炕桌被摆上了炕,家里弄了酒菜,小瞎子盘腿坐在炕上,先是吃喝了一阵,然后就一五一十地算起命来。他算命时两手舞来舞去的,很像自己在跟自己划拳,而且瞎眼也跟着翻来翻去的,当然翻出的都是白眼。一旦他算定了这个人的命,他的手就不舞动了,也不翻眼珠了,他会喝上一盅酒,讲解你的命。我还记得他对爸爸说,到了某年某年,你家如果不遭盗贼的话,你会有场大灾。父亲当时听了哈哈大笑,权当他是胡说。当时我靠在窗台前,他在为我算命时,说我是个大命之人,将来会有花不了用不尽的钱,只是婚姻来得晚,且很周折。我记得爸爸也是哈哈大笑指着我说,她还会有那么多钱?她有两毛钱都得去商店买把糖回来;再说了,我这两闺女中,属她爱说爱笑,我看她十八岁就得嫁人!父亲的反驳并没有激怒小瞎子,他照说他的。我当时很讨厌他,心想你可能连自己的命都不知道,还给别人算什么呢?事情过了几年后,父亲突然因病去世,我们蓦然想起小瞎子的话,一推算,他算的父亲遭灾的年份果然不差。可惜我们小镇民风淳朴,没有盗贼,否则父亲也许还在人间?而我在中年经历了婚姻的变故后,也想起了他的话,小瞎子说的话可真是"一语成谶"!想起那段话,耳畔仍然似有阴风吹过,冷飕飕的。

  我现在仍然认为命运是不可知的,那个小瞎子所预言的一切,也许只是巧合吧。如今我怀恋的,只不过是已消逝的雨季那沉郁的竹板声,那当时听起来令人恐惧的命运的敲门声,如今回想起来犹如来自另一个世界的雨滴,弥散着一股别样的清凉。

露天电影

在七十年代,山村的孩子大约没有没看过露天电影的。我们那个小镇,可看露天电影的地方有三处,一个是种子站,它就在我们小镇的西头,离它最远的东头的人家走过去,也不过是一刻钟的时间,所以那里一放电影,只有种子站是有灯火的,小镇的房屋都陷在黑暗中,男女老少都被吸引到银幕下了。另两处看露天电影的地方是部队,一个是十三连,一个是十七连。

如果是在种子站的广场放露天电影,那么下午的时候,一些老人就把座位给摆好了。老人们胳膊上挎着一个或两个板凳,抽着旱烟,慢悠悠地朝种子站走去。由于他们眼神差,又大都佝偻着腰,必须要坐在前几排,所以提前把座位占好是必须的了。那些板凳高矮不一、颜色各异地排列在一起,看上去就像一支杂牌军。他们放好板凳,会回家做他们的活计,等到电影快开演了,他们才不慌不忙地踱着步子走来,一副首长的派头。

那些挎着两个板凳占座位的老人,都是有老伴的。而那些孤老头子,拎的则是一只板凳。所以拎一只板凳的瞧不起拎两只板凳的,觉得他们成了老伴的奴隶;而拎两只板凳的又瞧不起拎一只板凳的,觉得他们身边没个人陪着,缺乏派头。我奶奶过世早,我爷爷属于拎一只板凳之列的,但他从来不提前去占座位,他总是在电影开映前才提着板凳过去。他并不急于把板凳放在前排的空地,而是抽着旱烟,先看一会儿扫在银幕上的画面,觉得有趣,就随便找个地方放下板凳;觉得无聊,就拎着板凳放开大步往回走。走的时候他总要大声吐几口痰,好像那些未打动他的画面是几缕不洁净的空气,阻碍他的气息流动了。

有一回我去种子站看电影,远远看见我爷爷提着板凳大步流星往回返,我以为电影不演了呢,一问他,他竟然气呼呼地说,"今天演外国电影'死了不屈',有什么好看的呢?"他一向讨厌外国电影,说那些高鼻梁、蓝眼睛的洋人没有什么好货,更何况那电影名也让他生烦,什么叫"死了不屈"呢?人在世间辛辛苦苦走一遭,尝遍了苦水,死了还有个不屈的?!听着他牢骚满腹地发着感慨并且大口大口地吐着痰,我觉得他比电影中的人还有趣。其实那部电影叫《宁死不屈》,他把名字记差了。那以后他要是蹙着眉看什么不顺眼了,我就会适时说一句"爷爷,死了不屈",他就不绷着脸了,他笑着用烟袋锅敲我的头,骂我是个调皮捣蛋的丫头,将来肯定不好往出嫁!

露天电影多是在夏天放映的,所以人们来看电影时,往往还拿着根黄瓜或者是水萝卜当水果来吃。当然,人群聚集的地方,也等于是为蚊子设了一道盛筵,所以看电影归来的人的脸被蚊子给叮咬了的占多数。人们在散场归家的途中,往往会一边议论着电影,一边漫骂着蚊子。

看露天电影,还得看天的脸色。它和颜悦色,不下雨,不起狂风,你观赏得也就滋润。而如果看着看着突然落了雨,人们又没有预备雨具的话,那简直就糟糕透顶。人们撇下板凳,纷纷挤进种子站的仓库,孩子哭老人叫的,像是一群难民。而如果遇到大风的天气,悬挂着的银幕被风吹得一皱一鼓的,那上面投映出的风景和人物全都变了形,人看上去不是歪嘴就是折了胳膊,而风景一律哆嗦着,仿佛正经历着一场大地震。所以看电影前,人们往往还要观察一下天,若是晚霞满天,炊烟笔直,去的人就多;而如果阴云密布,风声萧瑟,去的人就少了。

另两处看露天电影的地方,都不在我们小镇,它们是驻扎在山里的部队,一个离我们稍近一些,有五六里的样子,是十七连;另一处则要远很多,在打石场那一带,距离我们起码有十五里的路途,是十三连。老人们是绝不会去这两个连队看电影的,他们的腿脚经不起折腾了。而大人们就是去的话,也是选择十七连的时候多。能够去十三连的,都是如我一般大的孩子。大家相邀在一起,沿着公路,走上一两个小时,到达连队时已是一身的汗,而电影往往已过半场,看得个囫囵半片的。回来的时候呢,山路上阴风飒飒,再赶上月色稀薄的夜晚,森林中传来猫头鹰的叫声,我们就会被吓得一惊一乍的,得手拉着手行走才觉得心不慌。所以一去十三连看电影,就有小孩子回来后生病。高烧后说胡话照理是正常的,可家长们非说是走夜路时撞上了鬼,至于鬼长得什么样,想必他们也是不知道的。所以一说去十三连看电影,家长都不乐意,我们只有偷着去了。如果运气好,我们可以拦截到捎脚的车辆,顺路把我们丢在采石场,从采石场再抄着茅草小路去十三连,就很近了。可这样的运气很少光顾到我们身上,车辆不是装载着货物,就是虽然闲着,只能挤上一两个,大家不愿意分开,索性谁都不上;再不就是车是有地方的,可司机怕拉了一车孩子,万一出了事故,负不起这个责任,而加大油门从我们身边呼啸而过,扬长而去,将我们远远甩掉。但也有好心的司机,觉得一群孩子千里迢迢地去看电影怪可怜人的,就先送一批到采石场,然后掉转车头,回来再接一批,但这样的运气跟月亮旁的彩云一样,难得一见。

因为驻扎在我们小镇附近的这两个连队经常放电影,我曾经认为世界上过着最幸福生活的就是那些当兵的人。连队的战士格外欢迎孩子们来看电影,他们会把自己的板凳让给我们坐,还会用茶缸端来热水给我们喝。当然,战士们对待那些十七八岁的女孩的态度,比对待我们这些十一二的毛头小孩更要热情,他们喜欢围坐在大姑娘身边看电影,至于他们的眼睛盯的是银幕,心里想的又是什么,只有天知道了。

我们家的邻居有一个姑娘,叫青云,青云是个大姑娘了,她喜欢去十七连看电影。凡是有关电影的消息,最早都是她发布的。因为十七连的战士跟她很熟。要放电影了,总有人给她通风报信。她个子很高,腰肢纤细,头发又黑又亮,喜欢梳两条大辫子。她眼睛不大,眉毛浅浅淡淡的,肤色白里透粉,非常有韵味。如果不是因为她的嘴生得有些大,她可以称得上是一个美人。她带着我们去十七连看电影时,神情中总是带着几分得意,好像回她的娘家似的理直气壮的。到了电影开演的时候,她往往看着看着就不见了。我们都以为她去小树林解手去了,可她一去就不回来,直至剧终。所以若问她电影演了些什么,她只能说出个大概。

爱上青云家的,是小钟和小李,他们总是结伴而来。小李好像是部队的文书,不太爱说话,又黑又瘦的。小钟呢,他不胖不瘦,浓眉大眼,肤色跟青云一样白皙,在十七连当伙夫,所以有时他会偷上一些豆油带给青云家。青云一烙油饼的时候,我就想一定是十七连的人又给她送豆油来了。青云那时中学毕业,在家务农,那一年的秋天她去看护麦田,得了尿毒症,住进医院,不久就死了。她死的时候小钟正回南方探家,他回来后并不知道青云已是另一个世界的人了。而一直在连队没有下山的小李也不知情。等到又要放电影的时候,小钟和小李来到青云家,听说了青云的事后,两个人都呆了。其中小钟还落了泪,人们依据泪水,判断青云跟小钟是一对,小李只不过是个陪衬罢了。青云没了,我们得知电影消息的源头也就断了。从那后,我们很少到十七连去看电影了。不久这个连队就换防到别处去了,他们留在营地的,不过是几顶废弃的帐篷。我们采山经过那里的时候,总要看看那两棵悬挂着银幕的大树,当时树间的那方白布曾上演过多少动人的故事啊。树还在,故事也在继续,只是演绎着这故事的人已经风云四散、各自飘零了。

五花山下收土豆的人

这世上最出色的染匠,一定就是秋霜了。只要它来了,青山就改变了颜色。初霜来的时候,树叶只是微微转黄,这时节的山峦看上去更像是洋溢着丰收气息的麦田。到了第二场霜降临之后,浅黄的树叶变得金黄或浅红,山峦有如戴上了一顶顶红黄相间的呢毡帽。而如果你沐浴着第三场更为浓重的霜走进森林,你是想看到什么颜色就能看到什么颜色。树叶大多是金黄和金红的,但也有黄中带粉、粉中含翠、翠中生红、红中隐紫、紫中有褐的,这时的山峦分明就是一个春天的花园,五彩缤纷的。我们把此时的山峦称做"五花山"。

五花山簇拥着我们的时候,大雁向南飞了,河水流动得平缓了,天空中的云朵没有盛夏时多了,天显得格外的高、格外的蓝。人们把形形色色的菜子吊到山墙上,开始了秋收。而秋收中最苦最累的活儿,就是起土豆。

土豆既能做蔬菜,又能当主食,还能作为家畜的饲料,在那个粮食需要定量供给的年代,土豆被广泛种植也就不足为奇了。一家种上一两亩,那算是少的了,平平常常的人家都要有三四亩;而那些人口多的人家,种七八亩是很普通的。所以说秋收在我们那里,等于是"起土豆"的代名词。五花山的景色一呈现,人们见了面跟对方说的话往往是"起土豆了吗",或者是"你家今年能收多少麻袋土豆"。

起土豆的工具是二齿子和三齿子。当然也有四齿子,但它

我和妈妈

与侄子迟亦达

因为密度高而容易伤着土豆,用它的人家很少。二齿子和三齿子是铁制的,它们的形状常使我联想到"M 和 N"的拼音字母,一握着它们,就老是想发鼻音。人们去离家较远的大地起土豆时,要拉起手推车。去的时候,手推车上放置着二齿子、三齿子、空的麻袋、土篮等工具,当然,也要带上水壶和午饭。回来的时候,饭没了,水壶也空了,先前还明晃晃的铁齿上沾满黑油油的泥土,好像二齿子和三齿子在劳作的过程中为自己梳了几根小辫子。手推车上满载着用麻袋摞起来的土豆。若是赶上晴好的天气,车行起来还不吃力,而要是赶上秋雨连绵,路面的水洼一个连着一个的话,车轮往往会陷在泥泞中,几个人合力拉它,它也只是徘徊,最后只得回镇子朝养了牛的人家借牛,把手推车给从泥潭中拖出来。所以那些养了牛的人家,一到起土豆的时候就很牛气。人们把土豆运到家后,会把它们划分为三类:又大又光滑的是最好的,它们会被下到菜窖中,一部分作为来年的种子,一部分留作食用。那些中不溜的属于第二类,它们也会被下到菜窖中,作为越冬蔬菜。而那些跟驴粪蛋一样小的、青着半边脸的、被铁齿刨得满脑子都是窟窿的,属于最次的一类,它们通常是被埋在菜园的坑里,没被冻着时由人削削拣拣地随吃随取,等雪降临之后就喂了猪了。

土豆地都在山下开阔的平地上,所以起土豆累了,就可以坐在地上欣赏五花山。这时候再鲜艳的鸟进了森林,也会慨叹自己的羽毛不如树叶绚丽。山峦此时就是一幅连着一幅的流金溢彩的油画,会看醉了你。所以当你再低头刨出一墩土豆时,就觉得那大大小小的土豆不是乳黄色的了,而是彩色的了,看来丰富的色彩也会迷了人的眼睛。人们回家的时候,手推车上麻袋的缝隙中往往插着一支小孩子歇息时跑到山上折来的色彩纷披的树枝,它像一枝灿烂的花,把秋天给照亮了!

在我们小镇,种植土豆最多的人家可能就是住在北山脚下的一户姓刘的人家了。刘姓夫妇是外来人,他们从哪里来,众说纷纭。反正不会有人因着富裕而来到我们小镇。他们家一共有十一个孩子,九男两女,仅次于谭富家,谭富家是十三个孩子。刘家人很少出门,基本生活在自己的领地上。他们自己造了房屋,把北山的荒地都开垦出来,种了大片大片的庄稼,其中土豆大约有十来亩。那些孩子平素是不与我们小镇的孩子玩耍的,也不见他们成群地出来。有人说他家穷得被子不够盖,衣服不够穿,所以是两个孩子合盖一个被,而衣服也是两个孩子合穿一套。他们中绝大部分都到了上学年龄,可被派上学的只有两三个。传说上学的孩子穿着衣服去学校时,被窝里就得躺着两个光着屁股的孩子。有人看见,在农忙时节,他们家常常是晚上在田间劳作,而其中起码有半数孩子是精赤条条的。他们的衣服是冬天絮上棉花当棉衣,开春后拆开了又做单衣。有人说,那个生育了这十一个孩子的主妇每天晚上都要清点一下她的孩子,就像农民放羊归来要数一数他的羊一样。也许她算术太差,或者是屋内光线太暗,她往往查不清楚那些挨着炕沿的一溜儿脑袋究竟有多少,所以她常常以为少了一个孩子,出门吆喝她的孩子。都说他家的粮食不够吃,所以他们家起完了自家的土豆,还要打发孩子出去溜土豆。

溜土豆就是在收获过的土豆地上,再沙里淘金地寻觅仍被遗落在土中的土豆。我们一般喜欢到生产队的土豆地里去溜土豆。因为那土豆是公家的,社员起土豆时没有给自己家起那么精心,埋在土里的仍然数量可观。溜土豆通常要使用四齿子,它的铁齿间隙窄,搜寻土豆的几率高。通常被留下的土豆都不很大,所以这样的土豆拿回家去,通常是洗一洗后连皮蒸了吃,或者是用叉子磨成粉了。溜土豆的都是如我一样的孩子,大人们是不屑做这种活儿的。好像一旦到不属于自己家的土地去溜土豆,就是偷人家的东西似的。我们溜土豆时一手拿着四齿子,一手拎着面袋。有时运气好,一个下午就能溜上一袋。扛着一面袋溜来的土豆朝家走时,是十分有成就感的,比在自家的园田起了几十麻袋还要高兴,因为这属于意外的收获。我每年都要去溜土豆,其实家里并不缺那点土豆,我只是喜欢在光秃秃的大地上再打捞一份惊喜罢了。那感觉很像是在寻找宝藏。

我溜土豆的时候,常常会遇见住在北山的刘家的孩子,他们两人一伙,提着麻袋,在别人家的土豆地里溜得格外仔细。经他们溜过的土豆地,可以说是光光溜溜的了。所以一看到他们,我就避开了。他们很有眼力和经验,知道哪片地的哪个地方会有幸存的土豆,每天都会溜上半麻袋到一麻袋的土豆。他们见了我们也不打招呼,只不过有时会顽皮地打几声口哨。有的时候溜土豆溜累了,我坐在地上歇息的时候,会看到黑油油的土地上,那几个穿着暗淡衣裳的孩子,弯腰弓背溜土豆的情景。他们和他们面前的土地是那么暗淡,而他们背后的五花山则是那么的绚烂。他们看上去是那么的单调,可他们因为他们的劳动,而成为了我眼前这巨幅画卷中最生动最永恒的一部分。

伐 木 小 调

雪花弹拨森林的时候,有一种声音会在苍茫中升起,它不是鸟鸣,而是伐木声。

那时的树木茂密、高大得遮天蔽日,如果你独自走进森林,又有山风吹过,林海发出阵阵轰鸣,那种肃杀、神秘的气息就会令你心生寒意。那时林中的动物也很多,一年之中谁家不会套上一两只兔子和狍子呢?

伐木声通常是在十月响起,到了次年五月,冰消雪融了,它才余音袅袅地飘逝在森林中。伐木的有公家的,也有私人的。公家伐木的都是各个林场的工人,而伐木的私人都是住户,他们是为着家中的火炉而伐木。公家伐木是天经地义的,他们伐的是落叶松、樟子松这些上等木材,它们被运送到全国各地后,可以造房屋,建桥梁。私人砍伐的,被允许的只有风干了的树木——我们俗称"杖杆"的已无生长迹象的树木,以及那些不能成材的杂树,譬如水冬瓜、柞木、枫桦树、水曲柳等等。但是由于这些杂树枝桠纵横,修剪起来麻烦,而且作为烧柴又不抗烧,所以偷着砍伐新鲜的落叶松作为烧柴的大有人在。

公家砍伐树木一般都选择到离居民区比较远的地方,当地人把它叫"工段"。工段搭着帐篷,工人们晚上就住在那里。他们喝的是雪水,吃的往往是冰凉的馒头。蔬菜不是黄豆粉条,就是海带和咸菜。帐篷里虽然有地火龙可以取暖,但到了后半夜,没人给火炉添柴,人就会被冻得缩成一团。白天呢,他们又得蹚着没膝的雪去伐木,所以林业工人十有八九都患有风湿病。他们伐木使用的工具是油锯和弯把子锯,电动的油锯发出的声音很大,比拖拉机运行的声音还要响,你隔着一里地都可以听到,但那时油锯是奢侈的工具,不是每个工人都能够用上的。大多数的人使用的是手工操作的弯把子锯。由于锯是铁制的,而被伐的又都是水分充足的鲜树,所以弥散的伐木声清脆悠扬、悦耳动听。由于人使用锯的时候有急有缓,有轻有重,有间歇,因而听伐木声跟欣赏一首完整的乐曲一样,有舒缓的行板,也有急遽的快板,更有给人留下回味余地的休止符,最后那声令人回肠荡气的"顺——山——倒——啦——"的呼喊,总是与树木的訇然倒地声融合在一起,浑厚圆满地作为伐木曲的结束。

　　我童年进山伐木,通常是跟着父亲。他很爱惜树木,喜欢盘树墩来作为烧柴。如果伐一棵高高的树,把它锯为几截,那么你会得到很多的柴火;而伐一个只有人的膝盖高的侏儒般的树墩,获得的只是一截烧柴,而你用的又是同样的力气和工夫,所以我常常觉得父亲愚痴,树木那么多,伐它上百棵又如何?况且别人家都伐树,为何我家要盘树墩而遭人耻笑?而且盘下的树墩因为散而不好装车,常常是拉着一车树墩朝家走,半途中就会有因为颠簸而骨碌骨碌滚到路上的,还得停下车来重新装车,费尽周折。在我们的抗议下,父亲盘树墩就盘得少了,但他仍然恪守规矩,不伐落叶松和樟子松,我们进了山里,就得像猎人寻找猎物一样,东搜西寻地寻找"杖杆"。"杖杆"的形成多种多样,有的是因为树的根部裸露,树渐渐枯死倒地而形成的,这样的"杖杆"上往往附着青苔;还有一种树,它是被狂风吹折后形成的,这样的"杖杆"多数躬着腰;而那些身上有黑漆漆的被灼伤痕迹的"杖杆",都是被雷电击中的。如果按人类的说法,雷劈死的都是些作恶多端的人的话,这样的树想必也做了什么孽。也许它曾在风的怂恿下捣毁过鸟巢?或者是人类缠绕在它身上的铁丝套,曾套住过活蹦乱跳的兔子,而使它永远失去了在雪地中奔跑的自由,成为了人口中的美味?

我很喜欢寻找"杖杆",这是一件乐趣无穷的事情。因为你可以随心所欲地在森林中穿梭。有的时候雪大,把树压弯了,我就以为找到"杖杆"了,喊来父亲,一鉴定居然还是棵正在生长的树,好不懊恼。而有的时候寻着寻着,突然听见一阵"笃笃笃"的声音,类似敲门声,寻声一望,原来是只羽翼鲜艳的啄木鸟,正顿着头吃藏在树缝中的肥美的虫子呢,啄木鸟看上去就像别在树上的一支花卡子。这时我就会联想起我带到山上的食物,不知它们在篝火下熟了几分?我喜欢用旧棉花裹上几个土豆,把它们带到山上,父亲总会在我们放置着手推车的营地上划拉一堆树枝,笼起一堆火,让我们能时常烤烤火。我们把土豆埋在火堆下,篝火尽了,土豆也就熟了,在寒风中吃这热气腾腾的烤土豆,滋味实在是美妙。啄木鸟一吃虫子,我就觉得口水要流出来了,不想再找"杖杆"了。我在寻找"杖杆"的时候,还不止一次遇见了狼,但当时我是把它当狗看待的,因为它确实跟狗长得一样,只不过耳朵是竖着的。在我们小镇,大多人家的狗我都认得,所以一回到营地,我会告诉父亲我在深山里遇见了一条狼狗,我不认识它,它也不认识我,不知是谁家的。父亲就很慌张,他说没谁家会把狗领到这么远的山上,那也许是狼吧。他煞有介事地去那片雪地辨别留下来的足印,嘱咐我以后不许一个人走远,大约是怕狼把我给叼走吧。我想狼在山中可吃的东西很多,它们过着养尊处优的生活,哪会有想吃一个毛头小孩的胃口呢!

我最喜欢自己拉着爬犁上山拉烧柴。带上一把锯,不用走太远,就可以伐到水冬瓜。青色的水冬瓜很好伐,如果锯齿比较锋利的话,几分钟它就会扑倒在地。水冬瓜的枝条很脆,你不用斧子就可修剪。把锯转个身子,用锯背去砍枝条,刷刷刷地,那些枝条就像被剪掉的头发似的落在雪地上了。伐水冬瓜的声音非常好听,它不像松树,常常会因为身上漫溢的金色树脂粘了锯而发出暗哑的声音;水冬瓜和锯的关系如同琴弓与琴弦的关系,非常和谐,所以我最爱听这样的伐木声,跟流水声一样清亮。水冬瓜很好烧,但它燃烧的速度很快,所以挥发的热量不足,青睐它的人就少而又少。除了水冬瓜,我还喜欢伐碗口那么粗的白桦树,不过白桦树的枝条极有韧性,修剪起来比较费劲。我们喜欢把白桦树的皮剥下来,用它做引火的材料。当然,手巧的人还会用它做盐罐和烟盒。剥桦树皮的时候,手往往还能触着它身上漫溢着的汁液,那时我就会伸出舌头吮吸,天然的桦树汁清冽甘甜,喝了让人的精神顿时为之一爽。

冬日月光下的白桦林是我见过的世界上最壮美的景色了。有的时候拉烧柴回来得晚,而天又黑得早,当我们归家的时候,月亮已经出来了。月光洒在白桦林和雪野上,焕发出幽蓝的光晕,好像月光在干净的雪地上静静地燃烧,是那么的和谐与安详。白桦树被月光映照得如此的光洁、透明,看上去就像一支白色的蜡烛。能够把这蜡烛点燃的,就是月光了。也许鸟儿也喜欢这样的美景,所以白桦林的鸟鸣最稠密,我经过白桦林时,总要多看它几眼。在月夜的森林中,它就像一片宁静的湖水。

我曾因为给学校拉烧柴而冻伤了双脚。那时每个班级都有一个火炉,冬天的时候,值日生要充当烧炉工,提前一个小时赶到教室,把炉子生起来,等到八点钟同学来上课时,玻璃窗上的霜花就化了,教室也暖洋洋的了。火炉吞吃的柴火,也大都由学生们自行解决。劳动课时,班主任会带领学生上山捡烧柴。我大约那天穿的棉乌拉有些潮,又赶上天冷,把脚给冻了。回家后双脚肿胀,钻心的疼,下地走路都吃力。躺在滚烫的火炕上养着冻疮,听着窗外北风的呼啸声,看着父母一趟趟地进我的小屋嘘寒问暖的,心里觉得又委屈又幸福。那冻疮最后虽然好了,但落下了疤痕。而且一到雨季的时候,冻疮的创面就开始发痒,直到如今。好像它们也如我一样,仍然怀念着已逝的寒风和飞雪,仍然忆念着那已不复存在的伐木声。

暮色中的炊烟

炊烟是房屋升起的云朵,是劈柴化成的幽魂。它们经过了火光的历练,又钻过了一段漆黑的烟道后,一旦从烟囱中脱颖而出,就带着种超凡脱俗的气质,宁静、纯洁、轻盈、缥缈。无云的天气中,它们就是空中的云朵;而有云的日子,它们就是云的长裙下飘逸着的流苏。

那时煤还没有被广泛作为燃料,家家户户的火炉吞吃的,自然就是劈柴了。劈柴来源于树木,它汲取了天地万物的精华,因而燃烧后落下的灰烬是细腻的,分解出的烟也是不含杂质的,白得透明。

如果你在晚霞满天的时候来到山顶,俯瞰山下的小镇,可以看到一动一静两个情景,它们恰到好处地组合成了一幅画面:静的是一幢连着一幢的房屋,而动的则是袅袅上升的炊烟。房屋是冷色调的,而炊烟则是暖色调的。这一冷一暖,将小镇宁静平和的生活气氛给完美地烘托出来了。

女人们喜欢在晚饭后串门,她们去谁家串门前,要习惯地看一眼这家烟囱冒出的炊烟,如果它格外的浓郁,说明人家的晚饭正忙在高潮,饭菜还没有上桌呢,就要晚一些过去;而如果那炊烟细若游丝、若有若无,说明饭已经吃完了,你这时过去,人家才有空儿聊天。炊烟无形中充当了密探的角色。

一般来说,早晨的炊烟比较疏朗,正午的隐隐约约,而黄昏的炊烟最为浓郁。人们最重视的是晚饭。但这只是针对春夏秋三季而言的。到了冬天，由于天气寒冷，灶房的火炉几乎没有停火的时候，家家的炊烟在任何时刻看上去都是蓬勃的。这时候，我会觉得火炉就是这世上最大的烟鬼，它每时每刻都向外鼓着烟，它吞吃的那大量的劈柴，想必就是烟丝吧。

炊烟总是上升的，它的气息天空是最为熟悉的了。但也有的时候气压过于低，烟气下沉，炊烟徘徊在屋顶，我们就会嗅到它的气息。那是一种草木灰的气息，有点微微的涩，涩中又有一股苦香，很耐人寻味。这缕涩中杂糅着苦香的气息，常让我忆起一个与炊烟有关的老女人的命运。

在北极村的姥姥家居住的时候，我喜欢趴到东窗去望外面的风景。窗外是一片很大的菜园，种了很多的青菜和苞米。菜地的尽头，是一排歪歪斜斜的柞木栅栏，那里种着牵牛花。牵牛花开的时候，那面陈旧黯淡的栅栏就仿佛披挂了彩带，看上去喜气洋洋的。在木栅栏的另一侧，是另一户人家的菜地，她家种植了大片大片的向日葵。从东窗，还能看见她家的木刻楞房屋。

这座房屋的主人是个俄罗斯老太太，我们都叫她"老毛子"。她是斯大林时代避难过来的，早已加入了中国国籍。北极村与她的祖国，只是一江之隔。所以每天我从东窗看见的山峦，都是俄罗斯的。她嫁了个中国农民，是个马夫，生了两个儿子。她的丈夫死后，两个儿子相继结了婚，一个到外地去了，另一个仍留在北极村，不过不跟她住在一起。那个在北极村的儿子为她添了个孙子，叫秋生。秋生呆头呆脑的，他只知道像牛一样干活，见了人只是笑，不爱说话，就是偶尔跟人说话也是说不连贯。秋生不像他的父母很少登老毛子的门，他三天两头就来看望他的奶奶。秋生一来就是干活，挑着桶去水井，一担一担地挑水，把大缸小缸都盛满水；再抡起斧子劈柴火，将它们码到柴垛上；要不就是握着扫帚扫院子，将屋前屋后都打扫得干干净净的。所以我从东窗，常能看见秋生的影子。除了他，老毛子那里再没别人去了。

那时中苏关系比较紧张,苏联的巡逻机常常嗡嗡叫着低空盘旋,我方的巡逻艇也常在黑龙江上徘徊。不过两国的百姓却是友好的,我们到江边洗衣服或是捕鱼,如果看见河那侧的江面上有小船驶过,而那船头又站着人的话,他们就会和我们招手,我们也会和他们招手。我那时最犯糊涂的一件事就是:为什么喝着同一江的水,享受着相同的空气,烧着同样的劈柴,他们说的却是另外一种我们听不懂的语言,而且长得也和我们不一样,鼻子那么大,头发那么黄,眼睛又那么蓝?

那时村中的人很忌讳和她来往,因为一不留神,就会因此而被戴上一顶"苏修特务"的帽子。她似乎也不喜欢与村中人交往,从不离开院门,只待在家里和菜园中。我到玉米地里时,隔着栅栏,常能看见她在菜园劳作的身影。她个子很高,虽然年纪大了,但一点也不驼背。她喜欢穿一条黑色的曳地长裙,戴一条古铜色三角巾。她脸上的皮肤非常白皙,眼窝深深凹陷,那双碧蓝的眼睛看人时非常清澈。我姥姥不喜欢我和她说话,但有两次隔着栅栏她吆喝我去她家玩,我就跃过栅栏,跟着她去了。我至今记得她的居室非常整洁,北墙上悬挂着一个座钟,座钟下面是一张紫檀色长条桌,桌上喜欢摆着两个碟子,一只装着蚕豆,一只装着葵花子,此外还有一个茶壶、一个茶盅和一副扑克牌。这桌子上的东西展现了她家居生活的情态,喝茶,吃蚕豆,嗑瓜子,摆扑克牌。她的汉语说得有些生硬,好像她咬着舌头在说话。她把我领到家后,喜欢把我抱起,放在一把椅子上。我端端正正地坐着的时候,她就为我抓吃的去了。蚕豆、瓜子是最常吃的,有的时候也会有一块糖。我自幼满口虫牙,硬东西不敢碰,而她虽然已是个老人,牙齿却格外的坚实,嚼起蚕豆有声有色的,非常轻松和惬意。与她熟了后,她就教我跳舞,她喜欢站在屋子中央,扬起胳膊,口中哼唱着什么,原地旋转着。她旋转的时候那条黑色的裙子就鼓胀起来了,有如一朵盛开的牵牛花。她外表的冷漠和沉静,与她内心的热情奔放形成了鲜明的对比。北极村的很多老太太都缠过足,走路扭扭摆摆的,且都是小碎步;而老毛子却是个大脚片子,她走起路来又稳又快,我那时把她爱跳舞归结为她拥有一双自由的脚,并不知道一双脚的灵魂其实是在心上。

那些不上她家串门的邻居,其实对老毛子也是关心的。他们从两个途径关心着她,一个是秋生,一个就是炊烟了。人们见了秋生会问他,秋生,你奶奶身体好吗?秋生嘿嘿地笑,人们就知道老毛子是硬朗的。而我姥姥更喜欢从老毛子家的烟囱观察她的生活状况,那炊烟总是按时按响地从屋顶升起,说明她生活得有滋有味的,很有规律。大家也就很放心。

冬天到来的时候,园田就被白雪覆盖了。天冷,我就很少到老毛子家去玩了。玻璃窗上总是蒙着霜花,一派朦胧,所以也很少透过东窗去看那座木刻楞房屋了。她家的炊烟几时升起,又几时落下,我们也就不知晓了。

老毛子在冬季时静悄悄地死了,她是孤独地离开这个冰雪世界的。那几天秋生没过来,人们是通过她家的烟囱感觉她出了事的。住在她家后一趟房的人家,每天早晚抱柴生火时,总要习惯地看一眼老毛子的烟囱,结果连续两天都没有发现那烟囱冒出一缕炊烟,知道老毛子大事不好了,于是喊来她的家人,进屋一看,老毛子果然已经僵直在炕上了。

从那以后,我再也没有在暮色苍茫的时分看到过那幢房屋飘出炊烟,尽管村子里其他房屋的炊烟仍然妖娆地升起,但我总觉得最美的一缕已经消逝了。

年画与蟋蟀

最早迎接年的,不是灯笼、春联和爆竹,而是年画。

我家贴年画总是在腊月二十七八的晚上,这是全家人都要参与的一项最美丽、最快乐的劳动。我们把炕擦得又光又亮,将从城里书店买来的卷在一起的年画在炕上展开,随着一股芳香的油墨味飘扬而出,年画那鲜艳的油彩也就扑入眼帘了,让人仿佛在瞬间看见了春天。这时候年画成了太阳,而我们是葵花,我们的脑袋都探向它,沐浴着它散发出的暖人的光泽。我们一张张地欣赏着年画,议论着该把它们贴到哪个屋子的哪面墙上。通常来说,大屋中的北墙是贴年画最重要的位置,因为这面墙最为宽大,而且由南门进得屋子,最先看到的就是这面墙。还有,大屋的炕上住的是父母大人,他们躺在炕上,抬眼就可看到对面的北墙,如果那上面张贴的画不够精彩和悦目的话,想必他们也会觉得压抑。不过在选择北墙的年画上,爸爸和妈妈常常意见不一。爸爸喜欢那些故事性强的、笔法细腻灵动、色彩雅致的,如《武松打虎》、《三打祝家庄》;而妈妈喜欢那些富有民间传奇故事色彩并且画面印有吉祥图案的年画,比如杨柳青年画,那里面要金麒麟有金麒麟,要荷花有荷花,要鲤鱼有鲤鱼,要寿桃有寿桃,这就很符合妈妈的审美观、理想观。我们姊妹三人在他们意见相左时是做评判的,弟弟由于跟爸爸妈妈睡一铺炕,他很有发言权。他要是相中了哪一张,就拿着图钉往北墙摁了,而那画面上基本是些舞枪弄棒的古装画,这遂了爸爸的心意,妈妈却不很高兴,但大人过年原本就是为了哄小孩子过的,妈妈也不说什么,赶紧折中拣上一张《猪八戒背媳妇》的画挤上去,使那带金戈铁马的画面有了点喜庆的气氛。我和姐姐住的屋子,张贴的基本是那些胖娃娃与花朵的年画,当然,有的时候也有人物画,比如《红楼梦》中的《晴雯撕扇》《探春结社》《宝钗扑蝶》《黛玉葬花》等画,还有《草原英雄小姐妹》等。我妈妈不喜欢我们贴《黛玉葬花》,嫌那画面太凄凉。就是表现龙梅和玉荣保护集体羊群事迹的《草原英雄小姐妹》,妈妈也不喜欢,她大约怕我和姐姐也遭遇那样的暴风雪吧。最后上了我们屋子墙壁的,都是些光着屁股的童男童女,他们往往脚踏金麒麟或满载金元宝的船,怀抱红鲤鱼或者大寿桃,脚腕和手脖上套着莹光闪烁的珍珠,脖子戴着金项圈。画的四周又往往环绕着红牡丹和福字,看上去热闹而俗气。我最不喜欢年画上印有"福"字,如果它出现在画的边缘倒也可以忍受,倘若画面的中心是一个胖娃娃举着个巨大的"福"字,我就不能容忍了,一定坚持不能上我们小屋的墙。因为除夕贴春联时,所有的门窗都要贴上大大小小的"福"字,这张面孔熟得不能再熟了,已经让人生厌。所以到了正月里,风把门上的"福"字刮掉,狗叼着它,舔舐它背后用面粉打成的糨糊时,我就有一种快感,想着它为了给人昭示好运而忍饥受冻地站着,最终却落到了狗嘴里,实在是开心。

　　年画被分派好位置后,各就各位就很容易了。通常是父母一手掂着画的一角,一手拿着图钉张贴,而我们坐在炕上帮他们看画与画之间对得齐不齐。我们的眼力有时也出问题,待画贴好了,从炕上跳到地上再仔细一望,原来贴歪了,于是大家就在笑声中重来,这更让人感觉到年的滋味的浓郁。

　　正月里,家家都挂着花灯,城里的秧歌队也会走上十几里的山路来我们小镇表演。我家挂的灯笼,总是红色的宫灯,而糊灯笼是我的活计。也许因为我是正月十五灯节出生的缘故,而且乳名又唤做"迎灯",所以他们总是把与灯有关的活派给我。很奇怪,我在绣花和缝纫上笨手笨脚的,但糊灯笼却是无师自通,十分娴熟。我知道将红纸裁剪成什么形状,就能恰到好处地糊在灯笼的骨架上。糊的时候还要掌握好松紧度,太紧了容易使灯笼像熟透的果子而绽裂了皮,太松了纸张又容易起褶皱,使它看上去就像生了皱纹,老气横秋的。我糊灯笼的时候,妈妈往往会摆上一盘炸的江米条来犒劳我,我像狗一样用舌头舔着它吃,不敢伸手去抓,怕手沾上油污,弄脏了灯笼。由于爱灯笼,所以年画中出现它的影子,我是不厌烦的,而且只喜欢红色的宫灯,它看上去饱满而又美观。至于走马灯、南瓜灯,我就没有那么热爱了。

有一年学校组织了一支秧歌队,要在灯节的那一天表演秧歌,规定每个成员都要做一盏花灯。我妈妈求人为我做了一盏白菜灯。它的底部用的是白纸,上面张开的叶片用的则是绿纸。这灯白天看上去并不起眼,而一旦晚间点燃了它,它的美就幽幽呈现了。白纸和绿纸的光焰一交融,白纸就泛着柳树新绿的光泽,而绿纸上则仿佛撒满了月光,那种绿柔和而纯净极了。我举着白菜灯扭秧歌的时候,前来观看的家人找不到我,就找那盏白菜灯,一找就找着了,它在众多的灯中显得那么与众不同。我用不着展示自己的舞姿,只需挥动着胳膊,让它跳来跳去就可以了。我听见围观者不时发出对白菜灯的赞叹声,都说它水灵,好看,这让我得意非凡。回家之后,我异想天开地想绘制一幅关于白菜灯的年画,连画的位置都物色好了,就贴到后窗的左侧,这样它与右侧悬挂的月份牌就成了一对姊妹了。我找来一张十六开的白纸,把彩色蜡笔摆好,先用铅笔在画上描画了一个小女孩的形象,让她一只胳膊垂着,一只胳膊举着白菜灯,然后给画涂色。也许蜡笔的质地太粗糙,涂来涂去,灯不像个灯样,女孩也没个女孩样,而蜡笔中鲜润的颜色已基本被耗尽了,只剩下那些深色调的,让我好不失望。我做的第一张年画,就付之一炬了。想必火炉也是要过年的,它收留和吞噬它的时候是那么的惬意和畅快。而我的后窗的左侧,仍然是一片空白,那右侧的月份牌,也就只能独自流逝着岁月了。

  那时我们一家人最喜欢的娱乐,就是晚间时聚集在大屋的炕上打扑克。我们只穿着背心和短裤,围成一圈。谁输了,谁的嘴唇上就会被粘上一张纸条做的白胡子。我爸爸暗中总是给我们让牌,所以每次都是他挂的白胡子多。我爱倚着北墙,因为这样坐着,肩头上扛的就是年画了。出了正月的年画就不那么鲜亮了,到了夏季,我们拍苍蝇和蚊虫时,又往往给这画增添了污迹。但它毕竟是年画呀,想着这旧的年画总有一天会被新的替代,就觉得日子是有盼头的。我们在年画下打扑克时,还喜欢从菜窖中取出一个青萝卜,把它洗净后切成片,当水果来吃。所以我们家的牌局可称为"萝卜牌局"。口中嚼着脆生生的萝卜,手里握着一把扑克牌,这日子已经足够滋润的了。偏偏还要有锦上添花的事情发生,那就是蟋蟀的叫声,我们管蟋蟀叫"蛐蛐儿"。蛐蛐儿常常在我们打牌的时候,在灶房发出清丽婉转的叫声,好像在为我们伴奏。它们喜欢待在阴湿的水缸旁边,平素你看不到它们的身影,但到了夜晚,它们却像夜莺一样亮开歌喉了。因为蛐蛐儿的学名叫"蟋蟀",我们那一带的人依据其中的那个"蟋"字,把它和"喜"字联系到一起,所以蟋蟀的叫声就是吉祥的象征了。我打扑克的时候一听到蟋蟀叫,就忍不住要看一眼年画,好像蟋蟀蹦到了年画上,并且要从年画上跳到我的肩头似的。所以我回忆起年画,最先出现在脑海中的并不是色彩,而是声音。那笼罩着蟋蟀叫声的年画,虽然早已飘零了,但今天的蟋蟀仍然会在寂静的夜晚,用它那令我们无比熟悉的歌喉,把三十年前的夜晚给我们"嚯嚯——"地叫回来。

夏日小憩

故乡的云

寻 石 记

我们童年所做的游戏,稍微有点新意的,也不外乎让一个小伙伴扮成白军,我们一伙红军四处去抓他。一抓总能抓得到,他不是藏在柴垛后面,就是躲在狗窝里。每次白军被垂头丧气地捉住的时候我都要想:白军真蠢啊,怪不得胜利的是红军呢!

这些游戏玩得腻了,有一天我们突发奇想,想砸家里的石头玩。听说石头能砸出火花,火花在白天看时不明显,须等到夜里来砸,才能把那火花看得真切和灿烂。

一般的人家都有一块大石头,是冬季用来腌酸菜的。夏季时,这石头闲在院子里,人们就把它当板凳来使了。老人们坐在上面吸烟锅,女人坐在那里补衣裳。有的时候鸡也会跳上去,在上面叽叽咯咯地叫着,好像那石头是它下的蛋似的。

终于有一个傍晚,父母去邻居家串门了。我便与几个小伙伴砸家中的那块青石。它方头方脑的,大约有二十斤重吧,我们每砸一下,都要跳起来为着迸射出来的银白色的火花而欢呼一番,直到它被砸碎为止。

次日清晨,我被母亲从被窝中揪出来。她呵斥我:"你给我去找个一模一样的石头回来,要不我就剁掉你的贱手!"那石头我们家年复一年地用着,成了我们的老熟人了,它的破碎自然要使母亲大发雷霆的。

我就不信我找不到一块石头,那样我不就跟白军一样愚蠢了嘛!我穿上衣服冲出家门,朝河岸走去,我印象中水里有大石头。刚到河畔,就见邻村的打渔人在收网,他问我一个小孩子这么早出来干什么?我如实说了,他就告诉我说,河里的石头动不得,石头底下藏着龙,我要是搬了石头,龙就会伸出尖爪子把我钩住。

我想河里的石头动不得,山上峭壁旁的石头应该能让人动的。我朝山上走去。到了那里时,正碰上同村的赤脚医生在采药材。他问我一个小女孩走这么远的路,来这里干什么?我说要搬一块石头回家。他就笑着对我说,峭壁旁的石头动不得,它们是山神胸脯上的一块块肌肉,你动一块,等于在山神身上割了一块肉。

既然石头都有它们自己的来历和用场,我就空着手理直气壮地回家了。

母亲根本就不相信她清晨时的一句气话竟然使我独自出去寻石头,更不相信我听到的这些传说。她嗔怪我说:"我看你不用出去找石头了,你自己就是一块石头!"

我真的是石头吗?如果是,我可不想做家中的那块石头。我要做山上的石头听风雨,要做水底的石头亲吻鱼。

会唱歌的火炉

我的少年时代是在大兴安岭度过的。那里一进入九月,大地的绿色植物就枯萎了,雪花会袅袅飘向山林河流,漫长的冬天缓缓地拉开了帷幕。

冬天一到,火炉就被点燃了,它就像冬夜的守护神一样,每天都要眨着眼睛释放温暖,一直到次年的五月,春天姗姗来临时,火炉才能熄灭。

火炉是要吞吃柴火的,所以,一到寒假,我们就得跟着大人上山拉柴火。

拉柴火的工具主要有两种:手推车和爬犁。手推车是橡皮轮子的,体积大,既能走土路装载又多,所以大多的人家都使用它。爬犁呢,它是靠滑雪板行进的,所以只有在雪路上它才能畅快地走,一遇土路,它的腿脚就不灵便了,而且它装载小,走得慢,所以用它的人很零星。

我家的手推车买的是二手货,有些破旧,看上去就像一个辛劳过度的人,满面疲惫的样子。它的车胎常常慢撒气,所以我们拉柴火时,就得带着一个气管子,给它打气。否则你装了满满一车柴火要回家时,它却像一个饿瘪了肚子的人蹲在地上,无精打采的,你又怎么能指望它帮你把柴火运出山呢!

我们家拉柴火,都是由父亲带领着的。姐姐是个干活实在的孩子,所以父亲每次都要带着她。弟弟呢,那时虽然他也就是八九岁的光景,但父亲为了让他养成爱劳动的习惯,时不时也把他带着。他穿得厚厚的跟着,看上去就像一头小熊。我们通常是吃过早饭就出发,我们姊妹三人推着空车上山,父亲抽着烟跟在我们身后。冬日的阳光映照到雪地上,格外的刺眼,我常常被晃得睁不开眼睛。父亲生性乐观,很风趣,他常在雪路上唱歌、打口哨。他的歌声有时会把树上的鸟给惊飞了。我们拉的柴火,基本上是那些风倒的树木,它们已经半干了,没有利用价值,最适宜作烧柴。那些生长着的鲜树,比如落叶松、白桦、樟子松是绝对不能砍伐的,可伐的树,我记得有枝桠纵横的柞树和青色的水冬瓜树。父亲是个爱树的人,他从来不伐鲜树,所以我们家拉烧柴是镇上最本分的人家。为了这,我们就比别人家拉烧柴要费劲些,回来得也会晚。因为风倒木是有限的,它们被积雪覆盖着,很难被发现。我最乐意做的,就是在深山里寻找风倒木。往往是寻着寻着,听见啄木鸟"笃笃"地在吃树缝中的虫子,我就会停下来看啄木鸟;而要是看见了一只白兔奔跑而过,我又会停下来看它留下的足迹。由于玩的心思占了上风,所以我找到风倒木的机会并不多。往往在我游山逛景的时候,父亲的喊声会传来,他吆喝我过去,说是找到了柴火,我就寻着锯声走过去。父亲用锯把倒木锯成几截,粗的由他扛出去,细的由我和姐姐扛出去。把倒木扛到放置手推车的路上,总要有一段距离。有的时候我扛累了,支持不住了,就一耸肩把倒木丢在地上,对父亲大声抗议:"我扛不动!"那语气带着几分委屈。姐姐呢,即使那倒木把她压得抬不起头来,走得直摇晃,她也咬牙坚持着把它运到路面上。所以成年以后,她常抱怨说,她之所以个子矮,完全是因为小的时候扛木头给压的。言下之意,我比她长得高,是由于偷懒的缘故。为此,有时我会觉得愧疚。

冬天的时候,零下三四十度的气温是司空见惯的。在山里待得时间久了,我和弟弟都觉得手脚发凉。父亲就会划拉一堆枝桠,为我们笼一堆火。洁白的雪地上,跳跃着一簇橘黄的火焰,那画面格外的美。我和弟弟就凑上去烤火。因为有了这团火,我和弟弟开始用棉花包裹着几个土豆藏到怀里,带到山里来,待父亲点起火后,我们就悄悄把土豆放到火中,当火熄灭后,土豆也熟了,我们就站在寒风中吃热腾腾、香喷喷的土豆。后来父亲发现了我们带土豆,他没有责备我们,反而鼓励我们多带几个,他也跟着一起吃。所以,一到了山里,烧柴还没扛出一根呢,我就嚷着冷,让父亲给我们点火。父亲常常嗔怪我,说我是只又懒又馋的猫。

天越冷,火炉吞吃的柴火就越多。我常想火炉的肚子可真大,老也填不饱它。渐渐地,我厌烦去山里了,因为每天即使没干多少活,可是往返走上十几里雪路后,回来后腿脚也酸痛了。我盼着自己的脚生冻疮,那样就可以理直气壮地留在家里了。可我知道生冻疮的滋味很不好受,于是只好天天跟着父亲去山里。

现在想来,我十分感激父亲,他让我在少年时期能与大自然有那么亲密的接触,让冬日的那种苍茫和壮美注入了我幼小的心田,滋润着我。每当我从山里回来,听着柴火在火炉中"劈啪劈啪"地燃烧,都会有一股莫名的感动。我觉得柴火燃烧的声音就是歌声,火炉它会唱歌。火炉在漫长的冬季中就是一个有着金嗓子的歌手,它天天歌唱,不知疲倦。它的歌声使我懂得生活的艰辛和朴素,懂得劳动的快乐,懂得温暖的获得是有代价的。所以,我成年以后回忆少年时代的生活,火炉的影子就会悄然浮现。虽然现在我已经脱离了与火炉相伴的生活,但我不会忘记它,不会忘记它的歌声。它那温柔而富有激情的歌声在我心中永远不会消逝。

傻瓜的乐园

傻瓜成傻的原因各不相同,但他们成傻后的快乐却是相同的,喜欢游逛,喜欢笑。

我童年生活的山村不过百户人家,但却有六七个傻子,他们的存在,曾给处于游戏年龄的我带来无尽的快乐。在我看来,我们那个四面环山的村子就是他们生活的乐园。

我家的后一趟房,有一个傻子,他叫大肥。他也是那几个傻子中惟一不出门的一个。大肥长得又白又胖,他整天躺在摇车里,除了吃,就是睡,连翻身也不会,别人说他出生后就没长骨头。夏天时,他的家人爱把他的摇车吊在院子的稠李子树下,我在自家的后屋常能听见他的哭声,他哭的声音不是婴儿的那种奶声奶气,而是跟大老爷们一样地粗着嗓子嚎,也难怪,虽然他看上去只有两三岁的样子,但他已经有十来岁了。我喜欢悄悄溜到大肥家去拉他的手,他的手软得跟豆腐一样,浑身雪白雪白的。我一拉他的手,他就笑。他本来就爱流涎水,一笑涎水就更多了,简直跟从山涧流下的泉水一样,弄得脸颊湿漉漉的。因着这涎水的缘故,他的脖子终日围着一条毛巾,使他看上去像个放懒的伙夫。大肥的家人很忌讳我们去看他,所以一旦被他的家长发现,就会被呵斥出去。周围的邻居都说,大肥是个怪物,说他活不长。他果然没有活长,十几岁时就死了。夏天时在晴朗的夏夜听不到后院大肥的哭声,我很难过。仿佛是眼看着一个神话破灭了,觉得生活黯淡了许多。

我最怕的傻子,叫二毛。他像恶狗一样具有攻击性。他很喜欢在街巷中穿行。他总是穿着灰秃秃的衣裳,胡子拉碴的。他独自走着时始终笑嘻嘻的,但他见到某些人时就会愤怒。有时他会突然揪住一个人大打出手。所以一看见二毛从前方走来了,明明他满脸的笑容,我还会飞也似的朝家奔,关门闭户,敛声屏气地看着二毛经过。二毛也怪,你越躲他,他就越狂躁,他会把紧闭的门拍得山响,吓得我的心突突地跳,喘气都不匀了。虽然怕二毛,但还特别想见到他,见到他呢,就得掌握好和他的距离,看够不够逃跑的,我可不想被他像猫捉老鼠一样给摁在爪下。和二毛的相遇,因为有着冒险的成分在里面,就有些惊心动魄的意味了。二毛最终的结局怎么样,我不知晓,有人建议他的家长,给他说个媳妇,说那样他的病就会好了。但到我离开那个小山村为止,二毛还是独行着的,没见他的身边有小媳妇陪伴着。

最有情趣的傻子,叫傻仨。傻仨是我同学的弟弟,他在家排行老三,大家都叫他傻仨。据说他是得了脑炎后变傻的,原来他是一个极伶俐的孩子。他喜欢唱歌,唱的是什么谁也不清楚。他不像二毛那样有攻击性,但村子里的小孩子还是怕他,一见傻仨来了,就像小鸡被老鹰围困似的四处奔逃。傻仨认得我,他远远地见了我就会喊我的名字——迟子弹,他发不好"建"的音。我一听他叫我迟子弹,就气得火冒三丈,我会撵着他,声言要揍死他,傻仨就一路朝家逃,边跑边喊:"妈呀,迟子弹要打我!"傻仨最忌讳家人说他傻,据说谁要说他傻了,他就会把家里的挂钟和收音机给拆卸了,拆完之后,再把每个零件各就各位地安上,收音机照样能说话,挂钟也照旧有板有眼地行走,让我们这些不傻的孩子都佩服得五体投地。我离开小山村多年后,有一次重归故里,在街巷中又看到了傻仨。他分明已经是个大人了,个子高了,眼睛还是那么的明亮,我以为他早把我忘了,谁料他定定地看了我半晌,突然指着我大叫:"妈呀,迟子弹!迟子弹!"说着回头就跑。好像我手里真的端着一杆枪,子弹已经上膛,要把他的脑壳击碎似的。听母亲说,傻仨也死了,听说是冻死的。

最浪漫的一对傻子,是大潘和二潘。他们是一对双胞兄妹。他们的父母是表兄妹,属于近亲结婚。大潘二潘非常能干活,他们夏季时跟着父母去田间劳作,冬季时拉着爬犁上山拉烧柴。他们喜欢手拉着手在林间小路上游荡,采野花啊,折松树枝啊什么的。我们在林间戏耍时常常能看见他们的身影。他们见了我们喜欢"啊啊"地叫着打招呼,很友好。人们都说,大潘二潘这么好,干脆就让他们结婚算了。可他们的父母并没有那么做。他们形影不离的样子让那些常常会反目为仇的兄弟的家长非常的羡慕,他们都说还不如生对大潘二潘那样的兄妹呢!前些年母亲对我说,大潘的消息她不知道,倒是二潘,她嫁了人,听说还生了一个大胖小子呢!

木匠与画匠

去年装修新居,我从老家运来了一些樟子松板材,想让家里的书架、写字台和餐桌都使用天然的木料,我想看它们身上透露着的妖娆的花纹,我还想闻樟子松木散发出的那股独特的气息。在远离家乡的都市,有它们陪伴着我,我会觉得格外踏实、温暖。

事情并不像我想的那么简单。板材运来后,负责装修的工长对我说,这板材还要运到工厂进行切割和抛光,因为它们太毛糙也太厚了。而且,他说如今城里的木匠根本不会用这样的板材打家具,他们只会用市场出售的板板正正的细木工板。我跟工长说,我无论如何也不会用细木工板来打书架,让他一定想办法请一个能胜任这活的木匠。

板材先是被折腾到工厂进行切割,把长的截短,将厚的冲薄了,然后再把它们拉回来,一摞摞地堆在厅里。我以为这就万事大吉了,然而这板材似乎架子很大,不那么轻易让人在它身上动锯和刨子,没过一周,它们又来了毛病,也许是没有被充分烘干的缘故,材质开始变形,有的看上去凹凸不平,没办法,它们再一次被运进工厂,这次是给它们压光。回来后的它们果然平展多了。它们在这幢高楼中乘着电梯三进两出,好像在为我的故乡做着广告。在那段日子,许多居民对它们比对我还熟悉,他们都问我,这是哪里来的木材?那口气好像在打听一个野孩子的来历。

工长从他的家乡请来了一个木匠。木匠一见那些木材,就会心会意地笑了,说,城里的木匠看见这木材,准蒙。言下之意,只有他对付得了它们。在木匠工作的那些日子,我每天都跑到工地看他干活,我帮他选择板材,哪些适合做书架,哪些又适合做写字台的台面,真的有给木材选美的感觉。木匠用刨子刨木板的时候,我常捡刨花来看。又薄又软的刨花上有着奇妙的花纹,感觉拿在手中的就是牡丹巨大的花瓣。那一段时间我异常兴奋,画了很多的家具草图,一会让木匠给我打个茶桌,一会又让他给我打个板凳。等木工活大功告成的时候,我觉得对我来说家装中最重要的工程已经完成了。

童年的时候,我觉得木匠是天底下最幸福的人。当你家要打家具时,就得把木匠恭恭敬敬请到家中,给他们沏上茶水,炒上几盘好菜,备上一壶烧酒,好生地侍候着。木匠呢,他们大都很神气,因为他们不像其他人靠种地为生,他们是手艺人,因而说话就很冲,主人稍稍招待不周,他们就挑板材的毛病,把它们说得一无是处,什么材质糟了,花纹不漂亮影响他的手艺了等等,要中途撂挑子的样子。这时的主人就得赶紧检点自己的"毛病",给他递烟,赔着笑脸,把伙食的档次提高上去,木匠这才会"复工"。所以木匠背着的工具袋,在我眼里高贵得不得了,因为靠着这些形形色色的铁家伙,他们就能吃上好饭。他们不仅吃得好,家具打好后,还能得到数目可观的工钱。我家的邻居就是个木匠,他家就常常吃细粮,让我羡慕极了,觉得木匠过的日子才是日子!

我们那时用着的家具,哪一个不是木匠亲手打出来的呢!想着木匠能让椅子长腿,能让桌子镶上抽屉,就觉得他们是有道理牛气的。

我童年时羡慕的人中,还有画匠。画匠多不是本村的人,他们从哪里来,我们并不知道。他们的肩上也像木匠一样背着帆布袋,不同的是,那里面装着各色颜料和各种画笔。不管人们家中贫穷还是富裕,都喜欢请画匠来家里画上一些画,在漫漫长冬里,那些画就是春天。画匠的活比木匠要轻巧多了,也艺术多了,他们把花鸟虫鱼画在炕琴上,画在门楣上,画在镜子上,画在椅背上,画在窗棂上。他们画的时候,我们这些小孩子喜欢凑在跟前围着看。画匠喜欢用艳丽、花哨的颜色,所以那画总是很惹眼,很热闹。画中一般是没有人物的,多数是唱歌的鸟、盛开的花朵以及肥硕金红的鲤鱼,所以那画看上去总是莺歌燕舞的。画匠在画画的时候,是住在主人家里的,主人也照样拿出好饭好菜好酒款待他们。他们走的时候,口袋里也会装上丰裕的工钱。那时我对画匠崇拜极了,想着一个人靠着画画就能混上好吃的,而且能自由自在地游荡,真恨自己那双把茶杯都会画歪的笨拙的手。

随着时光的流逝,生活的富足,木匠和画匠在那样的小山村已经消失了。城里的木匠,只会使用机械制造出的合成板材,他们大约连刨子都不会用。而画匠,即使有,也不是我所见过的那种带着传奇色彩的游走的人了,他们会有自己的一爿小店,等着上门来的生意。

在我的故乡,当年木匠打出的那些朴拙的家具和画匠描画的画,肯定还有幸存于某座老屋之中的,只是真正热爱它们的人少而又少了,让我们在回望岁月时,不由发出一声叹息。

我的世界下雪了

沿着堤坝向南走,可以看到一带蜿蜒起伏的山峦。春夏时节,那山是绿色的。当然,这绿也不是纯粹的绿,其中仍夹杂着点点的白色,那是白桦树荡漾在松林中的几点笑窝。山脚下,有一条清澈而宽阔的河流——呼玛河。从河岸到堤坝,是一片茂密的柳树丛和几百棵高大的青杨。那些青杨间距很广、错落有致地四散开来,为这带风景平添了几分动人的风韵。初春的时候,残雪消融,矮株的柳树红了枝条,而高大的青杨则绿了身躯,那些青杨就像是站在河岸的穿着绿蓑衣的渔民,而那丝丝柳枝,有如一群漫游在他们脚下的红鱼。

如果是沿着河岸向南走的话,你仍然可以看到山峦、柳树丛和青杨,不过在岸边还可以看到一块又一块的庄稼地和在那里劳作的农人的身影。如果你乐意,可以停下脚来问问他们今年的庄稼长势如何,他们会热情地告诉你,哪种庄稼长势喜人,哪种庄稼缺了雨水,哪种庄稼又遭了虫灾。他们跟你说话的时候,偎在农人身旁的先前还跟你汪汪叫着的狗,立刻就停止了吠叫,它会摇着尾巴,歪着头听你和它的主人友好地交谈。而那谈话始终是有流水声相伴着的,河水"哗——哗——"地流着,就像一位腰肢纤细、身材修长的白衣少女,正躺在那里懒洋洋地小睡着,而河水发出的如歌的行板就是她均匀的呼吸。

当然,我是从一个漫步者的角度描述我故乡居室窗外的风景的。如果你坐在书房的南窗前观赏山峦、柳树丛和河流,那就是另一番情境了。通常情况下,河水看上去只是浅浅细细的一条亮线,但是到了涨水的季节,而月亮又格外的圆润皎洁的话,河流就被映照得焕发出勃勃金光,明亮得就像镶嵌在大地上的一道闪电。而山峦和柳树丛呢,它们也会因着观察角度的变化而改变了容颜,山显得低了些,山峦与天相接所呈现的剪影也就更为明显,它那妖娆的曲线一览无余;柳树丛呢,它们缥缈得就像岸边的一片芦苇,而那些高大的青杨,由于你看不清它们身上那些纵横的枝桠和漫溢着的鲜润的绿色,则很有点武士的味道了,显得是那么的浑厚、苍劲和威严。

如果把老天比喻为一个画师的话,那么它春夏时节为大自然涂抹的是如梦似幻的温柔之色;到了秋天,它的画风发生了巨变,它借着秋霜的手,把山峦点染得一派绚丽,那灿烂的金黄色成为这个季节的主色调,让人想起凡·高的画。但这种绚丽持续不了多久,随着冷空气频频地入侵,落叶飘零,山色骤然变得黯淡陈旧了。但这种黯淡也不会让你的心灰暗很久,伴随着雪花那轻歌曼舞的脚步,山峦迎来了另一次的灿烂,它披上一件银白的棉袍,于苍茫中呈现着端庄、宁静的圣洁之美。

我之所以喜欢回到故乡,就是因为在这里,我的眼睛、心灵与双足都有理想的漫步之处。从我的居室到达我所描述的风景点,只需三五分钟。我通常选择黄昏的时候去散步。去的时候是由北向南,或走堤坝,或沿着河岸行走。如果在堤坝上行走,就会遇见赶着羊群归家的老汉,那些羊在堤坝的慢坡上边走边啃噬青草,仍是不忍归栏的样子。我还常看见一个放鸭归来的老婆婆,她那一群黑鸭子,是由两只大白鹅领路的。大白鹅高昂着脖子,很骄傲地走在最前面,而那众多的黑鸭子,则低眉顺眼地跟在后面。比之堤坝,我更喜欢沿着河岸漫步,我喜欢河水中那漫卷的夕照。夕阳最美的落脚点,就是河面了。进了水中的夕阳比夕阳本身还要辉煌。当然,水中还有山峦和河柳的投影。

让人觉得水面就是一幅画,点染着画面的,有夕阳、树木、云朵和微风。微风是通过水波来渲染画面的,微风吹皱了河水,那些涌起的水波就顺势将河面的夕阳、云朵和树木的投影给揉碎了,使水面的色彩在瞬间剥离,有了立体感,看上去像是一幅现代派的名画。我爱看这样的画面,所以如果没有微风相助,水面波澜不兴的话,我会弯腰捡起几颗鹅卵石,投向河面,这时水中的画就会骤然发生改变,我会坐在河滩上,安安静静地看上一刻。当然,我不敢坐久,不是怕河滩阴森的凉气侵蚀我,而是那些蚊子会络绎不绝地飞来,围着我嗡嗡地叫,我可不想拿自己的血当它们的晚餐。

  在书房写作累了,只需抬眼一望,山峦就映入眼帘了。都说青山悦目,其实沉积了冬雪的白山也是悦目的。白山看上去有如一只只来自天庭的白象。当然,从窗口还可以尽情地观赏飞来飞去的云。云不仅形态变幻快,它的色彩也是多变的。刚才看着还是铅灰的一团浓云,它飘着飘着,就分裂成几片船形的云了,而且色彩也变得莹白了。如果天空是一张白纸的话,云彩就是泼向这里的墨了。这墨有时浓重,有时浅淡,可见云彩在作画的时候是富有探索精神的。

  无论冬夏,如果月色撩人,我会关掉卧室的灯,将窗帘拉开,躺在床上赏月。月光透过窗棂漫进屋子,将床照得泛出暖融融的白光,沐浴着月光的我就有在云中漫步的曼妙的感觉。在刚刚过去的中秋节里,我就是躺在床上赏月的。那天浓云密布,白天的时候,先是落了一些冷冷的雨,午后开始,初冬的第一场小雪悄然降临了。看着雪花如蝴蝶一样在空中飞舞,我以为晚上的月亮一定是不得见了。然而到了七时许,月亮忽然在东方的云层中露出几道亮光,似乎在为它午夜的隆重出场做着昭示。八点多,云层薄了,在云中滚来滚去的月亮会在刹那间一露真容。九点多,由西南而飞向东北方向的庞大云层就像百万大军一样越过银河,绝大部分消失了踪影,月亮完满地现身了。也许是经过了白天雨与雪的洗礼,它明净清澈极了。我躺在床上,看着它,沐浴着它那丝绸一样的光芒,感觉好时光在轻轻敲着我的额头,心里有一种极其温存和幸福的感觉。过了一会儿,又一批云彩出现了,不过那是一片极薄的云,它们似乎是专为月亮准备的彩衣,因为它们簇拥着月亮的时候,月亮用它的芳心,将白云照得泛出彩色的光晕,彩云一团连着一团地出现,此时的月亮看上去就像一个巨大的蜜橙,让人觉得它荡漾出的清辉,是洋溢着浓郁的甜香气的。午夜时分,云彩全然不见了,走到中天的明月就像掉入了一池湖水中,那天空竟比白日的晴空看上去还要碧蓝。这样一轮经历了风雨和霜雪的中秋月,实在是难得一遇。看过了这样一轮月亮,那个夜晚的梦中就都是光明了。

我还记得二〇〇二年正月初二的那一天,我和爱人应邀到城西的弟弟家去吃饭,我们没有乘车从城里走,而是上了堤坝,绕着小城步行而去。那天下着雪,落雪的天气通常是比较温暖的,好像雪花用它柔弱的身体抵挡了寒流。堤坝上一个行人都没有,只有我们俩,手挽着手,踏着雪无言地走着。山峦在雪中看上去模模糊糊的,而堤坝下的河流,也已隐遁了踪迹,被厚厚的冰雪覆盖了。河岸的柳树和青杨,在飞雪中看上去影影绰绰的,天与地显得是如此的苍茫,又如此的亲切。走着走着,我忽然落下了眼泪,明明知道过年落泪是不吉祥的,可我不能自持,那种无与伦比的美好滋生了我的伤感情绪。三个月后,爱人别我而去,那年的冬天再回到故乡时,走在白雪茫茫的堤坝上的,就只是我一人了。那时我恍然明白,那天我为何会流泪,因为天与地都在暗示我,那美好的情感将别你而去,你将被这亘古的苍凉永远环绕着!

所幸青山和流水仍在,河柳与青杨仍在,明月也仍在,我的目光和心灵都有可栖息的地方,我的笔也有最动情的触点。所以我仍然喜欢在黄昏时漫步,喜欢看水中的落日,喜欢看风中的落叶,喜欢看雪中的山峦。我不惧怕苍老,因为我愿意青丝变成白发的时候,月光会与我的发丝相融为一体。让月光分不清它是月光呢还是白发;让我分不清生长在我头上的,是白发呢还是月光。

几天前的一个夜晚,我做了一个有关大雪的梦。我独自来到了一个白雪纷飞的地方,到处是房屋,但道路上一个行人也看不见。有的只是空中漫卷的雪花。雪花拍打我的脸,那么的凉爽,那么的滋润,那么的亲切。梦醒之时,窗外正是沉沉暗夜,我回忆起一年之中,不论什么季节,我都要做关于雪花的梦,哪怕窗外是一派鸟语花香。看来环绕着我的,注定是一个清凉而又忧伤、浪漫而又寒冷的世界。我心有所动,迫切地想在白纸上写下一行字。我伸手去开床头的灯,没有打亮它,想必夜晚时回电了;我便打开手机,借着它微弱的光亮,抓过一支笔,在一张打字纸上把那句最能表达我思想和情感的话写了出来,然后又回到床上,继续我的梦。

那句话是:我的世界下雪了。

是的,我的世界下雪了……

太阳岛的深秋

故乡的冬天

女 人 的 手

如果不出什么意外的话,一般来说,女人的手都比男人的要小巧、纤细、绵软和细腻。不是常常有人用"纤纤素手"、"十指尖尖如细笋"来形容女人的手吗?

旧时代女人的手真正是派上了用场。纺织、缝补、浆洗、扯着细长的麻绳纳鞋底、擦锅抹灶、给公婆端尿盆、为外出打工的男人打点行装、洗尿布等等,真是不一而足。当然也有耽于刺绣、抚琴而歌、拈扇捕蝶的小姐的手,但那不是大多数女人的手的命运,所以也就略去不计了。

女人的手虽然备受辛劳,但很奇怪它们总是保持着女性的手应有的本色,灵巧而充满光泽。看许多古代的仕女图,画得最美的不是眼睛和嘴,而是那一双双安然垂在胸前的手。它们光滑美丽,像玉一般荧荧泛光。几百年过后,再看那画中的女人,只感觉那手充满灵性地又要动起来,仿佛又要去挑油灯的灯花,又要撩开竹帘看一眼她屋里的男人,又要到河边去窸窸窣窣淘米一样。

女人的手是经久不衰的。

现在的女人不必那么辛苦了。但是她们照例要下厨房,要照顾小孩子。她们仍然要洗衣、淘米、切菜、站在煤气灶前将葱花撒到沸油中爆响。若是她们有好心情,她们还要编织毛衣、裁剪、布置居室等等。她们用手使屋子一尘不染,连窗台上莳弄的花卉的叶片也纤尘不染,家里的空气真正是透明的。女人在忙碌这些的时候就丢掉了一些时光,她们的额头和眼角会悄悄起了皱纹,发丝的光泽不似往昔,但她们的手却仍然有别于男人,即使粗糙也是一种秀气的粗糙。

于是我便想,女人的手为什么不容易老呢?我想其中的一个主要原因是由于它们经常接触蔬菜水果、花卉植物和水的缘故。女人们在切菜的时候,柿子那猩红的汁液流了出来,芹菜的浓绿的汁液也流了出来,黄瓜的清香汁液横溢而出,土豆乳色的汁液也在刀起刀落之间漫出。它们无一例外地流到了女人的手上,以丰富的营养滋养着它们,使它们新鲜明丽。女人的手在莳弄花卉和常绿植物时必然也要沾染它们的香气和灵气,这种气韵是男人所不能获得的。女人大都爱水,米浆、洗衣水的每一次浸泡都使得手获得一次极好的滋润。

我这样说,并不是鼓励女人都下厨房。可是不下厨房的女人有味道吗?

女人的手不容易老的另一个原因,我猜想是因为眼泪的滋养。女人爱哭,很少有人会任泪自流到脖颈衣襟而不管不顾,也很少有人会像古典小说中的女人一样拈着手帕擦泪,女人哭起来大多是"鼻涕一把泪一把",手也就适时而来,一把一把地在脸颊擦个不停。眼泪是一个人的精华,它只有在人极度悲伤和高兴的时候才夺眶而出,它对女人的手的滋养肯定不同凡响。泪水在手的表皮上慢慢地透过毛细血孔浸透在人手的内部,这时悲哀也就随之化解,青春和希望的力量在渐渐回升,女人的手经过泪水的洗礼变得更加有活力。

以上我所揣测的两点,最好不要被医学专家看到,不然便免不了要深究我犯了如何如何的常识错误,我可不想唇红齿白地对簿公堂。何况,我对一些常识性知识的千年不变总是深怀恐惧和疑虑。

不去说它了。

忘了哪一年在一本书上看到,女人在临终前比男人喜欢伸出手来,她们总想抓住什么。她们那时已经丧失了呼唤的能力,她们表达自己最后的心愿时便伸出了手,也许因为手是她们一生使用了最多的语言,于是她们把最后的激情留给了手来表达。

我现在是这样一个女人,我用手来写作,也用它来洗衣、铺床、切蔬菜瓜果、包饺子、腌制小菜、刷马桶。如果我爱一个人,我会把双手陷在他的头发间,抚弄他的发丝。如果我年事已高很不幸地在临终前像大多数女人一样伸出了手,但愿我苍老的手能哆哆嗦嗦地抓住我深爱的人的手。

女人与花朵

大约没有女人不爱花的。

在爱花上,乡下女人比城里女人要运气多了。她们可以在自己的园田上种植花卉,譬如在窗前种上一排金灿灿的向日葵,在墙角种上几棵开喇叭形花朵的爬山虎,在菜圃的边缘种上风风火火的矢车菊等等。这样的花朵,总是与风雨同呼吸。它们能最真切地接受阳光的照拂,能够感受到蝴蝶与蜜蜂的触角抚弄它们时的那种甜蜜的疼痛。

城里的女人怎么养花呢?她们没有自己的土地,至多不过在阳台上养些盆花,杜鹃啦、茉莉啦、菊花啦或者含笑、玻璃翠、月季等等。这些花也会开,但由于没有开在户外,总给人一种贫血的感觉,往往是才开了两三天,花朵就不精神了。而乡下女人种的那些花,根本用不着侍弄,它们开得有声有色、轰轰烈烈的。即便是有鸡或狗刨了它的花根,或者是狂风吹弯了它的腰,它也能顽强地继续开着花朵。

能养盆花的城里女人算是幸运的。这样的人家多半人丁兴旺,因为养花缺不了水,而浇水是需要人的。对于那些经常外出的人家来讲,只能养从花店买回的花了。不然你在家摆了几盆花,一个月外出回来后,会发现它们枯死在盆中,看上去就像一团垃圾。

花店里的花,普通的如康乃馨和剑兰,稍好一些的是玫瑰和百合,最名贵的当数马蹄莲和郁金香了。养这样的花一定要用透明的玻璃花瓶,能清楚地看到水的位置、水中碧绿的茎叶等等。如果用密不透光的瓷瓶,看不到茎,养在其上的花朵就给人一种突兀感。不过,这样的花即便是天天剪枝和换水,也不如开在大地的花朵来得持久。玫瑰三四天就会蔫软,百合开得再长也超不过一个星期。康乃馨如果侍弄好了,倒是能挺个十天左右,不过你一天天地往下剪枝,最后把它剪得瘦小伶仃,茎短了,叶子少了,一堆光秃秃的花簇拥在一起,实在没什么美感了。其实赏花不单单是看花朵本身,也要看它的茎和叶子。所以古人写的那些赏花的句子,极少有对着居室的花朵抒发情感的。他们大都去花园或者荒野里赏花,这样的花有了草地或者是山的映衬,有了月光的点缀,有了流水的烘托,才有了灵性和美感。比如白居易《忆江南》中的"山寺月中寻桂子,郡亭枕上看潮头",苏轼《望江南》中"试上超然台上看,半壕春水一城花",黄庭坚《水调歌头》中的"溪上桃花无数,枝上有黄鹂",陶渊明的"采菊东篱下,悠然见南山"等等,没有一个不是在大自然中抒发对花的情感的。如此说来,居室里的花朵是可怜的,它们没有清风明月的抚慰,呼吸的是室内缺氧的污浊的空气,感受到的是透过玻璃窗疲惫地钻进来的阳光,吸吮的是带着漂白粉气息的自来水,它们的哀愁又有谁知呢?我们这些爱去买花的城里女人,也许正是用花儿的哀愁来给自己换来愉悦的心境。

女人爱花,是天性使然。我觉得花也是母性的,它水性十足,娇柔、脆弱、艳丽而多情。它的这些特点,是男性所不能有的。这些花也喜欢女人柔软的手指抚弄它们。而花朵的芬芳也滋养了女人,女人的柔情和美丽与它们息息相关。

我发现,一个地方的花朵的脾性与那个地方女人的脾性有很大关联。比如我的故乡大兴安岭,最常见的一种花是野菊花。这花从夏天一直能开到深秋下霜时节。它朵不大,花心黄黄的、圆圆的、硬硬的,像颗纽扣。而围绕花心的那些匀称、细碎的紫色花瓣,看上去是那么的密实、浑厚。这花不怕风吹雨打,很皮实,极像我故乡的那些女人,坚强、隐忍、安静而朴素。在南方,我见到最多的一种花是池塘里的荷花,它们看上去滋润、优雅而娇羞,极似那些身姿婀娜的江南女人。

　　当然,花朵并不一律都是美好的。也有"恶之花"。有一些漂亮的花却是有毒的。就如同女人中也有如蝎似虎的人一样。但不管怎么说,世界上有了姹紫嫣红的花朵,有了形形色色爱花的女人,这世界才显得丰富多彩。

　　由于爱花,女人还喜欢做一些关于花朵的美梦。我就曾在梦中见过比澡盆还要大的桃花,见过一株能开上百朵花的百合。梦里的花比现实的要火爆多了。

　　我想花朵也许是女人的魂灵,而蜜蜂则是男人的魂灵。当蜜蜂嗡嗡地叫着从这朵花又跳到另一朵花上时,花朵还是静静地待在原处,一如既往地开放着。

暗夜飞霞

已经有两位名女人离我们而去了,一个是邓丽君,一个是张爱玲。邓丽君死于暮春,那时节云朵灿烂,香气沉沉。张爱玲则告别于清秋,天高云淡,落叶萧萧,一如她的旷世之才和孤傲的性情。她们虽然一个猝死于壮年,一个无疾而终于老年,但有一个共同之处,那就是她们都死得格外寂寞。尤其是张爱玲,当人们推开她的屋门时,她已经去世几日了,她躺在地毯上似在沉睡,桌子上还摆着未完成的《小团圆》。

我爱听邓丽君的歌,爱读张爱玲的文章。邓丽君的情歌是凄艳的,而张爱玲的文章则是凄清的。邓丽君的相貌极像一个美极了的瓷娃娃,因而她的生命是易摧而短暂的。而张爱玲的相貌则生就一副可以千锤百炼的气质,因而她能历经沧桑。也许知道张爱玲的人不如知道邓丽君的人多——如她寂寞的死亡一样。可是我相信在知识界,每一个读过张爱玲作品的人听到她逝去的消息时,都会为之一震。

她们的死亡还有一个共同点,那就是都死于海外。邓丽君是在漂泊途中,张爱玲虽然居于美国,但谁能肯定几十年来她的灵魂不在旧上海的街巷中沉浮呢?大概正因如此,她们的死是静悄悄的,因为她们的灵魂要悠闲和从容地"归乡"。

邓丽君的死曾掀起了一股"邓丽君热"。那一时节街头的录音带销售摊点天天放着《何日君再来》、《恰似你的温柔》的歌曲。我在乘公共汽车、买菜或者散步时听到这歌声常常一阵心酸。

而张爱玲则不一样,她那凄清动人的文字是无法变成声音让更多的人来接受的,因为文字只有在夜阑人静的灯下才变得熠熠生辉。风能传播歌声,邓丽君的灵魂在暖风中;云能望穿文字,张爱玲的灵魂在流浪的云里。

　　她们离开了,是两个美丽的富有才情的女人离开了。我的柜子里有邓丽君的磁带,我的床头放着张爱玲的书。我不愿意给她们分个孰高孰低,但我还是更偏爱张爱玲,一方面是由于我做着与她相同的职业,另一方面是由于她死于暮年。虽然我知道对于张爱玲这种参透人世的酸甜苦辣的人来讲,晚年更多的是寂寞和苍凉,但能在深居简出中多看几回人间的斜阳,却仍然是令人心动的。

　　人们都说伟人离开人世时天边会出现陨星,我想那是针对男人而言的。卓越的女人离开时,我想暗暗的夜空中会出现微红的霞光,以她们无与伦比的美丽作别人间。

灯　　祭

父亲在世时,每逢过年我就会得到一盏灯。那灯是不寻常的。

从门外的雪地上捡回一个罐头瓶,然后将一瓢滚热的开水倒进瓶里,"啪"的一声,瓶底均匀地落下来了,灯罩便诞生了。赶紧用废棉花将灯罩擦得亮亮的,亮到能看清瓶中央飞旋的灰尘为止。灯的底座是圆形的,木制,有花纹,面积比灯罩要大上一圈,沿边缘对称地钻两个眼,将铁丝从一个眼穿过去,然后沿着底座的直径爬行,再扎入另一个眼中,铁丝在手的牵引下像眼镜蛇一样摇摆着身子朝上伸展,两个端头一旦汇合扭结在一起,灯座便大功告成了。那时候从底座中心再钉透一根钉子,把半截红烛固定在钉子上。待到夜幕降临时,轻轻捧起灯罩,"嚓"地点燃蜡烛,敛声屏气地落下灯罩,你提着这盏灯就觉得无限风光了。

父亲给我做这盏灯总要花上很多工夫。就说做灯罩,他总要捡回五六个瓶才能做成一个。不是把瓶子全炸碎了,就是瓶子安然无恙地保持原状,再不就是炸成功了,一看却是一只猪肉罐头瓶子,怎么擦都浑浊,只好弃了。

尽管如此,除夕夜父亲总能让我提到一盏称心如意的灯。没有月亮的除夕里,这盏灯就是月亮了。我怀揣着一盒火柴提着灯走东家串西家,每到一家都将灯吹灭,听人家夸几句这灯看着有多好,然后再心满意足地擦根火柴点燃灯去另一家。每每转回到家里时,蜡烛烧得只剩下一汪油了。

那时父亲会笑吟吟地问:"把那些光全折腾没了吧?"

"全给丢在路上了。"我说,"剩下最亮的光赶紧提回家来了。"

"还真顾家啊。"父亲打趣着我去看那盏灯。那汪蜡烛油上斜着一束蓬勃芬芳的光,的确是亮丽之极,将死的光芒总是灿烂夺目的。

过年要让家里里外外都是光明。所以不仅我手中有灯,院子里也是有灯的。院子中的灯有高有低。高高在上的灯是红灯,它被挂在灯笼杆的顶端,灯笼穗长长的,风一吹,刷刷响。低处的灯是冰灯,冰灯放在窗台上,放在大门口的木墩上,冰灯就能照亮它周围的一些景色,所以除夕夜藏猫猫要离冰灯远远的。无论是高出屋脊的红灯,还是安闲地坐在低处的冰灯,都让人觉得温暖。但不管它们多么动人,也不如父亲送给我的灯美丽。

因为有了年,就觉得日子是有盼头的。而因为有了父亲,年也就显得有声有色,而如果又有了父亲送我的灯,年则妖娆迷人了。

年过一去后,新衣服就脱下来了,灯也收了,院子里黑漆漆的,那时候我就会望着窗外的雪花发怔,心想:原来一年之中只有几天好日子啊。人为了那几天充满光明的好日子,就要整整辛苦一年。嗨。

我一年年地长大了,父亲不再送灯给我,我已经不是那个提着灯串来串去的小孩子了。我开始在灯下想心事。但每逢除夕,院子里照例要在高处挂起红灯,在低处摆上冰灯。

然而父亲没能走到老年就去世了。父亲去世的当年我们没有点灯。别人家的院子灯火辉煌,我们家却黑漆漆的。我坐在暗处想:点灯的时候父亲还不回来,看来他是迷了路了。我多想提着父亲送我的灯到路上接他回来啊。爸爸,回家的路这么难找吗?

从此之后虽然照例要过年,但是再也没有接受灯的那种福气了。

一进腊月,家里就忙年了。姐姐会来信叙说年忙到什么地步了,比如说被子拆洗完了,年干粮也蒸完了,各种吃食采买得差不多了,然后催我早点回家过节。所以,不管我身在西安、北京还是哈尔滨,总是千里迢迢地冒着严寒朝家奔,当然今年也不例外。

腊月二十六我赶回家中,母亲知道这个日子我会回去的。因为腊月二十七要请父亲回家过年。

我们就去看父亲了。给他献过烟和酒,又烧(捎)了些钱,已经成家立业的弟弟就叩头对父亲说:

"爸爸我有自己的家了,今年过年去儿子家吧,我家住在——"

弟弟把他家的住址门牌号重复了几遍,怕他记不住。我又补充说:"离综合商场很近。"父亲生前喜欢到综合商场买皮蛋来下酒,那地方想必他是不会忘的。

父亲的房子上落着雪,周围都是雪,还有树,有时从树林深处传来鸟鸣。太阳极端明亮。

我们一边召唤着父亲回家过年一边离开墓地。因为母亲在姐姐家,所以弟弟也跟着来了。我们都喜欢姐姐家的孩子小虎,他刚过周岁,已经会走路了,非常漂亮。

一进门母亲就抱着小虎从里屋出来了。我点着小虎的脑门说:"把你姥爷领回来过年了。"

小虎乐了,他一乐大家也乐了。

当夜小虎哭个不休。该到睡觉的时辰了,他就是不睡。母亲关了灯,千般万般地哄,他却仍然嘹亮地哭着。直到天亮时,他才稍稍老实起来。

姐夫说:"可能咱爸跟到这来了,夜里稀罕小虎了。"

说得跟真事似的,我们都信了。

父亲没有看过他的外孙,而他生前又是极端喜欢孩子的。我们从墓地回来,纷纷到了姐姐家,他怎么会路过女儿的家门而不入呢?而他一进门就看见了小虎,当然更舍不得离开了。

母亲决定把父亲送到弟弟家去。

早饭后,母亲穿戴好后推起自行车,对父亲说:"孩子也稀罕过了,跟我到儿子家去过年吧。"

母亲哄孩子一般地说:"慢慢跟着走,街上热闹,可别东看西看的,把你丢了,我可就不管了。"

我心想:这回母亲要把父亲丢了,一定是丢到街上的酒馆了。

母亲把父亲送走的当夜小虎果然睡了个安稳觉。第二天早晨起来他挨个屋子走了一遍,骨碌着一双黑莹莹的眼睛东看西看的,仿佛在找什么,小虎是不是在想:姥爷到哪去了?

初三过后,父亲要被送回去了。我愿意请他回来,而永远不希望送他回去。天那么冷,他又有风湿病,一个人朝回走会是什么样的心情呢?

正月十五到了。这天是我的生日。二十八年前,一个落雪的黄昏,我降临人世了。那时窗外还没有挂灯,天似亮非亮,似冥非冥,父亲便送我一乳名:迎灯。没想到我迎来了千盏万盏灯,却再也迎不来幼时父亲送给我的那盏灯了。

走在冷寂的大街上,忽然发现一个苍老的卖灯人。那灯是六角形的,用玻璃做成的,玻璃上还贴着"福"字,我立刻想到了父亲,正月十五这一天,父亲的院子该有一盏灯的。

我买下了一盏灯。天将黑时,将它送到了父亲的墓地。"嚓"地划根火柴,周围的夜色就颤动了一下,父亲的房子在夜色中显得华丽醒目,凄切动人。

这是我送给父亲的第一盏灯。

那灯守着他,虽灭犹燃。

留　名

从黄山下来的当夜,参加笔会的朋友们到太平县的金深谷酒店小聚。由于在炎热的七月喝到了爽口而久盼的冰镇啤酒,各色小菜又比较可口,所以大家吃喝了一会儿便兴致盎然,跳舞的跳舞,唱歌的唱歌。

叶兆言大概不善歌舞,也不善酒,所以只有他安安静静地坐在座位上,我便过去和他聊天。刚说了一会儿,当地的一位作者举着一杯酒朝我走来,他才二十出头的样子,很瘦弱,眼神有些忧郁,大概由于贪杯过甚,脸色出奇的红,这使得他脸颊上的青春痘尤为明显。他说:"迟老师,能和你喝一杯吗?"

我说:"当然。"我举起了酒杯。

他又说:"经常看你的东西。"

我点点头,和他碰了杯。

他将酒一饮而尽,然后突然对我说:"再过三年,中国文坛如果还没留下我的名字,我就去自杀。"

说完,他努力冲我笑了一下,便擎着空杯回他的座位了。

我目瞪口呆、哑口无言。叶兆言也显出无话可说的神态。

我至今不知道他叫什么名字,但他肯定是有名字的,而且他操持着他名字存活的大权。他的名字也许是父辈们给的,也许是他成人后嫌原名不好而又自己另起了名字,但这都不重要,重要的是他是一个有名字的青年。

一个人可以有多种名字。对于作家来说,文坛只是承认了他的一个名字,那只能说是他名字的一部分。他们还可以有其他的一些名字潜伏在俗世生活中,而且根深蒂固。比如作家的老母亲可以唤儿子的乳名,作家的妻子或丈夫可以唤对方的昵称,作家的朋友们可以将一个有趣的绰号安到作家头上,并且口口声声叫着,亲切而随意。事业的成功其实只是人生活的一部分,人更大的部分是隐藏在爱情、友情、亲情之中,隐藏在柴米油盐、婚丧嫁娶一类平常琐事中。所以,只看重人的名字的一个单一部分,显然是过于偏颇了。

自杀大约是年轻人在不如意时都做过的一个诗意梦想。其实那时骨子里并没有把自杀看成一种生命的结束,而是把它看成一个美丽的行为方式,或者说,是沾染了年轻人虚荣、浪漫色彩的一种幻想。我也曾做过这样的梦。我在大兴安岭师专上二年级的时候,突然被一种可怕的疾病缠绕了。我整日头晕目眩,到医院做了各项检查,医生说我心跳、血压、身体各器官一切正常,最后他诊断我神经系统出了毛病。我恐惧之极,心想自己不就是精神病患者了吗?无论在教室、操场还是食堂,无论见到人还是物,我都恍恍惚惚,常把一个人看成两三个。我沉默寡言,忧心忡忡,眩晕日重一日,我绝望了。端午节的那一天,天空飘着冷冷的雨,我一个人来到学校北坡的山上。空气真是好极了,满目都是苍翠欲滴的绿树。我走到一面山崖下,我望见了崖顶盛开着的一枝金黄色的野花,在雨中它显得如此炫目动人。崖底到崖顶,大约有五米的距离,崖壁很陡,几乎是寸草不生。我对自己说,你若能摘到那朵花,你就活下去,你若摘不到它,那么就去死。没有任何祈祷,我痴痴地望着那朵花,努力向崖顶、向那朵附托着我灵魂的黄花攀去。我至今不知自己是如何飞快而奇迹地攀到崖顶抓住那朵花的,雨天中石壁很滑,可我居然熟稔沉着地爬了上去,并且摘到了那朵花。我对生命又充满了信心。从此之后,我非常喜欢金黄色的东西,它明亮忧伤,改变了我的人生。

现在想来,为什么我如此顺利地摘到了那朵花?那完完全全是因为潜意识里对生存有着浓浓的渴望,那种顽强地要活下去的念头占据了我的整个心灵。所以我必须要摘到那朵花,而且一定能摘到它。也就是说,其实我在以一种极端方式来鼓励和安慰自己。我的真心并不想死,一个真想死的人怎么会和自己下赌注呢?

那位不知名的朋友,我这样说并不是嘲弄你的自杀情结,我只想告诉你,我在你那种年龄也曾做过那种自戕的幽梦,这种梦是极易破灭的。

只要是坐着火车旅行,我们透过车窗望见最多的一是房屋,二就是坟墓了。那些荒凉的坟墓前都竖有墓碑,墓碑上刻着人的名字。那都是我们不相识的陌生的名字,普普通通的人的名字。他们在这大地上耕种、纺织、生儿育女,他们有过欢乐、痛苦、幸福和悲哀,尝过人间的酸甜苦辣,然后他们走向死亡。我们走向那墓碑,看着那姓氏各异的名字,便知一个叫某某某的人在这大地上真实地生活过。他也许行过善,也许作过恶,总之他曾活过。我们不会记住他的名字,可他的亲朋好友们也许记得。也许长眠在地下的人是一个小女孩的奶奶,也许是一个女人的丈夫,也许是一个男人的情人。就这样,死者的名字在一些活人的心目中长存着。这样的名字不会上文学史,可这样的名字照样留了下来。这种流传是否更具有价值呢?

所以我们更应当珍惜留在平凡人间的名字。中国那些死去的人的名字大部分留在荒山野岭之间了。八宝山、各种英雄纪念碑以及文学艺术史中所留下的名字,毕竟微乎其微,而且那充其量也只是一个人名字的侧面。

对于我来说,我也有多种名字。在文坛,大家会用迟子建这个名字。在亲人面前,他们会亲切地唤我的乳名"迎灯"。无论我将来多大年纪了,在母亲面前,我永远是她调皮可爱的迎灯。我周围与我要好的朋友,称我为"迟子",而我也越来越喜欢这个名字。比如一位远隔千里的朋友忽然有一天打来电话,只说一句:"迟子,你好吗?"那一天我都会暖意融融。

三十岁之前,年轻气盛的我是多么想把迟子建这个名字叫得响亮些。三十岁之后,我却越来越觉得迎灯和迟子更适合我。我并不期望迟子建这个名字会入文学史,但我很在意亲人们能否常常想起迎灯,好友们能否偶尔念起迟子,只要这两个名字在,我才觉得自己真正活着。

在崂山摘了一篮红樱桃

巴黎书展

遗　　忘

前几天偶然翻阅十几年前的日记,我竟对着其中一些话迷惑不已,诸如"今天是个极端倒霉的日子","今天是个刻骨铭心的日子","就这样的狗屁老师,也配给我上课"?这种结论式的句子总是用大字占满了一页篇幅,下面缀着日期,但是没有具体的事情揭示。

我斜倚在床上,窗帘低垂,在午后慵倦而安静的气氛中潜心回忆,结果我无论如何也想不起来某个日子究竟发生了什么倒霉事,那刻骨铭心的日子又缘何使我动了永不遗忘的心思,而哪位老师又令我如此反感,以至于把"狗屁"二字加到他头上?

想了许久,头昏脑涨,不得其所,我有些害怕。日记是一九八二年至一九八三年上师专时写的,距今不过十二年的光阴,何以把往事忘得这么干净彻底?难道是刚过三十便记忆力衰退了吗?

为了验证自己的记忆力,我便又回忆童年时的一些往事。很奇怪,我竟能清楚地记得六岁时同母亲绕道三合去漠河的情景,记得三合的那家大客栈,我每天爬到上铺用手指抠腐乳吃,记得临上船时一只鸡掉到江水中扑腾不休,也记得用晒干的苞米棒子为外祖母挠痒痒。甚至在雨天中喝得最香的一顿粥,除夕时因为害牙痛而愁眉苦脸面对鸭子肉的情景,我都清楚记得。

记忆力没有出现大的问题。问题出在哪里?难道说往事出了问题?

我开始假设，我在某年某月某日并没有什么大的情绪波动，只不过有些小小的不愉快，因为远离家乡和亲人，在校时又内向孤僻，所以把那事情看得过于敏感，而无形中夸大了事实。这是我遗忘往事的一种可能性。还有一种可能性，那就是千真万确发生过曾触动过我神经的事，只不过由于我的世界观发生了变化，对于某些自己当时格外看重的事情已经不看重、不介意了，所以便超然忘却了那一切。因为那时正处于好激动的年龄，而现在却内心平和，很少有什么事情能让我大喜大悲。这样一想，虽然安慰了自己，但仍不免有些恐惧：一个不再大悲大喜的人，是不是心态老化、生命走向迟暮的一种表现？

恐惧、灰心、失望笼罩着我。这样的情景已经不止一次出现了。我翻阅大段大段的读书笔记时也有这种感觉，当时促使我写下滔滔不绝的读后感的激情在哪里？我甚至连过去极为推崇的一些书的主要情节也忘却了。那一篇篇读后感文字激扬，可见那时我是如何激动不已啊，可现在面对那些字，我却惶惑不已：我究竟在为什么而激动？我绞尽脑汁，也想不出那书有什么可打动我的地方。一些逝去的人和事彻底地死在了我的记忆中。

"这太可怕了。"我只能这样对自己说。我遏制自己去回首往事。既然当时能引以为刻骨铭心的事都会忘记，看来人世间并没有令人刻骨铭心的事，或者说我经历的并不是刻骨铭心的事。人是太健忘了。

大约半个月前的某个正午，我在回家的路上，忽然听见有人喊了一声"迟子建"，我站定了，望着那人，觉得眼熟，又一时想不起在哪儿见过。他说："看着像你嘛，咱们大概有八九年没见面了。"我只能唯唯诺诺地应付："就是，好多年没见面了。"他又说："我马上就要调到北京去了，这两天正在办户口。"我一边附和着："能调到北京很好。"一边竭力回忆我在哪儿见过这个人，最后总算想起在大兴安岭师专时,他作为支边的英语教师曾与我共事过一段。人的身份想了起来,这使我备受鼓舞,可无论如何却想不起他的名字,这使我极其心烦。回到家,为了放松情绪,我放了一段轻音乐,静下来听了不久,这个人的名字竟然奇迹般地浮出脑海,恍若初秋屋檐上的白霜一样鲜明地呈现。我这才长吁一口气。

说来奇怪,我对人和事如此健忘,可对音乐却有出奇的记忆力。只要我听过的曲子,不论多少年过去,再听时总会跟着旋律一直哼下去。当然,曲子的名字我也是记不得的,但那旋律却极悠久地笼罩着我。

能够遗忘的事毕竟也就是我不该记住的,所以也就不再深究它们。不管怎么说,我还是记住了一些人和事,某一条河流、某一家院落、某一处旅馆、某一顿晚餐、某一次海滨话别、某一个人的头发和眼神、某一条遭杀的狗、某一段非同寻常的旅行,等等等等,至少现今我记着这些。将来是否会记得,不得而知了。

一个要继续活下去的人得学会常常遗忘一些人和事,否则往事的重负是否会压得人喘不过气来?尤其是那些美好的往事,能忘得越干净越好。因为美好的东西是极易伤人的。只有遗忘一些往事,才能记住正在发生的一些事。而当正在发生的一些事也已成为往事的时候,我想恐怕我就真的老了。

我想我老时也许是个糊里糊涂的老太太,在老眼昏花地望着窗外陈旧的风景而唠唠叨叨的时候,想不起自己的一生有什么刻骨铭心的事。

尽 头

邮局的取款处乱哄哄的,我无精打采地排到了队尾。

排在陌生的队伍中一点点地挨近取款台,然后将身份证和取款单递过去,随着身份证被验明确凿掷回的一瞬,办事员开始飞快地点数钞票。取过钱,我便茫然地来到了人声鼎沸的街上,顺便逛逛商场,看看鞋、衣裳、化妆品、工艺品、家用电器等商品,有时也进了书店,买回一些书;当然更多的时候是进了副食商店,不厌其烦地提回一兜吃的东西。

这情景多次重复而使我觉得单调了。那是正午时分,办事员只有两三个,取款的人又多,我打了个长长的呵欠,望着前方排着的密密实实的队伍。生活真是富于戏剧性,一件普普通通的取款的事就可以使我与许多人相遇。这种没有浪漫色彩的司空见惯的相遇使我更加觉得生活的枯燥。也许是因为排得太久了,我前面的一个中年男人回头冲我笑笑,并且抱怨了一句:"太慢了。"

我看了他一眼,礼貌地附和一句:"就是,太慢了。"

那男人又说:"唉,为了取二十元钱,耽误这么长时间,真不值得。"

我没有再搭腔。

他又说:"这二十元的稿费太少了。"

我以为撞上了同行,不由惊奇地问:"你是搞创作的?"

他有些喜出望外地说:"搞书法的。"

我"哦"了一声,再无兴趣了。这男人往边侧一闪,大概还想说点什么,这时我忽然就在他一闪的瞬间发现他前面站着一位又矮又瘦的老人,她苍老的背影在那群人中显得触目惊心。

那头发灰白的老人不停地朝柜台张望。后来有一个民工去她面前夹塞,她才叫了起来:"排队排队!"她转过了身,我见那是个面色极其苍白的老人,她手里提着个花布兜。她干净利落,气质不俗,看人时努力睁大着眼睛。

"您多大年纪了?"我问她。

"八十三了。"她说。

前前后后的人听到这个数字,都啧啧地望着她,夸她身体硬朗。

有人说:"八十三还能来取钱,您将来肯定能活一百岁。"

她一撇嘴说:"我活够了。"

于是就有人笑。

她并不在意别人的笑声,只是连连说着:"站得我的腿都麻了。"

我们便建议办事员先给这位老人办理取款。"她都八十三了。"我们强调着理由。

办事员用眼睛瞟了一眼老人,不耐烦地说:"把你的单子和证件拿出来。"

老人便将花布兜放在水磨石的台子上,她解开兜带,从中取出一个咖啡色手绢包,又打开手绢包,身份证和取款单才显现出来。她把它们递给办事员,口中连连说着:"同志,谢谢了,同志,谢谢了。"我注意到,她在做这一系列动作的时候,手指一直颤抖不休,她哆哆嗦嗦的。

她回过头看了我一眼,突然说:"年纪大了没意思啊,还得靠人给钱吃饭。"

我问:"你儿子给你寄的钱?"

她的脸上有了愠色,说:"哪是儿子,是儿媳妇!我儿子去了美国不管我了,去了八年了,八年还有个好吗?原先儿媳妇月月给我汇一百块,这不这回汇少了,是六十元了。"

戴眼镜的中年男人插话说:"你就一个儿子?"

老人叹口气说:"俩儿子。这个小儿子现在厂子有半年不开支了,我还得贴补他,一家人都闲着,愁死我了,唉。"

"那你出国的儿子和他媳妇离婚了吗?"我问。

"婚没离。可是人走了八年有个好吗?"老人忧戚地说,"我那儿媳妇不错,八年了,月月都汇钱。这个月她汇少了,可还是没断了给我。"

"那你儿子做什么工作的?"我问。

"是拉小提琴的。"老人有些沾沾自喜地说,"那小提琴拉得才好呢,原来在中央乐团是首席小提琴。"

老人竟知道什么是首席小提琴,我有些吃惊。

她又絮絮叨叨地说:"我白白养了他,他去了美国就不管我了,扔下他的媳妇管我,真是丢人。我要和他上美国打官司去!"

她的话使一些人发出笑声。这时办事员将她的钱取了出来,她将那六十元钱数了又数,把身份证和钱放到咖啡色的手绢上包好,然后再把手绢放入那个花布兜中,系牢兜口,用手紧紧地攥住。我再次注意到她在做这些动作的时候手一直哆哆嗦嗦的。

她拱手对办事员谢了又谢,直到将人家谢烦了,不再理她,她才讪讪地出了队伍。

她走路的姿态可不比她站在队伍里显得那么硬朗。她驼着背,一拐一拐地慢慢走着,样子仍是哆哆嗦嗦的。在熙来攘往的人中,她显得那么与众不同。经过她身边的人都望她一眼,但望过也就各行其是了。我们也在注视着她,但当她缓缓出了邮局,她被更稠密的人流淹没的时候,我们也就不再注视她。

一个人走到生命尽头时大约就是这副样子,可以跟最陌生的人讲最知己的话,可以毫不避讳地倾诉苦难和不平,没有任何禁忌和障碍,就像儿童一样心灵自由。还有,一个人走到生命尽头时手会不由自主地颤抖,也就是哆哆嗦嗦。

我想我到了那种年龄也会哆哆嗦嗦的。我们都会的。

一只惊天动地的虫子

　　我对虫子是不陌生的。小时候在菜园和森林中,见过形形色色的虫子。绿色的软绵绵的喜欢吊在杨树枝上的毛毛虫,爱在菜园中飞来飞去的有着漂亮的壳的花大姐,以及在树缝中养尊处优的肥美的白色虫子,都曾带给我许多的乐趣。我曾用树枝挑着绿色的毛毛虫去吓唬比我年幼的小孩子,曾经在菜园中捉了花大姐将它放到透明的玻璃瓶中,看它金红色夹杂着黑色线条的光亮的"外衣",曾经抠过树缝中的虫子,将它投到火里,品尝它的滋味,想着啄木鸟喜欢吃的东西,一定甘美异常。至于在路上和田间匍匐着的蚂蚁,我对它们更是无所顾忌,想踩死一只就踩死一只,仿佛虫子是大自然中最低贱的生灵,践踏它们是天经地义的。

　　成年之后,我不拿虫子恶作剧了,这并不是因为对它们有特别的怜惜之情,而是由于逐渐地把它们给淡忘了。这时候我注意的是飞鸟,是流云,是高耸入云的百年老树,是湖泊中的野雁,是森林的白雪地上奔逃的兔子。虫子就像尘埃一样,被这些事物给深深地掩埋了。

　　然而去年的春节,我却被一只虫子给深深地震撼了,这一年来,我从来没有忘记过它,它就像一盏灯,在我心情最灰暗的时刻,送来一缕明媚的光。如今我写着以上的文字,想要描述它时,又仿佛看见了它那矫健的身影——虽然说它是那般的小;又仿佛听见了它被摔下来时那山呼海啸般的声音——虽然说根本就没有什么声音出现。

去年在故乡,正月初一,我从弟弟家过完除夕回到自己的家。推开家门,见陈设还是过去的陈设,杜鹃依然如往年一样怒放着,而窗外的雪山和草滩也一如既往地沐浴着冬日清冷的阳光,这物是人非的场景让我觉得分外的苍凉。我孤独地站在屋子的窗前,久久不肯离开。我想让目光与那些流云做伴,因为它们行踪飘忽,时有时无,与我迷离的心态正吻合。

后来是一个电话让我把目光又转向室内。接过电话,我给供奉在厅堂的菩萨上了三炷香,然后席地而坐,闻着檀香的幽香,茫然地看着光亮的乳黄色的地板。地板干干净净的,看不到杂物和灰尘,突然,我的视野中出现了一个小黑点,开始我以为那是我穿的黑毛衣散落的绒球碎屑,可是,这小黑点渐渐地朝佛龛这侧移动着,我意识到它可能是只虫子。

它果然就是一只虫子!我不知它从哪里来,它比蚂蚁还要小,通体的黑色,形似乌龟,有很多细密的触角,背上有个锅盖形状的黑壳,漆黑漆黑的,它爬起来仪态万千,一会儿横着走,一会儿竖着走,好像这地板是它的舞台,它在上面跳着多姿多彩的舞。当它快行进到佛龛的时候,它停住了脚步,似乎是闻到了奇异的香气,显得格外的好奇。它这一停,仿佛是一个指挥着千军万马的将军在酝酿着什么重大决策。果然,它再次前行时就不那么恣意妄为了,它一往无前地朝着佛龛进军,转眼之间,已经是兵临城下,巍然站在了佛龛与地板的交界上。我以为它就此收兵了,谁料它只是在交界处略微停了停,就朝高高的佛龛爬去。在平面上爬行,它是那么的得心应手,而朝着呈直角的佛龛爬,它的整个身子悬在空中,而且佛龛油着光亮的暗红的油漆,不利于它攀登,它刚一上去,就栽了个跟斗。它最初的那一跌,让我暗笑了一声,想着它尝到苦头后一定会掉转身子离开。然而它摆正身子后,又一次向着佛龛攀登。这回它比上次爬得高些,所以跌下时就比第一次要重,它在地板上四脚朝天地挣扎了一番,才使自己翻过身来。我以为它会接受教训,掉头而去了,谁料它重整旗鼓后选择的又是攀登!佛龛上的香燃烧了近一半,在它的香气下,一只无名的黑壳虫子一次一次地继续它认定的旅程。它不屈不挠地爬,又循环往复地被摔下来,可是它不惧疼痛,依然为它的目标而奋斗着。有一回,它已经爬了两尺来高了,可最终还是摔了下来,它在地板上打滚,好久也翻不过身来,它的触角乱抖着,像被狂风吹拂的野草。我便伸出一根手指,轻轻地帮它翻过身来,并且把它推到离佛龛远些的地方。它看上去很愤怒,因为它被推到新地方后,是一路疾行又朝佛龛处走来,这次我的耳朵出现了幻觉,我分明听见了万马奔腾的声音,听见了嘹亮的号角,我看见了一个伟大的战士,一个身子小小却背负着伟大梦想的英雄。它又朝佛龛爬上去了,也许是体力耗尽的缘故,它爬得还没有先前高了,很快又被摔了下来。我不敢再看这只虫子,比之它的顽强,我觉得惭愧,当它踉踉跄跄地又朝佛龛爬去的时候,我离开了厅堂,我想上天对我不薄,让我在一瞬间看到了最壮丽的诗史。

  几天之后,我在佛龛下的角落里发现了一只死去的虫子。它是黑壳的,看上去很瘦小,我不知它是不是我看到的那只虫子。它的触角残破不堪,但它的背上的黑壳,却依然那么的明亮。在单调而贫乏的白色天光下,这闪烁的黑色就是光明!

祭奠鱼群

鱼是一种美丽的脊椎动物，它与人类一样靠水而生存。它须臾不能离开水，在这点上，它比人类更加显示出对一种物质的永恒依赖和钟情。水无疑是它们的家园。

鱼向来是一种吉祥的象征，所以杨柳青年画中出现最多的是它的形象，它成为贺岁的一种象征。就连它入人梦中，按老百姓的民间解梦的说法，也是"发财"的表示，足见人们对它的喜爱。而且，人们对美女的形容，也和它联系在了一起——美人鱼。看来鱼在不知不觉中已经成为了人类生活中的一种灵光闪烁的神话。

鱼的姿态很美，身体大都呈侧扁形，有着闪光的鳞片和优雅的尾部。而且它滋味鲜美、营养丰富，这使得它从诞生之日起就成为人类的捕捞对象。它们被网大片大片地围追堵截，撞得头破血流，最后魂飞魄散地成为饕餮者面前的美餐。它们在水域中艰难地繁殖和漂游，它们在静无声息地享受水的清芬的时候，却不知夭折的厄运就在水域之外的陆地等待着它们。

人类的生存延续总是不知不觉以对自然资源的攫取作为手段。人们需要房屋，于是就去砍树来造房，使得自然界绿地的面积逐年减少。人烟的稠密又使得空气变得污浊，一些动物像躲避瘟疫一样远离了我们。工业污染的痕迹几乎从每一座城市永远仿佛在雨中的灰蒙蒙的天色上可以痛切地感觉到。

我生长在大兴安岭，幼时感觉到的就是原始森林遮天蔽日的绿树,森林中的植被极为丰富。狍子、野兔、黑熊、狼等动物经常出没。那时能不断听到人们在林中遭逢动物的故事,有一年一头熊还伤了人。这使得我幼时进山就有一种忐忑不安的感觉,惟恐黑熊突然袭击我。若是被它一巴掌给拍在脸上,那么一生就将与丑陋为伍了。其实熊伤人的时候还是很少的。走进森林中,你其实走进的就是动物的家园,它们靠着许多野生植物来维系生存,而人类恰恰也觊觎这些。人与动物的竞争使得子弹像流星一样从枪口飞出,倒下的自然是无辜的动物。我想动物若也会用枪,我们早已成为它们的晚餐了。

童年给我印象最深的就是渔汛,它几乎年年出现。人们守着江张网捕鱼,总是收获很大。我幼时就曾把鱼子当饭来吃。然而到了八十年代初期,黑龙江的鱼就有些贫乏了,但是隔个三五年,仍然会有一场渔汛降临,让渴盼已久的人们高兴一番。我记得一九八四年有一个周末我突发奇想从塔河启程去漠河看望姥姥,刚好逢上冬季的渔汛。被打捞上来的鱼看上去格外丰满,一条条地摆在仓房里,给人一种丰收的喜悦。然而进入九十年代,随着森林植被的破坏和人们的疯狂捕捞,黑龙江的鱼寥若晨星,少得可怜,渔汛几乎销声匿迹了。那条江仿佛一个已经到了垂暮之年而丧失了生育能力的女人,给人一种干瘪苍老的感觉。居住在岸边的人们不由顿生惆怅:鱼群去哪里了?

近些年再也听不见动物伤人的故事了,不是因为它们远离了人类,而是因为它们的数量日渐减少。尤其是一九八七年大兴安岭的森林大火后,动物的踪影几乎难以寻觅了。到了夏季,那种令人触目惊心的绿已经不复存在,阳光照着的是林木越来越稀疏的山峦。而为了单纯追求经济效益和现实的利益,一些林业局又在超限量地乱砍滥伐,冬季里树木的倒伏声此起彼伏,溅起一片片飞旋的雪粉。

生态环境遭到了前所未有的破坏,大约是鱼群消失的一个最直接和最重要的原因。

黑龙江是一条中俄界河。我听当地人讲,别看我们这一岸打不上鱼来了,而属于俄罗斯那一岸的鱼却仍然很繁盛,这使我在惊愕之余顿生悲哀。

一条江有此岸和彼岸,虽然它们隶属于不同的国度,然而江中的水却是自由流淌的。鱼作为自由的生命,也是在任意穿梭的。鱼是充满灵性的,当它们在水底感觉到俄罗斯那岸的树木的倒影在水中更为浓郁,所以它们会不由自主地向那靠拢。更为重要的是,当它们靠近我们这一岸而无一例外地遭受被屠戮的命运后,它们会觉得我们的岸是危险的岸,而远远离开我们。倘真如此,我们真该对着苍茫的江面为自己所犯下的罪行而大哭一场,让泪水滴进江水里,像珍珠一样滚到鱼群中间,乞求它们的饶恕。

几年前我曾读过一本很优秀的书——《在乌苏里莽林中》,是一位苏联军官所写的军事考察日记。里面记叙了一位纯朴、善良、无比钟情于大自然的山民向导,他叫德尔苏。我记得德尔苏对鹿、紫貂、灰鼠被中国人大量捕杀甚为不满。里面有这样一句话:"中国人在自己的祖国消灭了所有的动物,他们国内剩下的只有乌鸦、狗和耗子。"

这句话当时对我触动极大,我甚至认为这是对我们民族的一种污辱,是作者的一种偏激。现在想来,他的话并不是危言耸听,如果我们继续纵容自己的恶习的话,这句话就会像早已拴好而垂吊下来的圈套一样,使我们成为自尽者。我不愿意这样的事实发生在自己的祖国,因为这里的山川草木养育了我们,我们热爱它。

当我们在除夕时提着一盏鲜亮的鱼灯,当我们在黯淡的墙壁贴上一张有鱼的形态的年画,我们不希望它仅仅像图腾一样出现在我们的生活中,它们更应该活生生地丰沛地畅游在属于我们的水草丰美的水域中。

木 器 时 代

木碗透出的茶香气使玻璃窗上的霜花融化了，这是外祖父擂在窗台上的一碗茶。外面北风呼号，霰雪狂飞，而木刻楞房屋里却炉火熊熊。木柴噼啪地燃烧，把热气播撒到每一个寒冷的角落。外祖母坐在灶房里用木梭子织网，家族的年轻女人则用木质的梳子挽起高高的发髻。狗、猪和鸡守着它们的木质食槽吃东西。狗将木槽子舔得光光溜溜的，使其透出木质本色；而鸡则用利喙将长形的木槽啄起一层茸茸的白毛。这时候我躺在木质的摇篮里咿咿呀呀地叫着，口水弄湿了脖子，我不时伸出手去拍摇篮的侧面，那上面画着荷花和鸳鸯的图案。大人们到江上去捕鱼，将捕到的鱼放到木盆里，然后回来用它炖汤，用木勺子吸溜吸溜地品尝着鲜美。

我爬出木质摇篮上了大炕。炕沿是木质的。炕沿上放着老人们的烟袋锅，烟袋杆也是木质的。我抚摸着烟袋杆，然后仰起头看着头顶的房梁，圆木上吊着一块辟邪的红布。接着我转过身去看涂着天蓝色油漆的木窗，可怜的蝴蝶被挡在窗外扑扇，而阳光却能带着天堂的气息越窗而入，透过玻璃爬上了墙面。夏天了。我刚学会走路，趔趔趄趄的步态惹得院子中的小动物的围观。我每一次摔倒哭泣时狗就上来用舌头舔我的泪痕，而坏蛋的鸡则趁机啄我的鞋底，因为那上面附着虫子的残尸。菜园的木栅栏像睫毛的倒影一样美丽。黄瓜、倭瓜和豆角浪漫地爬蔓时，大人们就把木杆插在垄台上，让它们张着嘴向上并且亲吻天光。傍晚的火烧云团团堆涌在西边天空时,家家户户的场院里就摆上了木桌和方凳,人们坐下来围着桌子用木筷吃饭,谈论庄稼、天气和生育。待到火烧云下去了,天色也昏暗了,蚊蚋蜂拥而来,人们就收了桌子,回屋子睡觉去。人们在梦中见到秀木在微笑中歌唱,盛着茶的木碗里有珍珠在闪闪发光。

我看见了树,秋天的树。它们的叶子已经被风霜染成金红和鹅黄色。凋零的树叶四处飞舞着,有的去了水里,有的跑了一圈却仍然又回到树下。还有的落到了我的头顶,大概想与我枕着同一个枕头说梦话。我明白那木碗、梳子、桌椅、栅栏、摇篮等等均出自于这一棵棵树的身上。当我们需要它们时,就切断它的咽喉,使它们不再呼吸。森林里的伐木声因为人类欲望的膨胀就从来没有止息过。树本来是把自己的沧桑隐藏在内心深处的。可我们为了利用它的花纹却把它拦腰斩断,并且虚伪地数着它的年轮赞美它的无私。木纹被分裂,它失去了自身的语言和立场。

我走在木桥上看两岸的流水。这时一队送葬的队伍过来了。人们撒着纸钱,抬着显赫的红棺材。木为人的成长作为摇篮的材料后,又为他们归隐黄土做了永恒的栖息之地。阳光照着人们平静的脸,仿佛照着一尊尊木雕。谁的泪水滴落到河里了,河水微微地蹙了一下眉。我理解的死亡就是被木器环绕着的休息。我的祖父、外祖父和父亲都是这样选择了他们的归宿。当木桥因为流水天长日久的冲刷变朽时,我明白木是有血肉的。因为只有血肉才会软化。朽掉的木桥瘫在水里,流水依旧淙淙。我站在此岸,望着苍茫的彼岸,白雾使河水有了飞翔之感。朽了的木桥渐渐地幻化成海藻类的植物,而流水它依旧淙淙。我忆起了琴声,父亲生前拉出的琴声。小提琴的琴身是木质的,手风琴的琴键也是木质的,它们发出或者凄艳或者热烈的声音。木是多么温和呀,它与人合奏着岁月与心灵之音。

我们依赖着木器生长和休息,也依赖着它远行。火车道的枕木是它铺就的,在水上漂泊的船也是由它造就的。划着木船在河上行走,桨声清幽地掠过岸上的林带,我们看到树木葱郁地生长,夕照使其仿佛成为一座金碧辉煌的圣殿。它无可争议地成为人世间最迷人的风景。

我看见披枷带锁的古人从梦中走来了。木被制成枷锁后使人成为囚徒。有的囚徒是冤屈的,所以那枷锁上的血泪就格外醒目。刀与剑的柄也是木制的,有人用它去作恶,木被痛苦地授人以柄。神人诸葛亮使木器在战争中的发挥程度绝不亚于特洛伊木马,他的木牛流马千古传唱。而那战争中所用的一切木器都已灰飞烟灭,因为战争永远成为和平的囚徒。

人类伴随着木器走过了一个又一个时代。树木与人一样代代相传,所以木器时代会永远持续下去。我们把木椅放在碧绿的草地上,在阳光下小憩。我们坐在书房里把一本书从木质书架上取下来,读不朽的诗句。我们把最经典的画镶嵌在木框里。使这画更接近自然和完美。我们用木勺喝汤,体味生活的那一份简单和朴素。我们用木制吊灯照耀居室,使垂落的光明带着一份安详与和谐。

所有生者的名字最终都会上了墓碑。当木质的墓碑刻上你的名字时,不朽的雨会从天而降,使你墓旁晚辈栽种的小树获得滋润。你静静地在地下听树木生长的声音吧。

家常豆腐

大凡在农村长大的孩子,对豆腐房该是不会陌生的。村子小的至少要有一爿,而大一些的则有两三爿。我童年生活的村子百户人家,却有两爿豆腐房,一爿在村西,另一爿在村东。在村东的那爿就在我家的前一趟房。

豆腐房都临着水井,这样取水方便。做豆腐的人在前一夜就泡好了黄豆和纱包,当我们还在梦乡中时他就得起来和驴拉磨。驴被蒙上眼睛拉着石磨艰难地转圈,人就得不时往磨眼里填泡涨了的黄豆。待到人们呵欠连天地从炕上爬起来时,两爿豆腐房里的豆腐就都压好了。

常常是在睡眼惺忪时就被父母喊起来去豆腐房换豆腐。盆子里装着黄豆,黄豆上又放着零钱,我便端着它们没精打采地去豆腐房。那时吃豆腐的人多,常常要排队,豆腐房里满是雾气。有时能换着,有时赶到我这恰好就没了。卖豆腐的人称过黄豆后就将秤盘一掀,黄豆咕噜噜进了一口缸里。一斤豆腐才一毛钱,每块豆腐是二两。一般的情况下我都端着五块豆腐回来。我在地上走,豆腐则在盆子里走;我走出了汗,而它走出了一汪淡黄的水。它在盆里显得颤颤巍巍的,但那不是老态龙钟的表现,而是充满生机的跃动。豆腐进了灶房不是调了汤,就是被炒成糊状,名为"鸡刨豆腐",再不就是将葱花撒到豆腐上,佐以盐或香油,吃它个爽爽快快的一清二白。

土豆、白菜、萝卜和豆腐把我养育成人。由于常吃豆腐,就有腻的感觉。所以上师专以后逢到食堂做豆腐，我就拿着饭盒犯愁。

如今豆腐又走俏起来了，价廉物美是一方面，更重要的是一些医学专家对它的营养的充分肯定。于是各大副食品商场里总有十几种的豆腐制品。豆腐干、豆腐泡、素什锦、豆腐鱼、豆腐鸡等等，品种繁多，不一而足。拿平凡的豆腐做了大文章。豆腐已经不仅仅是豆腐，它被包装成鸡、鱼、鸭等等的形状。这品种和尚吃起来当然最妙，既未违背清规戒律，又在意念之中对凡俗的"荤腥"有了一丝幻想，两全其美。当然我这种说法是对佛的大不敬了，得罪得罪。换做我是商家，就抛出一种"豆腐西施"的品种，把豆腐制成美人，男人们大约会趋之若鹜，岂不财源滚滚如长江水？若是真有哪位机敏的商人看了我的文章果然炮制出"豆腐西施"的品种，别忘了到迟子建这来申请专利，否则我会与之对簿公堂的。

豆腐在农村还有另外一种讲究，那就是除夕夜的饭桌上要有一道豆腐菜，意谓"逗福"，仿佛是伸出一根长长的饵线将满年的福气都钓到自家门中。除夕夜的豆腐不能做汤，汤上不了席面，最好是切成方方正正的六片或八片，用油煎透了，使之泛出金黄色，然后一片片相挨着摆在盘中。六片是"六六大顺"，八片是"八仙过海"，有要平安的，也有要沾染仙气的。

大概由于豆腐是寻常百姓家的惯常食品，所以现在饭店里有一种菜就叫"家常豆腐"。"家常"二字极为准确和形象地概括出了豆腐的特点。豆腐那莹白的颜色比得上蟹肉，它的鲜嫩也敌得过野生的鲜蘑，所以它能美誉不减。有土地在，就有黄豆可打；有河流在，就有永不枯竭的水源。有了豆子和水，豆腐的生命力将长盛不衰。而且豆腐的大众化还体现在它不欺老凌弱，老人牙齿老化和松动后嚼不动肉，可豆腐却以温柔的品性体恤他们的难处；幼儿未生牙时对待许多美食要由母亲的口先嚼成泥状后方能下咽,拾人牙慧,而豆腐却省了这一层麻烦,它永远不会噎住小孩子。

既然豆腐这般好,那么我也重续与豆腐的缘分了。只是城里的豆腐不如家乡的鲜美,大约是水质不同的缘故吧。漂浮着漂白粉的自来水显然比不上清洌的井水好吃。而且现在的豆腐不用豆子来换了,花上一元钱就可提回一块,少了一种交换的乐趣。

苍 苍 琴

我最早聆听的琴声,是小提琴。

童年在小山村时,清晨时分,要是父亲唤我们起床得不到响应的话,他会动用两大法宝,把懒睡的我叫出被窝。这两大法宝是:狗和小提琴。

父亲会把屋门敞开,将在院子中守完夜的狗放进我的睡房,狗摇头摆尾地进来后,欢天喜地地把两只前爪搭在炕沿儿上,伸出柔软的舌头,哼哧哼哧地舔我的脸,直到把我舔醒。

要么,父亲会取下挂在墙上的小提琴,站在炕前,有板有眼地拉起来。琴声如黎明之船,驶入我昏沉的睡眠里,将我照亮。当我睁开眼的时候,琴声还在继续,玻璃窗上弥漫着朝霞,好像朝霞也喜欢琴声,特意从天庭飞来听琴。

我对琴声的记忆,与"苏醒"就分不开了。在我心目中,琴声就是林间的流水,能让人提神醒脑;琴声更是田野的清风,带给人温柔的心境。这样与朝阳为伴的琴声,无疑是年轻的、活泼的、富有朝气的。

成年以后,尽管我在音乐厅欣赏过名家演奏的小提琴,但感觉总不如童年听到的琴声美妙。细究起来,不是父亲的琴拉得好,而是因为琴声的出现依托着朴素的板夹泥房屋,依托着红彤彤的朝霞,依托着青葱的菜园和纯净的空气,依托着一颗少年的心,因而显得格外有韵致。

在交响乐中,我总能从笛、笙、号等管乐器,以及锣鼓、木鱼等打击乐器中,感受到小提琴强大的存在。交响乐离开它,如同一个人被剥离了心脏,是没有生命力的。由于爱它,连带着喜欢上了其他的弦乐器,如琵琶、胡琴等。那一根根琴弦在我眼中就是汩汩流水,丝丝晨风,缕缕月光,袅袅炊烟。

现存的世界上最古老的琴,是古琴吧。古人的诗词歌赋中,常常出现"瑶琴"的字眼,说的就是它。我最早认识古琴,是一九九四年在云南丽江的玉龙雪山脚下。中秋节的晚上,一行人在大研古镇听老人们演奏洞经音乐。洞经音乐如同仙乐,至美至纯。在幽幽的丝竹声中,你能清晰地辨出古琴清丽的影子。古琴声宛如落在水面的星光,宛如生长在花蕾中的晨露,给整首乐曲带来湿润、清新的气象。据说有张古琴,有几百年的历史。它似乎还裹挟着旧时代梅花的苦香气,说不出的风雅。

我与古琴这一别,竟是十多年。

去年十一月,在香港城市大学的惠卿剧院,我又与古琴相逢。城市大学举办了一场古琴演奏会,请来了国内演奏古琴的名家。那天剧院爆满,作为主持人的城市大学中国文化研究中心主任的郑培凯教授,特意穿上了一件灰色的长袍。演奏开始了,首先出场的,是丁承运先生,他是武汉音乐学院的教授,他首演的曲目是《白雪》。尽管剧场很安静,音响效果也不错,可是几百人的呼吸声聚合在一起,还是弱化了琴声,虽然古琴传达的是那种旷古的美感,但在大剧场听起来,它还是显得寥落了。第二个出场的,是李祥霆先生,也许由于他是辽源人的缘故,他的《流水》和《幽兰》,粗犷豪放,如同一阵急雨,沁人肺腑,声声入耳。然而接下来的几位,又回到了初始的风格,尽管他们在演奏上无可挑剔,弹奏的又是名曲,如《忘忧》、《平沙落雁》、《长门怨》等,可是却缺少那种摄人魂魄的力量。未等曲终,与我同去的几位外国作家,有两位提前离座,一位酣然入睡。只有坐在我身旁的尼日利亚作家阿基耶拿,始终饶有兴味地欣赏着。演奏间隙,阿基耶拿问我,迟,你最喜欢哪一曲?我说最喜欢第二个人的演奏,他兴奋地叫道:我也喜欢他!看来李祥霆那苍凉雄浑的琴风,与尼日利亚大地上回荡的风是相似的。

这次演奏会,总感觉不如在丽江与古琴初识时来得惬意,究其原因,当年我听到的古琴,是裹挟在笙、笛和胡琴等乐器声中的。古琴有了唱和的,气势就大了。而且,那次欣赏洞经音乐时,坐在草墩上,手中又有高山雪茶在握。而在惠卿剧院听到的古琴,是大剧场不说,古琴还是单枪匹马地出场,剧场偶有的咳嗽声和手提电话的铃音,都伤害了音乐的品质。我想古琴的独奏,最适合的场所还是在大自然中,在林中溪畔,在鸟语和落花声里。听众不须多,三五人,散坐在石头上。抚琴者完全可以把琴置于膝上,与松涛和流水唱和。由此说来,真正的风雅是私人化的。难怪王维在《竹里馆》里这样写道:"独坐幽篁里,弹琴复长啸。深林人不知,明月来相照。"

联合国教科文组织在二〇〇三年,把古琴列为世界文化遗产。古琴由此成为了世上最苍老的琴。它们很难再回到曾让它们无比灿烂的那个时代,它们在日新月异的时代里落落寡合。但它们是巍峨的,如同冰山,风骨依然,难以征服。这样的琴哪怕有一天消失了,它留给天地间的,也是最美的一抹斜阳!

红绿灯下

在城市,当你走到十字街头时,往往会与红绿灯相遇。

说来好笑,我最初来到城市时,最怕的就是过街。在西安和北京求学期间,只要是有天桥和地下通道,我绝不走十字街。我对红绿灯不信任,它们闪来闪去的,像是两只鬼眼,变幻太快,常常是绿灯一亮,我起步走,却遭逢侧向驶来的一串汽车,它们占据了半边路,阻断你。等它们过去后,你再前行,绿灯的心房就颤动了,红灯随之亮起,你被隔在马路中央,身前身后是川流不息的车辆,有被钢铁夹击的感觉。此时我总会联想起卓别林的《摩登时代》中,那个被卡在机器中的工人,觉得自己是工业化时代的一个可怜虫。

我喜欢回到故乡,其中的一个缘由是,在乡间路上,我不会为红绿灯左右。能够阻断我脚步的,有时是一群在黄昏中归家的羊,有时是几只正午时通过堤坝,要下河戏耍的鸭子。

据说在交通事故中,死于红绿灯下的行人占了很大比例。闯红灯,是肇事的元凶。有时是汽车闯红灯殃及行人,有时是行人闯红灯自蹈黄泉,这样的行人无疑就是举着阎王爷掷来的招魂牌在过街。不管责任在哪一方,倒霉的总归是人。所以家长送孩子上学的路上,在过十字街时,如临虎口,总要拉起孩子的手。在幼儿教育中,学会通过红绿灯下的街口,也成了必修课。

走到红绿灯下,人的心就会紧张起来,你要眼观六路,耳听八方,稍有不慎,就会酿下惨祸。在我眼中,十字街就像匍匐在大地的十字架,它主宰着人的生死。行人到了它面前,只能心怀虔诚,脚踏实地慢行,才会安然无恙;反之,慌里慌张,视红灯于不顾,则会遭遇不幸。

我到哈尔滨生活以后,习惯了走红绿灯。前些年,每当过十字街时,看见绿灯闪烁了,我会一路飞奔,分秒必争,抢在红灯敲响警钟时到达街对面。由于年轻,体力充沛,我与绿灯的赛跑很少有输的时候。当街口的行人集体闯红灯时,我也尾随其后,大摇大摆地招摇过市。汽车像一支支飞来的箭,刷刷地在我们身旁呼啸而过,可是大家对它们毫无惧色,我也心底泰然。

二〇〇二年初春,爱人离开哈尔滨时,带我去花店买花。我们到了海城街的鲜花批发市场,我选了一束红色康乃馨、几支玫瑰。当我把玫瑰拿在手中的时候,爱人说,别老买黄色的,换点鲜艳的颜色吧。于是,我挑了两支娇艳的粉色玫瑰。他捧着康乃馨,我拿着玫瑰,散步回家。经由红军街桥下的十字路口时,恰好赶上绿灯眨眼了,我说等下一个绿灯再过吧。爱人说,你跟着我,能抢过去的!他个子高,步伐大,很快就跑到街对面了。我呢,一见红灯亮了,腿立刻就软了,向回撤。这样,我站在街这头,他站在对面,我们中间,是一台连着一台的疾驰的车辆。车辆就像汪洋大海,把我们分开了。三天后,爱人在回故乡的山间公路上出了车祸。故乡的路没有红绿灯,可是他为了早点回到工作的地方,急于赶路,还是出了事故。他的心中,看来一直亮着一盏颤动着的绿灯啊。他是一个疯狂的旅人,只知道一刻不停地向前赶,赶,赶。这种"赶",这种热情的"奔命",使我们一个在此岸,一个在彼岸,永隔着万水千山。他像流星,以为自己生命的光华还很漫长,却不知道当他飞速掠过天际的时候,迎接他的却是永恒的寂静。

爱人离去后,我身边没了陪伴的人,可是路还是要走下去的。我曾在十字街头为他焚烧纸钱,都说那是灵魂聚集的地方。

再经过那样的路口时,我感觉有无数的灵魂在幽幽地歌唱。远远地看到绿灯要变幻了,我便会放慢脚步,在路边静心等待;人们蜂拥着闯红灯时,我也会原地不动,气定神凝地候着。红绿灯下那些步履匆匆、神色慌张的赶路人,在我眼里是那么的可怜可笑。

我想,人生是可以慢半拍,再慢半拍的。生命的钟表,不能一味地往前拨,要习惯自己是生活的迟到者。人是弱的,累了,就要休息;高兴了,就要开怀大笑。郁闷的时候,何苦要掩饰自己,对着青山绿水呼喊吧。我们可以与友人畅饮,一醉方休;也可以对那些邪恶的人当面示以唾弃。我们可以在月夜下多几分缠绵,也可以在旅途中因着美好的风景而多几日的停留。随遇而安,随缘而行。随风而舞,随雨而歌!

是的,我们要给自己多亮几盏红灯,让生命有所停顿,有所沉吟。这样的红灯,就是我们生命中不息的火焰!只有这样,弱的生命才会变成强的生命,黯淡的生命才会变成有光华的生命!当生命的时针有张有弛、疾徐有致地行走的时候,我们的日子,才会随着日升月落,发出流水一样清脆的足音。

白雪红灯的年

除夕的清晨,我被零星的爆竹声扰醒。撩开窗帘,见山色清幽,太阳还没出,于是又钻回被窝,睡到八点多。再次被接二连三的爆竹声唤醒时,霞光已经把兴安岭的一道道雪线映红了。看来老天也知道过年了,特意让霞光化做春联,贴在山间。想必老天贴的春联,是用云彩做的砚台,用银河之水做的墨汁,用彩虹做的笔管,所以这不凡的春联看上去明丽脱俗,充满了朝气。

吃过早饭,我也给家门贴上春联和福字。那副烫金的大红春联,看上去就像两行飞向天空的金丝雀,给人喜气洋洋的感觉。而门中央的福字,真的像丁亥年的一头小金猪,肥嘟嘟的,讨人喜欢。

我喜欢大自然的红色,如朝霞晚霞,玫瑰百合。可对针织品的红色,我热爱不起来。我不喜欢红色的床罩、窗帘和衣服,见了它们,眼睛会疼。前年春节回家,妈妈给我的卧室挂上了一幅红地黄花的新窗帘,我感觉窗前就像飘着两朵乌云,说不出的压抑。结果,当夜就把米色的窗帘换回去,这才心臆舒畅,安然入梦。二十五岁前,我还穿过几件红衣,戴过红帽子。可是近二十年来,红色的衣服在我的衣橱中几乎绝迹了。我钟爱黑白、灰色和咖啡色。每年除夕,家人大红大紫地装扮自己的时候,我依然素衣素服,最多穿上一双红袜子。结婚的时候,我打了一件红色毛线开衫,可婚礼一过,就把它压在箱底了。我的一个朋友,说我命运的变故与爱穿黑白色的衣服有关,这说法着实把我吓着了。如果那样的衣服真的是生活的下下签,我为什么要屡屡抽它们呢?于是,我尝试着改变颜色,将眼界放在水粉和橘黄上。可对于红色,我还是有些犹疑和畏惧。就连我妈妈和姐姐看我穿了红衣服后,也会摇着头说:不好看,不好看!

二〇〇七年元旦过后,我逛商场的时候,看到了一件枣红色的羊绒开衫。它软软地、茸茸地搭在衣架上,看上去懒洋洋的,很有点邻家女孩的味道,让人觉得亲切。它的红是收敛的红,红得有分寸,有气质,不张扬,不造作,我动了心。但因为它是红色的,还是心存着警惕,从它身边走开。回家后,我的眼前老是晃动着那件红衫,它像一团火在我心中燃烧,于是,隔了几天,把它买回,即刻穿在身上。站在镜子面前,觉得自己身披霞光,便没舍得脱下,一路穿进年关。如今,它陪伴着我,给家门贴上了大红的春联,又在阳台结了霜雪的窗前,挂上了大红的灯笼。

家中有了春联和灯笼,如同有了门神和天使的眼睛,关上这样的门时,虽然知道家中无人,可却觉得屋子里是有呼吸和脚步声的。

我锁上自家的门,下楼,去弟弟家。每年除夕,母亲都会在他那里。母亲在哪儿,哪儿便是年。

这样的雪路我已经不知走了多少遍了。

从我家到弟弟家,是由城东到城西。塔河是个小城,腊月时,人们都在忙年,采买物品,街上是热闹的。到了除夕,年是瓜熟蒂落了,街市中就少见行人车辆了。我沿着街边的雪路,慢慢地走,呼吸着清冷而新鲜的空气。不管什么季节,兴安岭的天空都是蓝的。这种透明的无瑕的蓝,对久居都市、为烟尘所困扰的我来说,就是福音书。阳光把雪地照得焕发出橘黄的光芒。街灯下面,是一串串的红灯笼。白雪红灯,格外分明。

我在除夕街头,碰见的第一个人,是个痴呆。他逍遥地走在杨树下,兴冲冲的,衣衫褴褛,敞着怀,没戴棉帽和手套,自得其乐地打着口哨。我看了他一眼,又一眼,等于领受了新年的"憨福"。接下来遇见的,是一个骑着自行车的中年男人,他的车后坐上吊着两个油渍渍的桶,看来是去饭店收猪食的。他的眉毛和胡子上濡着霜雪,想必在寒风中奔波了很久了。

除了理发店,大多的店铺都关了。店铺贴的春联又长又宽,十分醒目,那些陈旧的房屋因而显得亮堂了。小孩子在街角放着鞭炮,好像在空中甩着鞭子,一声声地吆喝着年。年是什么?是打着滚下坡的山羊吗?如果是那样的话,它们将从山上的雪松下滚过。在兴安岭,只有它们满身苍绿,富有春的气息。

我在寒风中步行了半个多小时,只是在大世界门前看见了两个摊位,一个是卖糖葫芦的,一个是卖鞭炮的。糖葫芦和鞭炮虽然姿容灿烂,但它们却是红颜薄命的。前者因取悦人的嘴而消融,后者因取悦人的眼而消散。不过鞭炮在绽裂时,会焕发出一瞬千年之美。

弟弟家已经把年夜饭准备好了。他们家的阳台,也挂起了红灯笼。天色渐晚,寒意愈深,红灯笼亮了起来。站在阳台向下一望,见那满街的红灯笼,就像老天垂下来的一只只红碗!它们盛着星光和爆竹幽微的香气,为人间祈福。这座白雪覆盖着的小城,因为有了这些红灯笼,暖意融融。在没有鸟语花香的春节里,在北风和飞雪中,红灯笼就是报春花啊。

我恍然明白,人们之所以穿上红衣,是想用这火焰般的颜色,烧碎这沉沉暗夜,驱散这弥漫在天地间的苍凉啊。看来夜有多黑,就有多么光明的心;世界有多寒冷,就有多少如火的激情!如果没有这样的红色做为使者,北方的年,又怎能有春的气象呢?

北 方 的 盐

盐那雪白的颜色常使我联想到雪。在北方,盐与雪正如雷与电,它们的美是裹挟在一起呈现的。

盐与雪来历不同。雪从天上来,而盐来自地下。雪的成因与低沉的云气有关,而盐的提取有两种途径,其一是多年矿物质的沉积,其二便是海水的凝结。不论它们来自天上还是人间,其形成都有一个浪漫的过程。云与海水作为雪与盐的载体,其氤氲与浩淼的气质总令人浮想联翩,谁能想到缥缈的云会幻化出那么轻盈、美丽、灿烂的雪花?谁能想到奔涌的海水会萃取出结晶的、闪着宝石一样光泽的盐粒?

是北方的寒冷引得雪花翩跹起舞,还是姿态袅娜的雪的降临赋予北方以寒冷?反正在北方,寒冷与雪花是一对孪生姐妹,它们总是结伴而来,形影不离。尤其在北方之北方,也就是我的故乡北极村——那个夏至时可以看到白夜的地方,每年的九月底就进入冬季了,雪花会与还没有享受够暖阳的我们不期而遇。初始的雪似乎还不大敢肯定这就是它们的落脚之地,所以雪下得很斯文,有点小心翼翼的味道。一旦它们发现这片寒冷的土地使它们毫发无损,且能保持其明艳的肤色时,它们就一改矜持的姿态,沸沸扬扬地腾空而下,把大地染得一片洁白、一片苍茫。

雪来了,天气越来越冷了。这时的北方大地寸草不生,看不到一抹绿色,所有的植物都成了寒冬的战利品,被彻底地俘虏了,无声无息。我童年记忆中的北方人的餐桌上,是看不到新鲜的绿色菜蔬的。不似现在,运输的畅通和市场经济的发达,数九天气也能吃到来自南国的蔬菜。

盐在漫漫寒冬中披着它银色的铠甲在北方闪亮登场了。它其实在秋天就亮着它的白牙向北方女人微笑了。秋季是北方人腌菜的时节。家庭主妇们把还新鲜的豆角、辣椒、芹菜、黄瓜、萝卜、芥菜等等塞进形形色色的缸里,撒上一层又一层的盐,做成咸菜,以备冬季食用。北方人爱吃的,一直以来被大张旗鼓腌制的酸菜,更是缺少不了盐。盐被白花花地撒向缸里的时候,会发出窣窣的声响,好像盐在唱歌。在秋天,山间的蘑菇也露出毛茸茸的头了,蘑菇除了晒干外,还可以用盐腌渍在坛子里存储起来,冬天时用清水漂出它的盐分,吃起来味道仍是鲜美的。所以盐在秋季是撒向北方土地的最早的雪,它融化了,融化在菜蔬最后的清香中。如果你问一个北方人,你们的灶房里什么东西最多?我猜十有八九的人都会冲口而出:咸菜缸!的确,腌酸菜的大缸,腌萝卜和芥菜的中等型号的缸,以及腌糖蒜和韭菜花的坛子等等,就像乐池上摆放着的形形色色的乐器一样,你一进灶房它们就会扑入你的视野,并且在你不小心碰撞了它们的时候,为你奏出或沉郁或清脆的乐声。

咸菜是北方人餐桌上的"正宫娘娘",在寒风呼啸的日子里占据着统治地位,因而北方人也较其他地区的人摄盐量大,形成了口重的习惯,似乎不多加盐的食物都是寡淡无味的。北方人对盐有种近乎崇拜的心理,认为它是力量的化身,所以民间流传着吃盐长力气的说法。那些靠力气而生活的伐木工及家庭主妇,对盐的青睐可想而知了。记得童年时看电影《白毛女》,看到白毛女在山洞里因为多年吃不到盐,而过早地白了少年头的时候,盐在我心目中还具有了乌发的作用,这印象一直延续至今,根深蒂固。现代膳食讲究低盐少糖,这与北方人对盐的巨大热情是背道而驰的。北方人心脑血管的发病率远远高于江南,其气候的寒冷与摄盐过量无疑是两大元凶。尽管如此,北方人对盐仍然像对老朋友一样紧紧相拥,人们并未将它当敌人一样警惕着,虽然冬季可以从副食商场购得新鲜蔬菜,紫白红黄地点缀着餐桌,但在餐桌的一角,总会有几碟颜色黯淡的酱菜与之唱和着,有如一部歌剧在结尾时撒下的袅袅余音,它们呈现着旧时阳光的那种温暖与美好,令人回味。

当我们吃着腌制的酱菜望着窗外的雪花,听着时光流逝的声音时,浓云会在深冬的空中翻卷,海水会在遥远的天际涌流。而当我们为着北方的冻土上所发生的那些故事无限感怀时,泪水便会悄然浮出眼眶。泪水一定来自大海,不然它为什么总是咸的?!

因为有了寒冷,有了对寒冷尽头的温暖的永恒的渴望,有了对盐那如同情人般的缠绵和依恋,我想北方人的泪水会比南方人的泪水更咸。

中国北极的天象

迟子建散文

在我的故乡北极村,每逢夏至到来,白夜就降临了。天色在午夜时分仍很清朗,你甚至能辨别出落在花圃上的蝴蝶。白夜就像新嫁娘一样容光焕发,那洒满了阳光的路,宛若它拖曳下来的洁白的婚纱一样,令童年的我欢喜不已。因为这时的我可以放纵地在户外戏耍,大人们若是吆喝我回屋睡觉,我会理直气壮地说:"天还没有黑呢!"

有一年的白夜,我和外婆去黑龙江畔刷鞋子,我刚把大大小小的鞋子装上石子浸到水中,突然,天空变得黯淡了,水面被一层微红的光影笼罩着。外婆叫了一声"来了,极光了"!我抬头一望,只见先前还晴朗的天空有一团橘红的东西在瑟瑟抖动,很像挨宰的大公鸡在毙命时的挣扎,而江面上的那些红光,就像它滴下的血,这不禁使我骇然!我死死地抓住外婆的手,差点被吓哭了。可见欣赏美是要有阅历的。极光之美对于懵懂无知的我来讲,就像童话故事中的大灰狼一样令人胆寒。

也许是我与北极光的第一次接触不那么"两情相悦",从那以后,再也没有见过它。尽管离开故乡后我又几次专程去寻它,可它始终未露真容。在我的心目中,它永远是一个幻影了。

大约是一九八八年或者是一九八九年吧,暑假时,我从北京回乡探亲。某日黄昏,我正站在菜园旁和家人聊天,突然,空中出现了一个圆盘形状的散发着淡绿色光晕的飞行物!家人大惊失色,说那一定是"飞碟"!母亲让我们赶快回屋,她怕我们被这

在美国科露娜农庄旧货拍卖会上

芝加哥,钢铁的艺术

个神奇的圆盘给吸走。我哪舍得错过这难得一遇的天象奇观？我欣喜而胆怯地仰望它,看着它饱满地变大,颜色由浅及深,感觉老天这是丢下了一个玉盘,赏给凡尘人做瓜果的容器了。可惜我无福拾得这块玉盘,它最终还是消失在茫茫太空中。

我在极北之地观赏到的最壮美的天象,是一九九七年三月九日的日全食。那是上个世纪人类所能看到的最后一次日全食。还记得清晨起来时见太阳如往常一样光鲜动人地从山上升起,然而它没有走多远,就被传说中的"天狗"给咬了一口,出现了"初亏"。接着,太阳被蚕食的面积越扩越大,大地变得暮气沉沉,寒意逼人。当太阳被完全遮住的时候,它的边缘出现了一圈银白色的毛茸茸的光圈,好像衰老的太阳戴着一顶金光灿灿的草帽,那就是著名的"日冕"现象。那一时刻我突发奇想:月亮把太阳完全遮住的那一瞬间,它们是否是在浪漫而热烈地"做爱"？那弥漫在它们周围的光芒,一定是它们合二为一时,体内流淌出的最明亮、芬芳的生命之泉!

在人迹罕至的北极,奇异的天象就像热恋中情人的眼睛,每一个回眸,都令人心旌摇荡,难以忘怀。

远去的邮车

近读严济慈先生的《法兰西情书》,颇多感慨。严先生是著名的物理学家,曾受恩师何鲁先生的资助留学法国。我以为一个物理学家满脑子装的都是天体呀、大气的臭氧层呀、光谱学等知识,没想到严先生是那样一个感情丰富的人,他与未婚妻张宗英在信中谈《西厢》,谈歌曲《Long, Long Ago》,谈戏剧,他的情书热烈大胆与缠绵悱恻的程度,比徐志摩写给陆小曼的情书有过之而无不及,且文采斐然。

严先生是乘邮轮赴法国的,他的情书在船上就一篇篇诞生了。他记叙着游船所经之处的风景,譬如香港的灯火、西贡湄公河上的飞鱼、直布港乞钱的黑人、红海的日出日落,他满怀温情地把他的所见所闻、所思所想一一倾诉给亲密爱人,把一个浪迹天涯的才子的相思之情展现得淋漓尽致。读这些情书的时候,我蓦然想起了钱钟书先生的《围城》,开篇的一幕也是写一条法国邮船,不同的是那是条归国的邮船,钱先生在写到船抵西贡时,有这样几句极精彩的话:"西贡是法国船一路走来第一个可夸耀的本国殖民地,船上的法国人像狗望见了家,气势顿长,举动和声音也高亢好些。"钱先生与严先生一样,有乘邮船负笈海外求学的经历,所以他们在写到邮船时是满怀感情的。

读罢《法兰西情书》,我很怅然。我想在一个交通和通讯业极其发达的今天,这样的文字是不可能再有了。首先,航空业的崛起使距离感消除了,如今去一次法国,经过十个小时的飞行就足够了。其次,电信、网络以及电视就像一张巨大的网,把整个世界都罩在掌骨之间,世间万事万物的风云变幻,马上就会经它们反映出来。我们能在第一时间看到"9.11"事件和伊拉克战争的现场直播画面,它给我们带来了最直接的视觉冲击和情感震荡,让我们领略了什么是恐怖,什么是残忍。可是我们明明仿佛身临其境看到的这一切,却很快像焰火一样消失在记忆中,它甚至不如我们对一张诺曼底登陆的老照片记得那么真切。我们在极其便利获得这一切"资源"的同时,对它的忆念也在减弱。情人间纸上的絮语已经化做电话中的喃喃细语,那种真正的牵肠挂肚和彻骨的思念之情,也由于这"唾手可得"的问候而减去了几分浪漫之气。如今很少有人用信件传递感情了,所以当代绝对不会再有鲁迅与许广平的"两地书",不会有沈从文写给三三的那些比散文还要优美的情书。当然,也不会有严济慈先生和钱钟书先生对邮船的那种带着闲适之情的描述了。

那种曾笼罩着我们生活的邮车离我们远去了。有谁还能记得人们盼望邮车的那一双双充满了渴望和期待的眼神呢?!当我们在空中飞越万水千山时,也在无形中遗失了与山相拥的浪漫和遐思,遗失了驻足水畔思念恋人的那如水的缠绵。

马背上的民族

我童年生活的山镇离鄂伦春人的居住地很近。黄昏的时候,我常到公路玩耍,有几次撞见鄂伦春的马队经过。骑在马上的都是鄂伦春的男人,他们穿着过膝的蓝布长袍,挎着枪,用兽皮去县城换取食盐和肥皂。一听到马蹄声从公路一侧流水般地袭来,我就连忙躲在路边,满怀好奇和胆怯地望着马队经过。

父亲年轻时曾当过一段放映员。他对我们说,他去给鄂伦春人放电影,每次都被灌得酩酊大醉,有的时候醉得连机器都摆弄不了,让那些候在场地上的人空等。父亲说,你要是不喝醉,鄂伦春人就认为你不诚实。在我们山镇,有关鄂伦春人的传说特别多。人们说他们爱打架斗殴,杀人可以不伏法;说他们爱喝酒,爱吃生肉,爱跳舞;说他们的人死后要吊在树上"风葬";说他们住在松木搭制的"撮罗子"里;说他们在水上撑的是轻巧的印着花纹的桦皮船;还说他们的人生病了不用去医院看,请个"萨满"来跳神就可以除病。基于这些传说,我每次见到鄂伦春人的马队时,都有些战战兢兢,生怕他们把我当作山林中的一只野兔,在马上冲我开一枪。有一次马队中的一个鄂伦春小伙子在经过我身边时勒住马,吓得我魂都要丢了,他笑着,从背囊里取出几块乌黑的肉干给我,然后又策马前行了。我捧着鹿肉干,得意洋洋地回家,说鄂伦春人给的,家人都很吃惊。我们嚼那肉干,怎么也嚼不烂,这使我相信我们汉族人的牙齿就是连弱小的鸡鸭都可以钻过的破烂篱笆,而鄂伦春人的牙齿就像石壁上嶙峋的石头一样坚不可摧。

鄂伦春人被称为是生活在马背上的民族。他们喜欢狩猎，骑马善射。他们有自己的民族语言，虽然它没有形成文字。他们游荡在山林中，就像一股活水，总是让人感受到那股蓬勃的生命激情。他们下山定居后，在开始的岁月中还沿袭着古老的生活方式，上山打野兽，下河捕鱼。我没有见过会跳神的"萨满"，但童年的我那时对"萨满"有一种深深的崇拜，认定能用一种舞蹈把人的病医治好的人，他肯定不是肉身，他一定是由天上的云彩幻化而成的。

几年前，我来到了鄂伦春人的定居地。我看不到那些骑在马上的英武的男人了。他们的民族服装，也只有到了特殊的节日才会被穿在身上。至于传说中的"萨满"，也只有到了为外地游客展示民族风貌时，才会披挂上"神衣"，做一些空泛的动作，全没了那种与灵魂共舞的"出神入化"的感觉。我在一户居民的墙角，发现了一只破败的桦皮船，它沾满尘垢，已然成为这个民族的化石。我想起三十多年前在公路上相遇鄂伦春人的马队的情形，不由怅然若失。那时马上的鄂伦春人是那么的富有朝气，而他们背后的森林也不似今日这么因过度的砍伐而稀疏矮小，而是苍翠繁茂，浓荫遮天。

午夜的费穆与伯格曼

中央电视台的电影频道开辟了一个"探索影厅",每至午夜,一些不被大众看好的却有独特艺术价值的影片在一片鼾声中寂然登场了。我在这里欣赏过费穆的《小城之春》,看过瑞典电影大师英格玛·伯格曼的《呼喊与细语》和《野草莓》、《夏夜的微笑》等片子。

费穆的《小城之春》可以说是一部诗人电影,它讲述了一个女人与两个男人的故事。它的画面看起来是单调苍凉的,破败的城墙,铅灰的浮云,在废墟上缓缓行走着的女人,庭院中分住在两处的两个男人。费穆写了人内心情感的纠葛和痛苦,但他用的是"抑"的笔调,含蓄,轻灵,矜持,所以即使能感觉到主人公的内心世界是万丈波澜,呈现在他们面部的却是一种无奈的平静。我很奇怪就是这样一部像舞台布景一样画面较少变化的影片,却有着极强的艺术感染力。除了演员表演的功力为影片增色之外,我想是这种不惊不诧地讲故事的方式吸引了我们,因为它更逼近人内心真实的情感。影片中没有硝烟,没有通常的三角恋爱故事的那种争风吃醋,它呈现的是一种哀悼的气息,因而意味深长。《小城之春》出现时,正赶上全国解放前夕,那时正有《一江春水向东流》、《八千里路云和月》、《乌鸦与麻雀》等抗战影片热映,《小城之春》就显得落落寡欢、不合时宜。费穆一生拍了二十多部片子,一半已遗失。据说他拍摄的《孔夫子》的拷贝几年前在香港被发现,但已发霉。以费穆的气质,以《小城之春》所呈现出的他卓越的导演才华,我坚信《孔夫子》一定是部不可多得的佳作,可惜它"未生先死"。费穆死于一九四八年的香港,他因为早逝而不知"文革"的风暴,否则,凭着一部散发着颓废之气、精美之气的《小城之春》,费穆倘在内地的话,他的作品注定要被视做"毒草",而他也不会逃过劫难。所以"早逝"在灰暗的特殊历史时期也是一件幸事。

"探索影厅"中常出场的伯格曼,也是我格外喜欢的。最爱的是那部《呼喊与细语》,片中三姐妹的情感生活经历被伯格曼展现得那么淋漓尽致,甚至残酷。但那是生活的真相。衬托着这故事的是黑色的床,猩红的地毯和屏风,白色的服饰和幔帐。我们的生活,似乎都逃脱不了黑、白、红三色的笼罩。伯格曼善于挖掘人内心复杂的情感,勇于表现沉重的主题,比如死亡。他的《野草莓》,通过梦境的揭示,表达了人对死亡的那种深重的恐惧,对已逝青春的那种追忆和伤怀,十分感人。

费穆和伯格曼,都是忠实于自己的内心,忠实于艺术的优秀电影导演。他们的影片,无论是在他们生前还是死后,都不具有票房价值。他们静悄悄地在午夜出场,那么的寂寞,远离了黄金时段那些观者甚众的武打戏和好莱坞炮制的一个模式的泛滥的情感戏,他们孤独地在深夜中诉说他们的痛苦,犹如一个真理者携带着火种,却看不到可以被点燃的柴薪一样。

朗诵与逆向思维

从上小学起,我就喜欢朗诵。汉语的魅力在朗诵中得到了完美的体现。好的文章会给人一种欣赏音乐的感觉,比如朗诵鲁迅的《雪》、朱自清的《背影》,你感觉是在听一首如泣如诉的小提琴曲;而朗诵苏轼的《赤壁赋》和王勃的《滕王阁序》,你感觉是在听一首气势磅礴的交响乐。

由于我少年时代生活在大森林里,所以朗诵课文的时候,我除了喜欢站在屋前的菜园里对着瓜果蔬菜、蜻蜓蝴蝶朗诵,还喜欢到离家极近的山上对着树木溪水、野草飞鸟朗诵。大自然的清风、鸟语和流水声,为我的朗诵做了最好的伴奏。

我觉得朗诵可以最直接地品味到语言的美。有的句子富有阴柔之美,便可以轻声细气地对它浅吟慢读;而有的句子富有阳刚之美,读它时就会用激越高亢的声调。朗诵不仅帮助我们体味到了文字的旋律美,还可以激发我们对作文的兴趣和热爱。想着有些文章读起来竟然如此琅琅上口,如临仙乐,谁能按捺住一试身手的激情呢?我最早的作文,就是从朗诵中获得的灵感。我现在仍然认为,能够让人读出声来,读出气象的文章,才是好文章。这样的文章生动,有光彩。所以,直到如今,我虽然已人到中年,并且蜗居在大都市冰冷而苍灰的楼群中,仍然没有间断过朗诵。辛弃疾的诗词是我常放在枕边做为朗诵之用的。如果邻人听见一个女人在屋子里抑扬顿挫地朗诵诗词,一定会认为我神经不健全,可他们又怎能体悟到朗诵给人带来的审美的愉悦呢?

朗诵能够培养我们对文字的感情和写作的勇气。好文章仿佛只有读出声来才觉得过瘾。文章被朗诵,如同食物被咀嚼,你能细细品味其中的奥妙。如果一道美食仅仅只能看,却不能品味,就如同好文章未被朗诵一样,难解其真味。在朗诵的过程中,我们渐渐喜欢上了文字,并且生发了要驾驭这些文字的欲望。这可贵的"欲望"就是灵感袭来的前兆。所以,我觉得中小学生应该注重朗诵,注意——是朗诵,而不是背诵,背诵往往只是囫囵吞枣地完成老师布置的作业,只记住了文章的内容,那充其量只能称为皮毛的东西;而朗诵却能读出文章的气韵,能品咂到文章的精髓。

在我上中学和高中的时候,所接触到的作文基本都是命题的,比如《一件小事》、《难忘的一天》、《我的母亲》、《记一次劳动》等等。我相信如今的学生也经常遭遇到这类命题作文。命题作文最大的弊端就是容易使学生的思维模式化,遏制想像力的发展,这是非常可怕的。所以,能够独辟蹊径地把"命题作文"写出新意,是我们所要思考的问题。要知道,命题作文就是在你身旁设置了一道厚厚的墙,你如果只是在墙的阴影下徘徊,写出的文章必然会老气横秋、毫无生气。可是如果你穿越了这堵墙,就会看到别致的风景。

我记得那是一九八〇年,我读高一的那年,秋天的时候,学校组织了一次作文竞赛。老师出的题目是《秋风与黄叶》。但见同学都已经执笔刷刷有声地下笔了,我却不急不躁地仍在思考这篇作文究竟该怎么写。如果仅仅写秋风席卷大地、落叶飘飞的景色,我会毫不费力。而且可以赋予落叶以一种意义:它曾充沛地活过,它的凋零因而是壮丽的!可我猜测很多同学都会想到这个立意,就没有兴趣去写。突然,我灵机一动,为什么不能把历史比喻为黄叶,而把历史上一次一次的农民起义比喻为秋风呢？历史这枚叶子之所以如此金黄灿烂,不就在于这些农民起义之风的吹拂嘛！灵感如天梯一样垂下,我终于可以从容地逾越《秋风与黄叶》这堵墙了。我的笔开始在白纸上飞快地走动,独特视角的择取使我在写作时一直洋溢着充沛的激情。我如释重负地参加完作文竞赛,我相信它会是最好的一篇作文。果然,它得了一等奖,我的卷子被张贴在一楼宣传栏的玻璃橱窗里,很多同学都围过去看。我听到最多的一个议论是:"这个题目可以这么写呀。"是的,这件事使我获益匪浅,那就是看待问题一定要有自己的眼光,不能流俗。还有,我对我的语文老师一直心存感激,如果他当时认定我的文章立意有问题,排斥了它,也许会扼杀我的创造力。要知道学生时代的一点鼓励,都会在人的成长过程中起着至关重要的作用。

　　如果不想使自己在写作时陷入庸常立意的泥淖,我认为可以调动和开发"逆向思维"这根神经。逆向思维,并不是说考虑问题一定要朝相反的方面去想,而是说可以从独特的角度切入问题。这样,能使你的思维始终富有新鲜感和活力,从而使由此生发的文字散发出一股与众不同的气息。逆向思维的培养,主要有赖于想像力的支撑,想像力是逆向思维的后盾,所有的奇思妙想,皆得力于想像力的推波助澜。当然,强调"逆向思维",并不是鼓励学生放弃对常识知识的学习,没有对常识知识的基本掌握,是不可能有修成"正果"的"逆向思维"的。如果仅仅为了独特而独特,很可能使文章看上去乖张、艰涩,难入情理。而有了基础和积淀的独特,才能焕发出绚丽的艺术之光。

食物的"后宫"

中国人的五官,虽然没有高鼻深目可供炫耀,但有一处却是值得骄傲的,那就是嘴。中国菜的好吃可说是举世闻名,不仅菜系多,而且品种繁杂。一道菜煎炒烹炸那是小动作,我们往往会不惜气力地花上四五个小时去煨一锅内容丰富的汤,会把汤煲到神仙尝上一口都会动了思凡念头的程度,让国外那些寡淡的冷盘和像牲口草料一样的蔬菜沙拉黯然失色。我们的嘴是不是有福的呢?

中国人爱吃,敢吃,讲究吃,钻研吃,也可说是举世无双的。但凡天上飞的,地上跑的,水里游的,没有什么不可以入口的,可谓吃得大胆,吃得投入,吃得义无返顾。老鼠、蛇、蟾蜍、猴子、麋鹿、天鹅等等这些或者让人想起来作呕或者让人神思愉悦的动物,没有逃过人的口的。我们的嘴,收天地万物之精华,纳飞禽走兽之幽魂,简直就是一个无底洞,包罗万象,吃得风情万种。当然,正是由于这无法无天的放纵的吃,惹来了许多的祸端。比如食用果子狸,据专家论证,它是"非典"的元凶。吃让我们大饱口福的同时,也让我们尝够了苦头,我们终于因同情心的沦丧而遭到了大自然的报复,我们的嘴,到了这种时候,就不是可供骄傲的嘴了。

我们在吃上花样翻新,但是却并不讲究吃的卫生,这与我们对吃的痴迷似乎是不成正比的。中国的餐馆,门面堂皇的不少,可是它的灶房,鲜有清洁之处,洗菜池锈迹斑斑,案板上的污垢常常连着菜跟着进了锅里,苍蝇更是喜欢在灶房飞舞。虽然有执法部门对卫生进行监督和检查,但这些炮制菜品的灶房,就像一个改造不好的惯犯一样,屡纠屡犯。我想这与中国人爱面子有关,只要面子上美观了,其"内里"哪怕再破烂,也是可以容忍的,所谓"金玉其外,败絮其中"。也许是我们把解手这类的事情也算做苟且的"内里"之事,所以我们的厕所肮脏得常常让自己人都掩鼻难抑,外国人更是望而却步了。

　　十几年前,我回故乡探亲。听说秋林公司的红肠和小肚久负盛名,就各买了一些。然而母亲在切松仁小肚的时候,竟然切出了一只烟头!金黄色的过滤嘴的烟头紧紧地嵌在肉里,看上去是那么的醒目!这真让家人大倒胃口。我想一定是工人在车间生产时嘴上叼着香烟,烟灰落在上面我们不会看到,而他抽完烟肯定是把烟头那么顺嘴一吐,它便跟着被绞碎的肉馅进入了生产流程。还有一次,我们在速冻饺子里吃出了螺丝钉!这使我以后再买这类食品时总是心怀忐忑,想着工人们叼着香烟,随意地吐痰和打喷嚏,我们连带着吃了多少他们的鼻涕和痰液,实在是不敢想象。所以我喜欢亲自下厨,饭店的菜,不管多么的有滋有味,我吃了却总有不舒服的感觉。

　　有一年,我和爱人在公司街的会友楼吃饭,我点了一道火锅炖菜。火锅端上来后,我们竟然发现有一只肥硕的蟑螂匍匐在温暖的锅壁上,正懒洋洋地向上爬着。我当时差点没吐出来,桌上所有的菜肴都让我觉得形迹可疑,再也不敢碰一筷子了。想着窝藏这食物的灶房——后宫,一定脏得难以想象,因为蟑螂可以在里面从容地来去。叫来服务员小姐,她竟一脸的无所谓,说,它还没进菜里,怎么就不能吃呢!我想如果她是消费者,她难道喜欢喝蟑螂汤吗?还有一次,我去中山路一家比较有名的比萨店用餐,我点了一道黑胡椒牛排,菜上来后,用刀子切开一小块,暗红的牛排上竟然闪出一道银色的金属光泽,用叉子轻轻挑起一看,原来是清理卫生用的钢丝球的碎屑!我叫来服务员,她态度和蔼地找来领班,说是可以重新给我做一道牛排,但我已经没有胃口了,只草草吃了一盘水果,悻然离去。出来后回望着那富有情调的尖顶的绿色小楼,听着从里面飘荡出的隐约的乐声,我的眼前不由得闪现出厕所的影子。在我的心目中,不洁的食物就应该出自那样的地方。

由于以上的经验,我很少在外面买现成的食品,它们的来源总让人顾虑重重。前一段装修房屋,中午时就常常买些东西和工人们一道吃。因为新居毗邻沃尔玛超市,就去那里买包子,想着这样赫赫有名的店,其食品卫生是不用担忧的。然而我乐观过了头!有一天,我大嚼大咽着芹菜馅包子时,却觉得牙被什么东西给绊住了,用手把它拉出来,竟然扯出一段绿色的塑料纸绳!它大约是想充当常春藤,缠住我的牙齿!工人们见状都笑了,他们说这纸绳一定是用来捆芹菜用的。我扔掉那个包子,只能苦笑一声。

我们的嘴,到了这时候就不是值得骄傲的嘴了,它就是一只垃圾桶了。我们的五官,耳朵听着的是持续的噪音,眼睛看到的是被污染的烟雾迷蒙的天,鼻子里嗅到的是汽车的尾气,嘴巴里咀嚼着的,又是那些来历不明的食物,我们还有什么可以称道之处呢?我不知道有谁在监督这些食物出笼的"后宫"?如果没有食品卫生法来约束它,那么为什么我们的良心不能充当监督员的角色?食品中不该有的那些"姹紫嫣红",哪一天才会真正地消失呢!

时间怎样地行走

墙上的挂钟,曾是我童年最爱看的一道风景。我对它有一种说不出的崇拜,因为它掌管着时间,我们的作息似乎都受着它的支配。我觉得左右摇摆的钟摆就是一张可以对所有人发号施令的嘴,它说什么,我们就得乖乖地听。到了指定的时间,我们得起床上学,我们得做课间操,我们得被父母吆喝着去睡觉。虽然说有的时候我们还没睡够不想起床,我们在户外的月光下还没有戏耍够不想回屋睡觉,都必须因为时间的关系而听从父母的盼咐。他们理直气壮呵斥我们的话与挂钟息息相关:"都几点了,还不起床!"要么就是"都几点了,还在外面疯玩,快睡觉去!"这时候,我觉得挂钟就是一个拿着烟袋锅磕着我们脑门的狠心的老头,又凶又倔,真想把他给掀翻在地,让它永远不能再行走。在我的想象中,它就是一个看不见形影的家长,严厉而又古板。但有时候它也是温情的,比如除夕夜里,它的每一声脚步都给我们带来快乐,我们可以放纵地提着灯笼在白雪地上玩个尽兴,可以在子时钟声敲响后得到梦寐以求的压岁钱,想着用这钱可以买糖果来甜甜自己的嘴,真想在雪地上畅快地打几个滚。

我那时天真地以为时间是被一双神秘的大手给放在挂钟里的,从来不认为那是机械的产物。它每时每刻地行走着,走得不慌不忙,气定神凝。它不会因为贪恋窗外鸟语花香的美景而放慢脚步,也不会因为北风肆虐、大雪纷飞而加快脚步。它的脚,是世界上最能禁得起诱惑的脚,从来都是循着固定的轨迹行走。

我喜欢听它前行的声音,总是一个节奏,好像一首温馨的摇篮曲。时间藏在挂钟里,与我们一同经历着风霜雨雪、潮涨潮落。

我上初中以后,手表就比较普及了。我看见时间躲在一个小小的圆盘里,在我们的手腕上跳舞。它跳得静悄悄的,不像墙上的挂钟,行进得那么清脆悦耳,"滴答——滴答——"的声音不绝于耳。所以,手表里的时间总给我一种鬼鬼祟祟的感觉,从这里走出来的时间因为没有声色,而少了几分气势。这样的时间仿佛也没了威严,不值得尊重,所以明明到了上课时间,我还会磨蹭一两分钟再进教室,手表里的时间也就因此显得有些落寞。

后来,生活变得丰富多彩了,时间栖身的地方就多了。项链坠可以隐藏着时间,让时间和心脏一起跳动;台历上镶嵌着时间,时间和日子交相辉映;玩具里放置着时间,时间就有了几分游戏的成分;至于电脑和手提电话,只要我们一打开它们,率先映入眼帘的就有时间。时间如繁星一样到处闪烁着,它越来越多,也就越来越显得匆匆了。

十几年前的一天,我在北京第一次发现了时间的痕迹。我在梳头时发现了一根白发,它在清晨的曙光中像一道明丽的雪线一样刺痛了我的眼睛。我知道时间其实一直悄悄地躲在我的头发里行走,只不过它这一次露出了痕迹而已。我还看见,时间在母亲的口腔里行走,她的牙齿脱落得越来越多。我明白时间让花朵绽放的时候,也会让人的眼角绽放出花朵——鱼尾纹。时间让一棵青春的小树越来越枝繁叶茂,让车轮的辐条越来越沾染上锈迹,让一座老屋逐渐地驼了背。时间还会变戏法,它能让一个活生生的人在瞬间消失在他们曾为之辛勤劳作着的土地上,我的祖父、外祖父和父亲,就让时间给无声地接走了,再也看不到他们的脚印,只能在清冷的梦中见到他们依稀的身影。他们不在了,可时间还在,它总是持之以恒、激情澎湃地行走着——在我们看不到的角落,在我们不经意走过的地方,在日月星辰中,在梦中。

  我终于明白挂钟上的时间和手表里的时间只是时间的一个表象而已,它存在于更丰富的日常生活中——在涨了又枯的河流中,在小孩子戏耍的笑声中,在花开花落中,在候鸟的一次次迁徙中,在我们岁岁不同的脸庞中,在桌子椅子不断增添新的划痕的面容中,在一个人的声音由清脆而变得沙哑的过程中,在一场接着一场去了又来的寒冷和飞雪中。只要我们在行走,时间就会行走。我们和时间是一对伴侣,相依相偎着,不朽的它会在我们不知不觉间,引领着我们一直走到地老天荒。

圣彼得堡。冬宫。背后的天籁之音。

法国修道院

我们到哪里去散步

沙尘天气就像一匹肮脏的野马,满身风尘地来了。如果说十年前它对我们来说还是稀客的话,如今,它已经成为我们的熟客了。每到春天,暖风袭来时,它就蠢蠢欲动了。只要气温骤然升高,又伴有大风的话,这匹极难驯服的野马就长驱而入了。

我还记得二十年前初来哈尔滨的情形,那时太阳岛有大片大片的白桦林,岛上的鸟儿也很多,天也特别的蓝。那条穿城而过的松花江,江面宽阔,波光潋滟,看上去浩浩荡荡的,我最喜欢傍晚时坐在江堤上看落日。一条丰满的大江衔着金黄的落日的情景,真的是美不胜收。

曾几何时,当沙尘还没有光顾到我们的城市时,我们从松花江体态的变化上,就已经微微感觉到了我们将要面临着的环境灾难。松花江越来越消瘦了,枯水期延长了,局部的断流出现了,水质下降。只短短几年的光景,它竟瘦成了一把骨头,即使是雨季,江面上也有裸露的沙洲。这时候你从松花江旁走过,会闻到一股刺鼻的臭味,往昔游人如织的斯大林大街,看上去也冷清了许多。松花江是我们惟一的饮用水源,它的早衰使我们这些家庭主妇们,在打开自来水笼头烹茶煲汤的时候,心中总是伴随着丝丝缕缕的恐惧和哀愁,我们期待着磨盘山水库早日竣工,那时我们会喝上清洁的放心水。

改革开放在给我们带来空前丰富的物质生活的同时,也给我们带来了意想不到的灾难。由于我们法制的不健全,由于对自然重视和认识的不足,更由于我们一些部门的领导片面追求经济效益和一些个人为着利益的驱使铤而走险,我们盲目地建设了许多不该上的项目,比如污染水源的化工厂,比如侵占耕地的度假村等等。在我们不知不觉中,森林减少了,湿地减少了,物种减少了,我们打着"繁荣经济"的旗号向大自然寸寸逼近的时候,它们很公平地让消失的绿色变成了风沙,让枯竭的河流阻断了航运,让受了污染的蔬菜走进了千家万户的餐桌。

土地沙漠化的范围在逐步扩大,风沙这匹野马当然会有恃无恐地闯入我们的城市了。而驯服这匹野马,现在看来是一件极其艰辛的事情。

再看看我们居住的城市,很多主干马路每隔几年就要拓宽,每一次的改造,都要折损一些草木。而那宽敞的马路上的车流中,增多的并不是普通老百姓都要搭乘的公交车,而是每天都有新面孔出现的浩浩荡荡的私家车。所以从某种意义来说,因这路而受惠的还是富人阶层。当众多的有钱人驾着私家车在车内听着音乐嗅着他们用科技手段净化了的空气,怡然自得地奔驰在路上时,大多的老百姓还得在这些汽车散发着的尾气中面色苍黄地去挤公共汽车。我们的楼越建越多,水泥筑成的苍灰色石林在增加,而绿地却在减少。在哈尔滨,公园不仅没有开放式的,而且它的数量少得可怜。每一个楼盘的开发,在它竣工之时,其环境绿化的许诺都与宣传的大相径庭,所以开发商与业主的纠纷司空见惯,而业主如果诉诸于法律,最终胜诉了,得到的也不过是区区的经济赔偿,环境却是已成事实的了。

"非典"流行,弄得人心惶惶的时候,医生建议广大市民,要勤洗手,勤通风,勤锻炼,增加户外的活动量。可是我们到哪里去散步呢?!我们如果不选择在熙来攘往的大街上散步,就只能在逼仄的小巷中穿行。所以每每在哈尔滨呆得久了,我都有一股莫名的烦恼,对于我这个笔耕在家的人来说,每日必不可少的一项运动就是散步,可是每每我走出家门,都要踌躇良久,我去哪里散步呢?我就像一个迷路的孩子,茫然无从地站在街巷中,看着热闹的市井生活景象,心底涌起无边的苍凉来。人在本质上是孤独的,自然往往能给我们孤独的心灵带来某种安慰,可城市中的我们,离自然是越来越远了,我们的孤独,又有谁知呢!

时远时近的光

一个昏暗而寒冷的春日午后,我在古城西安扶风县的法门寺地宫,见到了释迦牟尼佛祖的真身舍利。

那天游人很少,地宫里凉气森森,供奉着佛祖圣骨的佛坛上摆满鲜花,小和尚手持法器,神态宁静地护持在一旁。我在心中默念佛号,一遍遍地叩拜着,听着时起时落的钟声,觉得时光在倒流,心中有一种苍凉而又喜悦的感觉。

舍利是物质的,也是精神的。我们看到的舍利骨质透明、光滑如玉,就像是由阳光和月光凝结而成的。把俗人故去后那粗糙而疏松的白骨与这无比灿烂的舍利两相比较,你会在心中由衷地慨叹:真是佛法无边啊!

我觉得文字是物质的,而透过文字所表现出的艺术气息却是精神的。艺术所需要的正是精神上的涅槃。那枚世界仅存的佛祖圣骨,它在某种意义上就是宇宙的一个体现。它无始无终,无穷无尽。当你的心与它无比接近的时候,你会看到它泛出的耀眼的白光,它照亮了我们那颗为着寻常生活奔波而逐渐麻木和灰暗的心。我想这种闪烁的白光与艺术的想像力是一样的。伟大的想像力,总是能把我们带到艺术的彼岸,看到不寻常的圣境。我知道自己距离这样的圣境还十分遥远,好在我已经在路上,可以为着这个目标而全力以赴。

《花瓣饭》写了"文革",我描写的是一种日常生活,孩子眼中对政治的那种无知,因无知而消解的那种苦难。它是苦涩的,同时又是温馨的。我特别渴望着能把大题材用最日常的民间的立场来表达出来,我不知道《花瓣饭》做得是否成功,但我确实努力过了。我只知道,我每写完一部作品,激动很快就会过去,不满足感使我更寄希望于下一部作品,也许这正是一个"在路上"的人的心态。有的时候你在路上看到了前方出现一束绚丽的光,你以为很快就能接近它,可是当你走了漫长的一段路后,发现它与你还相距遥远。它那时远时近的姿态,也正是这光芒的魅力所在。

雪山的长夜

午夜失眠,索性起床望窗外的风景。

以往赏夜景,都不是在冬季。春夜,我曾望过被月光朗照得莹光闪闪的春水;夏夜,我望过一叠又一叠的青山在暗夜中呈现的黝蓝的剪影;秋夜,曾见过河岸的柳树在月光中被风吹得狂舞的姿态。只有冬季,我记不起在夜晚看过风景。也难怪,春夏秋三季,窗户能够打开,所以春夜望春水时,能听见鸟的鸣叫;夏夜看青山的剪影时,能闻到堤坝下盛开的野花的芳香;秋夜看风中的柳树时,发丝能直接感受到月光的爱抚,那月光仿佛要做我的一绺头发,从我的头顶倾泻而下,柔顺光亮极了。而到了寒风刺骨的冬季,窗口就像哑巴一样暮气沉沉地紧闭着嘴,窗外除了低沉的云气和白茫茫的雪之外,似乎就再没什么可看的了。

然而,在这个失眠的故乡的冬夜,我却于不经意间领略到了冬夜的那种孤寂之美。

站在窗前,最先让我吃惊的是那三座雪山。原以为不到月圆的日子,雪山会隐去真形,谁知它们在半残的月亮下,轮廓竟然如此分明,我甚至能看清山脊上那一道一道的雪痕!

那三座雪山,一座向东,另两座向南。在东向和南向的雪山之间,有一道很宽的缝隙,那就是呼玛河。我在春夜所观赏过的春水,就是它泛出的波光。冬夜里,河流被冰雪覆盖着,它看上去就像遗弃在山间的一条手杖。这巨大的手杖白亮而光滑,想必是天上的巨人所用之物。夜晚的雪山不像白日那么浑厚,它仿佛是瘦了一壳,清隽秀丽,因而显得高了许多。仿佛黑夜用一把无形的大剪刀,把雪山彻底修剪了一番,使它看上去神清气朗,英姿勃勃。

这三座曾十分熟悉的雪山,让我格外的惊诧。它们仿佛是三只从天上走来的白象,安然凝望着北国的山林雪野和人间灯火。小城灯火阑珊,山脚下倒是有两簇灯火,一簇在南侧,一簇在东侧。这两簇灯火异常的灿烂华美,让我觉得它们是这白象般的雪山脚下挂着的金色铃铛,只要雪山轻轻一动,它们就会发出清脆的响声。

我久久地望着那两簇灯火。每日午后,我都要在山下的小路上散步。小城人没有散步的习惯,所以路上通常是我一人。一个人走在雪路上,是多么渴望雪山能够张开它宽阔的胸怀,拥我入怀啊。有一日我曾在河滩碰到几个挖沙的人,想必东侧的灯火是挖沙人的居所。而南侧的雪山并没有房屋,那儿的灯火是谁的呢?也许是打渔人的?呼玛河中有味美的鲇鱼和花翅子,一些打渔人就在河面凿了一口口冰眼下网捕鱼。看着这一派寒冷和苍凉的景象,谁能想到坚冰之下,仍有美丽柔软的鱼在自由地畅游呢!当我一厢情愿地认定那簇灯火是打渔人的之后,我就幻想打渔人起网的情景。那一条条美丽的出水芙蓉般的鱼跃出水面,看到这个暗夜中的冰雪世界,是不是会伤心泪垂?

雪山东侧的那簇灯火先自消失了。是凌晨一时许了,想必挖沙人已停止了夜战,歇息去了。而南侧的那簇灯火仍如白莲一样盛开着。我盯着那灯火,就像注视着挚爱的人的眼睛一样。

以往归乡,我在小路上散步总是有爱人陪伴。夏季时,我走着走着就要停下脚步,不是发现野果子了,就是被姹紫嫣红的野花给吸引住了。我采了野果,会立刻丢进嘴里。爱人笑我是个"野丫头"。有时蚊子闹得凶狂,我就顺手在路边折一根柳枝,用它驱赶蚊子。而折柳枝时,手指会弥漫上柳枝碧绿而清香的汁液。那时我觉得所有的风景都是那么优美、恬静,给人一种甜蜜、温馨的感觉。可自从爱人因车祸而永久地离开了我,我再望风景时,那种温暖和诗意的感觉已荡然无存。当我孤独一人走在小路上时,我是多么想问一问故乡的路啊:你为什么不动声色地化成了一条绳索,在我毫无知觉的时候扼住了他的咽喉?你为什么在我感觉最幸福的时候化成了一支毒箭,射中了我爱的那颗年轻的心?青山不语,河水亦无言,大自然容颜依旧,只是我的心已苍凉如秋水。以往我是多么贪恋于窗外的好山好水,可我现在似乎连看风景的勇气都没有了。

我很庆幸在这个失眠的冬夜里,我又能坦然面对窗外的风景了。凌晨两点多,南侧雪山的灯火也消失了。三座雪山没有因为灯火的离去而黯淡,相反,它们在星光下显得更加的挺拔和光华。当你的眼睛适应了真正的黑暗后,你会发现黑暗本身也是一种明亮。仰望天上的星星,我觉得它们当中的哪一颗都可以做我身旁的一盏永久的神灯。而先前还如花一样盛开的人间灯火,它们就像我爱人的那双眼睛一样,会在我为之无限陶醉时,不说告别,就抽身离去。

雪山沐浴着灿烂的星光,焕发出一种孤寂之美。那隐隐发亮的一道道雪痕,就像它浅浅的笑影一样,温存可爱。凌晨四时许,星光稀疏了,而天却因为黎明将至呈现着一股深蓝的色调,雪山显得愈发的壮美了。我想我在望雪山的时候,它也在望我。我望雪山,能感受到它非凡的气势和独特的美,而它望我的房屋,是否只是一头牛的影子?而我只是落在这牛身上的一只飞蝇?

我还记得一九九八年河水暴涨之时,每至黄昏,河岸都有浓浓的晚雾生成。有一天我站在窗前,望见爱人从小路上归家。他的身后是起伏的白雾,而他就像雾中的一棵柳树。那一瞬间,我有一股莫名的恐慌感,觉得这幻影一样的雾似乎把爱人也虚幻化了,他在雾中仿佛已不存在。现在想来,死亡就像上帝撒向人间的迷雾,它说来就来,说去就去。它能劫走爱人的身影,但它奈何不了这巍峨的雪山。有雪山在,我的目光仍然有可注视的地方,我的灵魂也依然有可依托的地方。

我感谢这个失眠的长夜,它又给予了我看风景的勇气。凌晨的天空有如盛筵已散,星星悄然隐去了,天空只有一星一月遥遥相伴。那月半残着,但它姿态袅娜,就像跃出水面的一条金鱼。而那颗明亮的启明星,是上帝摆在我们头顶的黑夜尽头的最后一盏灯。即使它最后熄灭了,也是熄灭在光明中。

我的梦开始的地方

从中国的版图上看，我的出生地漠河居于最北端，大约在北纬53度左右的地理位置上。那是一个小村子，它依山傍水，风景优美，每年有多半的时间白雪飘飘。我记忆最深刻的，就是那里漫长的寒冷。冬天似乎总也过不完。

我小的时候住在外婆家里，那是一座高大的木刻楞房子，房前屋后是广阔的菜园。短暂的夏季来临的时候，菜园就被种上了各色庄稼和花草，有的是让人吃的东西，如黄瓜、茄子、倭瓜、豆角、苞米等；有的则纯粹是供人观赏的，如矢车菊、爬山虎、大烟花（罂粟）等等。当然，也有半是观赏半是入口的植物，如向日葵。一到昼长夜短的夏天，这形形色色的植物就几近疯狂地生长着，它们似乎知道属于它们的日子是微乎其微的。我经常看见的一种情形就是，当某一种植物还在旺盛的生命期的时候，秋霜却不期而至，所有的植物在一夜之间就憔悴了，这种大自然的风云变幻所带来的植物的被迫凋零令人痛心和震撼。我对人生最初的认识，完全是从自然界的一些变化而感悟来的。比如我从早衰的植物身上看到了生命的脆弱，同时我也从另一个侧面看到了生命的从容。因为许多衰亡了的植物，在转年的春天又会焕发出勃勃生机，看上去比前一年似乎更加有朝气。

童年围绕着我的，除了那些可爱的植物，还有亲人和动物。请原谅我把他们并列放在一起来谈。因为在我看来，他们都是我的朋友。我的亲人，也许是由于身处民风纯朴的边塞的缘故，他们是那么的善良、隐忍、宽厚,爱意总是那么不经意地写在他们的脸上,让人觉得生活里到处是融融暖意。当然,他们也有自己的痛苦和苦恼,比如年景不好的时候,他们会为没有成熟的庄稼而惆怅;亲人们故去的时候,他们会抑制不住自己的悲哀情绪。我从他们身上,领略最多的就是那种随遇而安的平和与超然,这几乎决定了我成年以后的人生观。至于那些令人难忘的小动物,我与它们之间也是有着难分难解的情缘。我养过狗和猫,它们都是公认的富有灵性的动物,我可以和它们交谈,可以和它们搞恶作剧,有时它们与我像朋友一样亲密,有时则因着我对它们的捉弄,它们好几天对我不理不睬。至于猪、鸡、鸭等等这些家禽,虽然养它们的目的是为了食肉的,但我还是常常把它们养出了感情,所以轮到它们遭屠戮的时候,内心就有一种说不出的痛苦。但是大人们告诉我,这些家禽养来就是被人吃的。我想幸好人类没有吃花的嗜好,否则这些有灵性的、美好的事物还有多少能被人"嘴下留情"呢?

生物本来是没有高低贵贱之分的,但是由于人类的存在,它们却被分出了等级,这也许是自然界物类竞争、适者生存的法则吧,令人无可奈何。尊严从一开始,就似乎是依附着等级而生成的,这是我们不愿意看到和承认的事实。虽然我把那些动物当成了亲密的朋友对待,但久而久之,它们的毙命使我的怜悯心不再那么强烈,我与庸常的人们一样地认为,它们的死亡是天经地义的。只是成年以后,遇见了许多恶意的人的狰狞面孔后,我又会情不自禁地想起那些温柔而有情感的动物,愈发地觉得它们的可亲可敬来。所以让我回忆我的童年,我想到亲人后,随之想到的就是动物,想到狗伸着舌头对我温存的舔舐,想到大公鸡在黎明时嘹亮的啼叫声,想到猫与我同时争一只皮球玩时的猴急的姿态。在喧哗而浮躁的人世间,能够时常忆起它们,内心会有一种异常温暖的感觉。所以,在我的作品中,出现最多的除了故乡的亲人,就是那些从我的脑海中挥之不去的动物,这些事物在我的故事中是经久不衰的。比如《逝川》中会流泪的鱼,《雾月牛栏》中因为初次见到阳光,怕自己的蹄子把阳光给踩碎了而缩着身子走路的牛,《北极村童话》里的那条名叫"傻子"的狗,《鸭如花》中那些如花似玉的鸭子等等。此外,我还对童年时所领略到的那种种奇异的风景情有独钟,譬如铺天盖地的大雪、轰轰烈烈的晚霞、波光荡漾的河水、开满了花朵的土豆地、被麻雀包围的旧窑厂、秋日雨后出现的像繁星一样多的蘑菇、在雪地上飞驰的雪橇、千年不遇的日全食等等,我对它们是怀有热爱之情的,它们进入我的小说,会使我在写作时洋溢着一股充沛的激情。我甚至觉得,这些风景比人物更有感情和光彩,它们出现在我的笔端,仿佛不是一个个汉字在次第呈现,而是一群在大森林中歌唱的夜莺。它们本身就是艺术。

在这样一片充满了灵性的土地上,神话和传说几乎到处都是。我喜欢神话和传说,因为它们就是艺术的温床。相反,那些事实性的事物和已成定论的自然法则却因为其冰冷的面孔而令人望而生畏。神话和传说喜欢以两种方式存在,一种类似地下的矿藏,我们看不见摸不着,但能嗅到它的气息,这样的传说有待挖掘。还有一种类似于空中的浮云,能望得见,而它行踪飘忽,你只能仰望而无法将其纳入掌中。神话和传说是最绚丽的艺术灵光,它闪闪烁烁地游荡在漫无边际的时空中。而且,它喜欢寻找妖娆的自然景观作为诞生地,所以人世间流传最多的是关于大海和森林的神话。

对我来讲,神话是伴着幽幽的炉火蓬勃出现的。在漫长的冬季里,每逢夜晚来临的时候,大人们就会围聚在炉火旁讲故事,这时我就会安静地坐在其中听故事。老人们讲的故事,与鬼怪是分不开的。我常常听得头皮发麻,恐惧得不得了。因为那故事中的人死后还会回来喝水,还会悄悄地在菜园中帮助亲人铲草。有的时候听着听着故事,火炉中劈柴燃烧的响声就会把我吓得浑身悚然一抖,觉得被烛光映照的墙面上鬼影幢幢。这种时刻,你觉得心都不是自己的了,它不知跳到哪里去了。当然,也有温暖的童话在老人们的口中流传着,比如画中的美女每天在一个固定的时刻下来给穷人家做饭,比如一个无儿无女的善良的农民在切一个大倭瓜的时候,竟然切出了一个活蹦乱跳的胖娃娃,这孩子长大成人后出家当了和尚,成为一代高僧。这些神话和传说是我所受到的最早的文学熏陶了,它生动、传神、洗练,充满了对人世间生死情爱的观照,具有悲天悯人的情怀。

也许是因为神话的滋养,我记忆中的房屋、牛栏、猪舍、菜园、坟茔、山川河流、日月星辰等等,它们无一不沾染了神话的色彩和气韵,我笔下的人物也无法逃脱它们的笼罩。我所理解的活生生的人,不是庸常所指的按现实规律生活的人,而是被神灵之光包围的人,那是一群有个性和光彩的人。他们也许会有种种的缺陷,但他们忠实于自己的内心生活,从人性的意义来讲,只有他们才值得永久的抒写。

尽管我如此热衷于神话和传说,但我也迫切感觉到它们正日渐委顿和失传。因为生活正变得越来越疲塌、琐碎、庸碌和公式化。人的想像力也相对变得老化和平淡。所以现在尽管有故事生动的作品不停地被人叫好,但我读后总是有一股难言的失望,因为我看不到一部真正的优秀作品所应散发出的精神光辉。

还有梦境。也许是我童年生活的环境与大自然紧紧相拥的缘故吧,我特别喜欢做一些色彩斑斓的梦。在梦境里,与我相伴的不是人,而是动物和植物。白日里所企盼的一朵花没开,它在夜里却开得汪洋恣肆、如火如荼。我所到过的一处河湾,在现实中它是浅蓝色的,可在梦里它却焕发出彩虹一样的妖娆颜色。我在梦里还见过会发光的树,能够飞翔的鱼,狂奔的猎狗和浓云密布的天空。有时也梦见人,这人多半是已经作了古的,我们称之为"鬼"的,他们与我娓娓讲述着生活的故事,一如他们活着。我常想,一个人的一生有一半是在睡眠中度过的,假如你活了八十岁,有四十年是在做梦的,究竟哪一种生活和画面更是真实的人生呢?梦境里的流水和夕阳总是带有某种伤感的意味,梦里的动物有的凶猛,有的则温情脉脉,这些感受,都与现实的人际交往相差无二。有时我想,梦境也是一种现实,这种现实以风景人物为依托,是一种拟人化的现实,人世间所有的哲理其实都应该产生自它们之中。我们没有理由轻视它们,把它们视为虚无。要知道,在梦境中,梦境的情、景、事是现实,而孕育梦境的我们则是一具躯壳,是真正的虚无。而且,梦境的语言具有永恒性,只要你有呼吸、有思维,它就无休止地出现,给人带来无穷无尽的联想。它们就像盛宴上酒杯被碰撞后所发出的清脆温暖的响声一样,令人回味无穷。

我对文学和人生的思考,与我的故乡,与我的童年,与我所热爱的大自然是紧密相连的。对这些所知所识的事物的认识,有的时候是忧伤的,有的时候则是快乐的。我希望能够从一些简单的事物中看出深刻来,同时又能够把一些貌似深刻的事物给看破,这样的话,无论是生活还是文学,我都能够保持一股率真之气、自由之气。

当我童年在故乡北极村生活的时候,因为不知道"山外有山、天外有天",我认定世界就北极村这么大。当我成年以后到过了许多地方,见到了更多的人和更绚丽的风景之后,我回过头来一想,世界其实还是那么大,它只是一个小小的北极村。

在温暖中流逝的美

我是一九八三年开始写作的,至今刚好有二十个年头。二十年前,我的发丝乌泽油亮,喜欢咯咯笑个不停,看到零食时两眼放光,看着可爱的小动物爱上前跟它们说上几句俏皮话。那时我可以彻夜不睡地写上一万字,第二天照样精力充沛地工作。我爱到田野和山间散步,爱随手掬上一捧河水喝上一气,爱摆个姿势照相。二十年前的我还没有属于自己的一间屋子,没有出版一本书,对生活满怀憧憬。但那时的我是多么的青春啊。

现在的我不爱照镜子,镜子中的我常常是双眼布满血丝,面色青黄。我的发丝有些干涩了,眼角悄悄爬上了皱纹。我常常丢三落四,时常找不着要用的东西。有的时候进了超市,我看着商品一片茫然,不知自己是要来买什么的。所以,如今去超市,我的手里通常攥着一张纸条,那上面记着我平素写下的需要添置的生活日用品。我依然喜欢在黄昏时散步,只是看着夕阳时常常徒自伤悲。我如今有了自己的屋子,出版了三十多部书,不用为着生计而奔波和劳碌了,可快乐却不如从前那般坚实地环绕着我了。看着自己所创作的那一部部书,我在想自己的最好年华都赋予文学了。这是不是太傻了?去年爱人因车祸而故去后,我常常责备自己,如果我能感悟到我们的婚姻只有短短的四年时光,我绝对不会在这期间花费两年时间去创作《满洲国》,我会把更多的时光留给他。可惜我没有"天眼",不能预知生活中即将发生的这一沉重的劫难。

文学对我来讲,就像我的亲人一样,我对它有强烈的依赖性。它给了我生存的勇气和希望。在生活中,我是一个循规蹈矩的人,可在我的梦想中,我却是一个无拘无束、激情飞扬的人。文学为我打开了生活的另一扇窗。有一家刊物曾问过我如何解决理性与现实的矛盾?我是这样说的:"石头和石头碰撞激烈的时候,会焕发出灿烂的火花。现实是一块石头,理想也是一块石头,它们激烈碰撞的时候,同样会产生绚丽的火花,那就是艺术的灵光在闪烁。"的确,我认为理想与现实冲突越激烈的时候,人的内心所焕发的艺术激情就更加强烈,这种矛盾使艺术更加美轮美奂。所以生活中多一些磨难对自身来讲是一种摧残,对文学来讲倒可能是促使其成熟的催化剂。但任何人都情愿放弃文学的那种被迫成熟,而去拥抱生活中那实实在在的幸福。

　　我是一个很爱伤感的人。尤其是面对壮阔的大自然的时候,我一方面获得了灵魂的安宁,又一方面觉得人是那么的渺小和卑琐。只要我离大自然远了一段日子,我就会有一种失落感。所以这十几年来尽管我工作在城市,但是每隔三四个月,我都要回故乡去住一段时日。去那里的目的其实并不是为了写作,只是因为喜欢。那里的亲人、纯净的空气、青山碧水、宁静的炊烟、鸡鸣狗吠的声音、人们在晚饭后聚集在一起的闲聊,都给我一种格外亲切和踏实的感觉。回到故乡,我心臆舒畅,觉得活得很有滋味。其实乡村是不乏浪漫的,那种浪漫不是造出来的,而是天然流露的。城里人以为聚在灯红酒绿的酒吧闲谈是浪漫,以为给异性朋友送一束玫瑰是浪漫,以为携手郊游是浪漫,以为坐在剧场里欣赏交响乐是浪漫,他们哪里知道,农夫在劳作了一天后,对着星星抽上一袋烟是浪漫,姑娘们在山林中一边采蘑菇一边听鸟鸣是浪漫,拉板车的人聚集在小酒馆里喝上一壶热酒、听上几首登不了大雅之堂的乡间俚曲是浪漫。我喜欢故乡的那种浪漫,它们与我贴心贴肺,水乳交融。我的文学,很多来自于乡

塞纳河畔

在澳大利亚新南威尔士州美术馆我的英文版小说集作品朗诵会上

间的这种浪漫。

童年的时候,我很喜欢在冬天起床之后去看印在玻璃窗上的霜花。它们看上去妖娆多姿,绮丽明媚。我常想寒风在夜晚时就变成了一支支画笔,它们把玻璃窗涂满了画。我能从霜花中看出山林、河流的姿态,能看出花朵、小鸟和动物的情态,能看出形神各异的人的表情。但是往往是看着看着,由于阳光的照耀和室内炉火的温暖的熏炙,这霜花会悄然化成水滴而解体。那时候我就会很难过。霜花是美丽的,我知道有一种美是脆弱的,它惧怕温暖,当温暖降临时,它就抽身离去了。我觉得我的生活呈现的就是这种美,它出现了,可它存在的是何其短暂!

我不该为了生活的变故而怨天尤人、顾影自怜,我应该庆幸,我曾目睹和体验过"美",而且我所体验到的美消失在温暖中,而不是寒冷中,这就足以让我自慰了。如果"美"离开了我,我愿意它像霜花一样,虽然是满含热泪的离去,但它却是在温暖中消融!

我愿意牵着文学的手,与它一起走下去。当我的手苍老的时候,我相信文学的手依然会新鲜明媚。这双手会带给我们对青春永恒的遐想,对朴素生活的热爱,对磨难的超然态度,对荣誉的自省,对未来的憧憬。我相信再过一个世纪,人们也许会忘记这世界上许多政治上的风云人物,但人们永远不会忘记柴可夫斯基、贝多芬、巴赫、莫扎特;不会忘记凡·高、蒙克、毕加索和莫奈;不会忘记莎士比亚、雨果、托尔斯泰和巴尔扎克。战争是陨石雨,它会过去,而艺术是恒星,永远闪烁在人类文明的星空中。如果没有这样的星空照耀我们,我们人生该是多么的灰暗啊!艺术拯救不了世界,但它却能给人带来心底的安宁和幸福。

窗里窗外的世界

哈尔滨是一座缺少绿地的城市,所以在这里是没有草地上的阅读的。我所渴望的在假日中带着一本书,能够懒洋洋地坐在草地上的阅读也就只能成了一种奢望。好的读书环境应该是与自然联系在一起的,可是在拥挤、喧闹的城市里,你只能蜗居在家里读书。

从鲁迅文学院毕业后到哈尔滨工作,正是上个世纪九十年代初期。脱离了北京那种躁动的生活环境,哈尔滨的相对宁静让我觉得格外舒适。在北京的三年中,读了很多"热点"和"潮流"中的作家作品,比如马尔克斯、劳伦斯、米兰·昆德拉等。那些作品完全是由于大家一致叫好而跟着去阅读的,其实读后觉得他们并不像人们推崇的那么伟大。

我刚来哈尔滨时,住在省图书馆附近。那时我就有了创作长篇小说《满洲国》的动机。我在省图办了一个借阅证,每周都要去那里几次,查阅关于"满洲国"的相关资料,做了大量笔记。有的时候懒得回家做饭,从省图出来就进了附近的小餐馆,吃上一盘水饺,或者是一个玉米面菜团子。街市是热闹的,可人一旦进入读书状态,所有的热闹似乎都与己无关了。由于沉浸在对"满洲国"的幻想中,所以我常常觉得街上的行人穿的是长袍马褂,某个门脸俗艳的铺子是那个时代的妓院,有点"不知今夕何夕"之感。在留意"满洲国"相关资料的同时,我也阅读其他的书籍。我发现,人越是独自面对着生活,才会有独特的判断力。这时,我已经不喜欢读那些人云亦云的"潮流"中的书籍了,我重拾经典著作,读《红楼梦》、《三国演义》、《复活》、《包法利夫人》、《神曲》、《红与黑》、《悲惨世界》、《鱼王》等作品,同时也读安徒生、格林的一些童话作品,觉得它们真是好,它们的魅力有如陈年老酒,愈久愈醇。读书之余,有的时候也到外面走一走,最常去的是松花江边,我喜欢黄昏时去,倚着江畔的栏杆看落日。落日浸在江水中时,水面的波光就会变成金黄色,好像江上游着一群一群的金鱼。

哈尔滨有"冰城"之称,它一年之中大约有半年时间是在冬天。冬天更是读书的好时节。夜晚,你坐在灯下,听着北风在窗棂上呜呜地叫,感受着室内有如春天般的温暖,你随便拿起一本书来,都会有一种无与伦比的幸福感。尤其是下雪的日子,你坐在窗前,看着窗外飘飞的雪花,手中握着一卷书,会更加的思绪翩翩。这种时候你会想起叶芝的诗:"当你老了,头白了,睡意昏沉,炉火旁打盹,请取下这部诗歌慢慢地读,回想你昔日眼神的柔和……"所以我每年创作力最旺盛的季节,就是冬季。大自然进入了休眠状态,再没有绿树红花了,但我的思维却空前活跃起来,不仅创作激情飞扬,而且爱大量地读书。我的枕畔,常同时摆着好几本书。比如读累了乔伊斯的《尤利西斯》,我会马上拿起辛弃疾的诗词;被《日瓦戈医生》的沉重而压抑得要出现失眠的感觉时,赶紧读两篇周作人的散文。中国那些好的文学作品,从来都不乏优雅、闲适的气息。好的文字对我来说就是一片片飘舞的雪花,让人赏心悦目、滋润心田。

哈尔滨是个四季分明的城市。春天,你能感受到暖融融的微风;夏季,雷声常在城市的上空响起;秋季,林荫道上会堆积着金黄色的落叶;而冬季,这城市在雪中看上去一派苍茫。读书写作之余,到道里的中央大街踏着青色的石子路走上一程,随便踅进哪家咖啡馆呷上一杯咖啡,你会有一种格外温存的感觉。当然,你还可以到索菲亚大教堂去,看着教堂的建筑,你会联想到那些总是给人带来一股博大、忧伤之气的俄罗斯文学。不过,在哈尔滨,这样的老街老建筑在九十年代初疯狂的"动迁"建设中折损不少,好在现在政府意识到了历史遗迹对一座城市文化积累的重要性,使一些老建筑"幸免于难"。

我们在窗里读书,在窗外阅读这座城市。窗里与窗外的世界有时是隔绝的,有时又是相互联系的。总在窗外流连,人就不容易走进"自我",缺乏一个作家所应具有的内心生活,容易使艺术陷入平庸和世俗的泥潭;可是固执于在窗里营造自己的那种"阳春白雪"般的读书生活,又容易脱离了琐碎却又朴素、喧闹却又透露着温馨之气的现实生活,使艺术成为"空中楼阁"。对一个作家来讲,窗里与窗外的生活都不可或缺。

我在阅读这座城市的时候,它也在悄悄阅读我。我阅读它的风霜雨雪,它阅读我的喜怒哀乐。虽然在这里没有浪漫的草地上的阅读,我一样觉得愉悦。

是谁扼杀了哀愁

　　现代人一提"哀愁"二字,多带有鄙夷之色。好像物质文明高度发达了,"哀愁"就得像旧时代的长工一样,卷起铺盖走人。于是,我们看到的是张扬各种世俗欲望的生活图景,人们好像是卸下了禁锢自己千百年的镣铐,忘我地跳着、叫着,有如踏上了人性自由的乐土,显得是那么亢奋。

　　哀愁如潮水一样渐渐回落了。没了哀愁,人们连梦想也没有了。缺乏了梦想的夜晚是那么的混沌,缺乏了梦想的黎明是那么的苍白。

　　也许因为我特殊的生活经历吧,我是那么的喜欢哀愁。我从来没有把哀愁看做颓废、腐朽的代名词。相反,真正的哀愁是一种悲天悯人的情怀,是可以让人生长智慧、增长力量的。

　　哀愁的生长是需要土壤的,而我的土壤就是那片苍茫的冻土。是那种人烟寂寥处的几缕鸡鸣,是映照在白雪地上的一束月光。哀愁在这样的环境中,悄然飘入我的心灵。

　　我熟悉的一个擅长讲鬼怪故事的老人在春光中说没就没了,可他抽过的烟锅还在,怎不使人哀愁;雷电和狂风摧折了一片像蜡烛一样明亮的白桦林,从此那里的野花开得就少了,怎不令人哀愁;我期盼了一夏天的园田中的瓜果,在它即将成熟的时候,却被早霜断送了生命,怎不让人哀愁;雪来了,江封了,船停航了,我要有多半年的时光看不到轮船驶入码头,怎不叫人哀愁!

我所耳闻目睹的民间传奇故事、苍凉世事以及风云变幻的大自然，它们就像三股弦。它们扭结在一起，奏出了"哀愁"的旋律。所以创作伊始，我的笔触就自然而然地伸向了这片哀愁的天空，我也格外欣赏那些散发着哀愁之气的作品。我发现哀愁特别喜欢在俄罗斯落脚，那里的森林和草原似乎散发着一股酵母的气息，能把庸碌的生活发酵了，呈现出动人的诗意光泽，从而洞穿人的心灵世界。他们的美术、音乐和文学，无不洋溢着哀愁之气。比如列宾的《伏尔加河纤夫》、柴可夫斯基的《悲怆交响曲》、艾特玛托夫的《白轮船》、屠格涅夫的《白净草原》、阿斯塔菲耶夫的《鱼王》等等，它们博大幽深、苍凉辽阔，如远古的牧歌，凛冽而温暖。所以当我听到苏联解体的消息，当全世界很多人为这个民族的前途而担忧的时候，我曾对人讲，俄罗斯是不死的，它会复苏的！理由就是：这是一个拥有了伟大哀愁的民族啊！

人的怜悯之心是裹挟在哀愁之中的，而缺乏了怜悯的艺术是不会有生命力的。哀愁是花朵上的露珠，是撒在水上的一片湿润而灿烂的夕照，是情到深处的一声知足的叹息。可是在这个时代，充斥在生活中的要么是欲望膨胀的嚎叫，要么是麻木不仁的冷漠。此时的哀愁就像丧家犬一样流落着。生活似乎在日新月异发生着变化，新信息纷至沓来，几达爆炸的程度，人们生怕被扣上落伍和守旧的帽子，疲于认知新事物，应付新潮流。于是，我们的脚步在不断拔起的摩天大楼的玻璃幕墙间变得机械和迟缓，我们的目光在形形色色的庆典的焰火中变得干涩和贫乏，我们的心灵在第一时间获知了发生在世界任何一个角落的新闻时却变得茫然和焦渴。

在这样的时代，我们似乎已经不会哀愁了。密集的生活挤压了我们的梦想，求新的狗把我们追得疲于奔逃。我们实现了物质的梦想，获得了令人眩晕的所谓精神享受，可我们的心却像一枚在秋风中飘荡的果子，渐渐失去了水分和甜香气，干涩了，萎缩了。我们因为盲从而陷入精神的困境,丧失了自我,把自己囚禁在牢笼中,捆绑在尸床上。那种散发着哀愁之气的艺术的生活已经别我们而去了。

是谁扼杀了哀愁呢?是那一声连着一声的市井的叫卖声呢,还是让星光黯淡的闪烁的霓虹灯?是越来越炫目的高科技产品所散发的迷幻之气呢,还是大自然蒙难后产生出的滚滚沙尘?

我们被阻隔在了青山绿水之外,不闻清风鸟语,不见明月彩云,哀愁的土壤就这样寸寸流失。我们所创造的那些被标榜为艺术的作品,要么言之无物、空洞乏味,要么迷离恍惚、装神弄鬼。那些自诩为切近底层生活的貌似饱满的东西,散发的却是一股雄赳赳的粗鄙之气。我们的心中不再有哀愁了,所以说尽管我们过得很热闹,但内心是空虚的;我们看似生活富足,可我们捧在手中的,不过是一只自慰的空碗罢了。

那些不死的魂灵啊

俄罗斯的国土太辽阔了,它有荒漠、苔原,也有无边的森林和草原。它有光明不眨眼的灿烂白夜,也有光明打盹的漫漫黑夜。穿行于这种地貌中的河流,性格也是多样的,有的沉郁忧伤,有的明朗奔放。俄罗斯的文学,因为有了这样的泥土和河流的滋养,就像落在雪地上的星光一样,在凛冽中焕发着温暖的光泽,最具经典的品质。

屠格涅夫的作品宛如敲窗的春风,恬适而优美。它的《猎人笔记》和《木木》,使十七八岁的我对文学满怀憧憬,能被这样的春风接引着开始文学之旅,是一种福气啊。二十岁之后,我开始读普希金、蒲宁、艾特玛托夫和托尔斯泰的作品。也许是年龄的原因,我比较偏爱艾特玛托夫的作品,他描写的人间故事带着天堂的气象。这期间,有两部前苏联的伟大作品让我视为神灯:一盏是阿斯塔菲耶夫的《鱼王》,另一盏是帕斯捷尔纳克的《日瓦戈医生》。同样具有神灯气质的还有阿尔谢尼耶夫的《在乌苏里莽林中》,其中的德尔苏·乌扎拉是二十世纪最丰满的人物形象之一。三十岁之后,我重点读了契诃夫、果戈理和陀思妥耶夫斯基的作品。我开始迷恋陀思妥耶夫斯基,这位对人类灵魂拷问到极致的文学大师,使增加了一些阅历的我满怀敬畏,他的《罪与罚》、《白痴》、《卡拉玛佐夫兄弟》,无疑是十九世纪文学星空中最夺目的星星。

不仅是在中国,就是在俄罗斯,人们对陀思妥耶夫斯基的喜欢也是日盛一日,这使托尔斯泰的光芒相应黯淡了一些。前些年,我又重读托翁的作品,也许《战争与和平》、《安娜·卡列宁娜》还能让一些挑剔的文学史家找出种种不和谐之处,但我觉得《复活》应该是无可争议的史诗作品,托尔斯泰实际上是为一个已经消逝的时代唱了一曲挽歌。主人公内心的矛盾和痛苦正是造成托尔斯泰晚年悲凉出走的原因。也许是托尔斯泰生前获得了太多的荣誉,人们才容易对饱尝人世辛酸的陀思妥耶夫斯基产生更大的同情,情感天平的倾斜左右了人们对艺术价值的判断。但我觉得他们之间不分高下,同样伟大。托翁能在八十二岁高龄时出走,是不想让那座富庶的庄园成为自己的埋葬之地!他把衰老的躯壳最后交付给了明月清风、草原溪流。交付给了它们,就等于交付给了自由!

契诃夫也是我喜爱的作家,他的短篇小说几乎篇篇精致。他的《第六病室》和《萨哈林旅行记》是杰作。能够把小人物的命运写得那么光彩勃发、感人至深,大概只有契诃夫可为。我甚至想,如果上苍不让契诃夫在四十四岁离世,他再多活十年二十年,其文学成就可能会远远超过托尔斯泰和陀思妥耶夫斯基。他在去萨哈林岛采访苦役犯人之前,曾对托翁的《克莱采奏鸣曲》喜爱有加。然而三个月的萨哈林岛采访经历,面对着排山倒海般扑面而来的苦难,他的艺术观发生了裂变,远行归来,他觉得《克莱采奏鸣曲》有点可笑。他说:"要么我是在旅行中长大了,要么是我发了疯。"毫无疑问,契诃夫没有发疯,他在萨哈林岛,看到了生活和艺术的真相。可惜上苍留给他揭示这一个个真相的时间微乎其微了。

俄罗斯有两个人格高贵的诗人,其命运是那么的相似,都是死于决斗中:普希金和莱蒙托夫。这也是我最喜爱的两个俄罗斯诗人。爱好文学的人,谁没有读过普希金的诗歌呢!听吧:"我的竖琴质朴而高尚,从不曾将世间的神赞颂。我以自由而无比骄傲,从不肯对权贵巴结逢迎。"再听:"有两种爱对我们无限亲切,我们的心从中得以滋养,一是爱我们的可爱的家乡,二是爱我们祖宗的坟墓!"这是何等铿锵的男儿誓言,这是多么具有民族气节的英雄气概!难怪屠格涅夫、托尔斯泰、陀思妥耶夫斯基、果戈理等都对普希金的作品无限尊崇。而年轻的莱蒙托夫则在《我爱那层峦叠嶂的青山》中写下了这样的诗篇:"仍是这片草原,这轮明月,月儿向我垂下了目光,好像责备我这样的夜晚,一个人竟敢骑一匹骏马,同它争夺草原上的霸权!"这股青春的豪情是多么动人啊。

  俄罗斯的文学,根植于广袤的森林和草原,被细雨和飞雪萦绕,朴素、深沉、静美。今年六月我在俄罗斯旅行,有天清晨在慢行列车上看到窗外被白雾笼罩的森林时,心中涌起了浓浓的伤感。那曼妙的轻雾多么像灵魂的舞蹈啊。俄罗斯的作家,无不热爱着这片温热而寒冷的土地,他们以深切的人道关怀和批判精神,把所经历的时代的种种苦难和不平、把人性中的肮脏和残忍深刻地揭示出来。同时,他们还以忧愁的情怀,抒发了对祖国的爱,对人性之美的追求和向往。这些品质,正是这个越来越物质化的时代的作家身上所欠缺的。我在哈尔滨见过俄罗斯当代最具代表性的作家拉斯普京先生,他在评述马尔克斯描写妓女生活的新作时是那么愤懑:我简直不能相信这出自《百年孤独》的作者之手!我想只有在俄罗斯这片土壤成长起来的作家,才具有这种抗腐蚀的能力。难怪他在《伊万的女儿,伊万的母亲》的中译本的序言的结尾中说:"恶是强大的,但爱和美更强大。"

  果戈理的不朽作品是《死魂灵》。在我眼中,我景仰的这些俄罗斯的文学大师们,他们的魂灵就是不死的。那些不死的魂灵啊,是从祭坛洒向这个龌龊的文学时代最纯净的露滴,是我在俄罗斯的森林中望见的能让我眼睛一湿的缕缕晨雾!

这个时代还需要神话吗

在浸会大学,一个午后,我去黄子平先生的课上班访。所谓班访,就是座谈。黄子平出了个讲题"好山好水好文章",我落座后对了一句"废水废气废都城",学生们笑起来。讲演之前,我对学生说,我高考时,作文写跑题了,因为我没有抓住中心思想,得了最低分,所以我接下来要讲的,可能会背离主题。

果然,一开始,我就信马由缰地从童年所听到的神话讲起。我说,我生长的那个地方,是个小村子,非常寒冷,每年有多半年在飘雪。那时候不通电,没有电视,冬天黑得早,我们吃过饭,就搬着小板凳,围聚在火炉旁,借着炉火的光,一边喝茶一边讲故事。说故事的都是老人,他们讲的,大都是神话故事。什么年画中的姑娘每天从画中下来,为贫穷的小伙子做饭;什么赶考的秀才在夜晚的花园遇见花神,花神护佑秀才,使他中了状元;什么一对无儿无女的老人在晚年种菜时,收获了一个大倭瓜,把它切开,里面竟然蹦出来一个活泼的男娃娃。这样的神话,使寒冬变得温暖,使黑暗变得光明。当然,也有恐怖的神话,比如借尸还魂、狐仙害人一类的,但结局总会蹦出一个孙悟空似的圣人,能够清除妖孽,惩恶扬善。可以说,我最早的文学启蒙,就是这些神话。我由此谈到了自己的新长篇《额尔古纳河右岸》,我说其中的一个情节,就是老人们讲给我的,他们说那是一个真实的故事。当地有个无儿无女的猎人,有一次进山打猎,忽然看见一只怀孕的狐狸。猎人很高兴,因为狐狸的皮毛很值钱。猎人举起枪,朝狐狸瞄准。然而未等他扣动扳机,狐狸却像人一样站直了,它抱着两只前爪,给猎人作个揖,叫着猎人的名字,说,某某某,我知道你好枪法啊!狐狸作揖已让猎人手软了,再加上它说的那句话,更是让他心惊胆战,猎人知道自己遇到了得道成仙的狐狸,连忙放下猎枪,跪下。狐狸转身朝密林深处去了,猎人回到家,把他的奇遇说给左邻右舍的人听,从此他放下猎枪,以种地为生了。猎人变成农夫后,日子过得很安闲,他一天天老了。终于有一天,他平静地过世了。在他的葬礼上,忽然来了一对如花似玉的姑娘,它们一身素白,为他吊孝。当地人都不认得她们。她们为农夫守灵,直到把他送到墓地。农夫入土后,那对女孩突然间无影无踪了。村里人这才反应过来,那对女孩,一定是当年猎人放过的有身孕的狐狸,它是带着它的孩子,为老人送终,以报答猎人当年的不杀之恩。

我从神话,又讲到大自然,我觉得神话的诞生,离不开这样的"好山好水"。我的文学,我的世界观,与神话是分不开的。然而我刚讲完,一个女生就举手咄咄逼人地提问,说,来自东北的女作家,你讲得也太夸张了吧,狐狸怎么能开口说话呢!再说了,现在是一个科学的时代,这些神话都是糊弄人的,有什么意义呢!她很激愤,仿佛我是一个卖狗皮膏药的江湖骗子,愚弄了她。

我笑了笑,心平气和地对她说,看你的年龄,也就二十上下的样子。你生长在香港这样一个国际大都市,从小享受到的是丰富的物质生活。你眼中只有一个世界,这个世界是由摩天大楼、跨海铁路、高速公路、汽车、电脑、电话构成的。你们所受的教育,使你对科学无比信赖。你们没有可能听祖辈人讲故事,而书本的神话故事又不如时髦的流行读物更能吊起你们的胃口。你们这一代人,既没有听神话的环境,也没有接受神话的情怀了。所以,你们丧失了与另一个世界沟通的可能性。

我得感谢这位女生,她很坦率地讲出了她这一代人的心声。他们眼里的神话,也许是克隆人、无土栽培的植物、纳米技术产品、航天飞机、掌上电视。孟姜女哭倒长城,在他们眼里一定是荒谬的;宇航员没有发现月球有生命的迹象,那么他们一定认为嫦娥奔月的故事也是荒诞的。总之,所有的神话,在"科学"的手术刀下,都经不起解剖。可是,仅仅活在一个物质的世界里,人难道不就成了一块蛋白了吗?

全球化、城市化的进程,在渐渐消解神话;大自然的退化,也在剥夺神话产生的土壤,我不敢想象,再过一个世纪,有多少神话就此失传了?我们这个时代,难道真的不需要神话了吗?人类因为对万事万物有悲悯的情怀,所以才一路走到今天,我想如果有一天神话绝迹了,人类就到了消亡的边缘。

也许我的一些话触动了那位女生,她再次提问:你怎么让我们相信神话呢?

我说,人生对你们来讲仅仅是开始,等你们将来年岁大了,想着自己的肉身会灰飞烟灭时,也许对神话就有认同感了。

在我眼里,能给生灵以关爱,给大自然以生机,给人以善良的神话,是万古长青的!

多美的夜色啊

虽然哈尔滨的夏天足够凉爽,但我还是喜欢在每年的七八月份放下笔来"歇伏"。这时最惬意的事情,就是读书。我会把插在书架中的那些花花绿绿的书打量个周详,如同皇帝选妃一样,抽出想读的,放在沙发旁和枕边。被选中的既有那些散发着微微霉味的、可以一读再读的老书,也有外表光鲜漂亮、漫溢着油墨芬芳的新书。比之新书,我更爱那些老书。经过了漫长岁月淘洗后仍然能流传下来的文字,总会像金子一样闪闪发光。

在浏览了两本空洞乏味、装神弄鬼的最新畅销书后,我已打算重温《聊斋志异》的诡谲、奇异之美了。那里的神仙鬼怪在我眼中是有血有肉的。在电闪雷鸣的夏日,读这样的书无疑就是聆听天籁之音。

由于搬家后没有给书做细致的分类,所以很多书都是乱插的。我在取《聊斋志异》的时候,发现了相挨着它的《欧洲美术中的神话和传说》,这是著者王观泉先生三年前所赠的,我记得爱人在那年春天离开我的最后一个夜晚,读的就是这本书。

书页上一定留有我用肉眼看不见的爱人的指纹,所以打开它的时候,那一幅幅绚丽的画面,在我眼里就是天堂的圣景图。

最先打动我的,是一组《丽达与天鹅》图画。丽达与天鹅的故事,是最传奇的爱情故事。天神宙斯有一天在神山上,看到身下的斯巴达草原上,有一个美丽的姑娘,她就是丽达。宙斯爱上了丽达,为了摆脱天后赫拉的控制,他变成一只天鹅,飞向人间,与丽达相爱,并生下了希腊的绝世美女海伦。海伦与特洛伊战争的故事,比丽达与天鹅的故事还要著名。

在对《丽达与天鹅》这个神话的演绎上,我最喜欢达利的那幅。柯勒乔的过于甜美,达·芬奇的太圆熟了,而达利表现的天鹅充满了激情和力量,它那富有质感的展开的双翼,是那么的刚健和柔美,充分体现了宙斯飞临人间、见到心爱的人时那种内心的狂喜。

在这本书中,既可看到威廉·琼斯表现的爱上自己倒影、最终化作水仙花的美少年那而珂苏斯,也可以看到鲁本斯以表现众女神为了争夺金苹果而引起祸端的《帕里斯的裁判》,以及波提切利描绘的以色列民族女英雄《朱提斯》。随着纸页翻动的刷刷声,我们看到了充满了阴郁之气的伦勃朗的《大卫在扫罗面前弹竖琴》。扫罗得了疯病,他只有在听大卫弹奏竖琴时,疯病才会暂止。可他却想杀死这个日后会取代自己成为以色列王的大卫。可是除掉大卫,聆听不到竖琴的声音,扫罗将永远活在癫狂中。灰黑的画面除了衬托了疯子扫罗内心的矛盾和焦虑,也把竖琴的凄美展现无疑。我觉得在描写音乐对人的影响的深刻性上,这则神话无疑是登峰造极的。

在书将结尾的时候,我看到了那个舞蹈着的莎乐美。二〇〇〇年秋天,我曾经在都柏林的皇家剧院看过王尔德的话剧《莎乐美》,那个声音略微沙哑、轻盈美丽的女演员给我留下了深刻的印象。

《莎乐美》是写施洗者约翰死亡的故事的作品。希律王娶了弟弟腓力的妻子希罗底,约翰对此反对,惹恼了希律王,被关进监牢。莎乐美是希罗底的女儿,她美丽而富有才情,传说她向约翰表达过爱情,但遭到了拒绝。在希律王的生日宴会上,莎乐美被邀跳舞,为希律王助兴,莎乐美不从。希律王就许诺莎乐美,如果她当众舞蹈,就可以让她做一件最想做的事情。于是,莎乐美跳起舞来,舞毕,她要求希律王割下约翰的头给她,她终于吻到了死去的约翰的嘴唇。在约翰的头即将落地的时候,莎乐美感慨道:多美的夜色啊!

是啊,用这句台词来概括这本书的气质再合适不过了。欧洲那些美妙的神话和传说,当它们凝固在画面中的时候,它们就是人类艺术天空中最迷人的夜景。可惜在这个时代,欣赏这样的夜色的人少而又少了。所以王观泉先生在赠言中这样写道:

> 此书起笔于1953年,时为23岁当大兵时。但虽戎装披身,心中想的是保卫和平,使中国乃至世界宁静。忽忽近半个世纪流逝,这才发现世界其实一点儿也不太平。书虽然漂亮,2002年垂暮之年的我已经对斯道不感兴趣了,只是愿望比我年轻的你及与你相似的中青年们,能如我在起笔写此书时一样好心情,赏析美。

王观泉先生晚年患有严重的眼疾,一再手术,如今他的一只眼睛几乎失明,而另一只眼睛的视线也极为微弱。这样的画集对他来说,注定是掩藏在心底的永恒的风景了。

我想爱人能够在最后的日子看这样的一本书上路,踏着这样的夜色归去,实在是幸运的。因为他是带着美走的。

在达尔文市看土著人作画

在都柏林

心在千山外

在中国的北部边陲,也就是我的故乡大兴安岭,生活着一支以放养驯鹿为生的鄂温克人。他们住在夜晚时可以看见星星的"撮罗子"里,食兽肉,穿兽皮。驯鹿去哪里觅食,他们就会跟着到哪里。漫漫长冬时,他们三四天就得进行一次搬迁,而夏季在一个营地至多也不过停留半个月。那里的每一道山梁都留下了他们和驯鹿的足迹。

由于自然生态的退化,这支部落在山林中的生活越来越艰难,驯鹿可食的苔藓逐年减少,猎物也越来越稀少。三年前,他们不得不下山定居。但他们下山后却适应不了现代生活,于是,又一批批地陆续回归山林。

去年八月,我追踪他们的足迹,来到他们生活的营地,对他们进行采访。其中一个老萨满的命运引起了我巨大的情感震撼。

萨满在这支部落里就是医生的角色。他们为人除病不是用药物,而是通过与神灵的沟通,来治疗人的疾病。不论男女,都可成为萨满。他们在成为萨满前,会表现出一些与常人不一样的举止,展现出他们的神力。比如他们可以光着脚在雪地上奔跑,而脚却不会被冻伤;他们连续十几天不吃不喝,却能精力充沛地狩猎;他们可以用舌头触碰烧得滚烫的铁块,却不会留有任何伤痕。这说明,他们身上附着神力了。他们为人治病,借助的就是这种神力。而那些被救治的,往往都是病入膏肓的人。萨满在为人治病前要披挂上神衣、神帽和神裙,还要宰杀驯鹿献祭给神灵,祈求神灵附体。这个仪式被称为"跳神"。萨满在跳神时手持神鼓,他们可以在舞蹈和歌唱声中让一个人起死回生。

  我要说的这个萨满,已经去世了。她是这支放养驯鹿的鄂温克部落的最后一个萨满。她一生有很多孩子,可这些孩子往往在她跳神时猝死。她在第一次失去孩子的时候,就得到了神灵的谕示,那就是说她救了不该救的人,所以她的孩子将作为替代品被神灵取走,可是她并未因此而放弃治病救人。就这样,她一生救了无数的人,她多半的孩子却因此而过早地离世,可她并未因此而悔恨。我觉得她悲壮而凄美的一生深刻地体现出了人的梦想与现实的冲突。治病救人对一个萨满来讲,是她的天职,也是她的宗教。当这种天职在现实中损及她个人的爱时,她义无返顾地选择了前者——也就是"大爱"。而真正超越了污浊而残忍的现实的梦想,是人类渴望达到的圣景。这个萨满用她那颗大度、善良而又悲悯的心达到了。我觉得她就是一个伟大的作家,她一生的经历就是一部杰作。我在长篇小说《额尔古纳河右岸》中,把这个萨满的命运作为了一条主线。

  我心目中的伟大作品,就是这种经过了现实千万次的"炼狱",抵达了真正梦想之境的史诗。一个作家要有伟大的胸怀和眼光,这样才可以有非凡的想像力和洞察力。我们不可能走遍世界,但我们的心总在路上,这样你即使身居陋室,心却能在千山外!最可怕的是身体在路上,心却在牢笼中!

狗屎与鲜花

养狗的国人越来越多了。人要散步,狗要溜达,于是向晚时分,常可在路上觑见人狗同行的情景。

居于城市的人和狗都是可怜的,因为可供消闲和撒欢的地方少得可怜。就拿我居住的环境来说,楼下只有一条几百米长的沿着马家沟河的带状花园,它原本归属我们小区,买楼的时候,这属于小区的配套设施。但入住后,市建部门却说开发商并没有取得这带公园的开发权,于是,小区的大门被强行扒了,这带用我们的钱建起来的花园成了公用领地。附近的居民,清晨有来这里打太极拳的,扭秧歌的,晚上有来遛狗的,闹哄得像是假日的农贸市场。几百户业主联名上访了几年,问题始终也没有得到解决,于是只能眼睁睁地看着花园任人践踏,眼睁睁地看着草枯了,看着丁香丛中满是垃圾。

在哈尔滨,我只能在楼下的这带备受摧残的花园散步。我最厌烦的,就是那些遛狗的人。狗在花坛上肆意地便溺,主人往往还带着炫耀的神色与别人说:我们家狗才懂事呢,从不在家里拉屎,每天都憋到晚上出来时。这下好了,那些摇头摆尾的狗们,钻进花坛,快活地排泄,日日如此。花坛上狗屎遍布,令人作呕。

问题当然不出在狗身上,而出在人身上。狗没脑子,人还没脑子吗?

外国人也喜欢养狗,我在欧洲的巴黎、都柏林,在美国的芝加哥,在澳洲的悉尼,常常看见那些带着爱犬散步的人。他们散步时往往要带着一次性的塑料手套和袋子,如果狗遗矢了,一定要停下来,将其拾起。而我在国内,没有看见一个人是这样做的。

我们的市民的道德感显然不强,文明度也不高。好像人一旦出了家门,所有的环境都与己无干,可以恣意破坏。

由狗屎我联想到了鲜花。我们的人际交往,多以实物作为礼物,而西方人则喜欢用鲜花来表情达意,所以他们街头的花亭就多如雨后的蘑菇。常见那些匆匆下班的人走向花亭,买一束鸢尾花或是百合。我能想见他们的晚餐桌上,除了美酒佳肴和温柔的灯影外,还有花影婆娑。在一个清新优美的环境中,人的生活质量和情操显然也提高了。

六月底我在俄罗斯的伊尔库茨克机场,见到了一幅难忘的画面。

伊尔库茨克机场,大约是我见过的世界上最简陋的机场了。机场很小,行李提取还需要人工操作。出关的大厅竟然是用木板搭建起来的,中间还拦着铁丝网。当我拉着行李走在吱嘎作响的地板上时,忽而觉得自己是在马棚中,忽而又觉得是在集中营里。

步出机场,就是另一番天地了。那是上午的时光,阳光灿烂,接机的人群中鲜花点点,令我吃惊。有年轻的女人拿着束红百合的,也有中年男人捧着把紫色铃兰花的。有一个刚步出机场的身材俊美的女人,朝着人群中的一个老妇人和一个小女孩走去。老妇人一手拉着小女孩,一手拿着束金黄的菊花。当年轻女人朝她们走近的时候,老妇人把鲜花交到小女孩手上。小女孩飞奔向前,于是,年轻的女人扔下行李,把小女孩连同鲜花一同抱了起来。那束菊花随着拥抱和亲吻而摇曳,好像也在发出快乐的笑声。我想起了一九九八年十月,我去桂林参加书展归来,正好爱人在哈尔滨,他去机场接我。在出口处,我见他背着手,很羞怯的样子。接过我的行李,他把那只背着的手拿到前面,原来他买了一枝玫瑰!可惜机场没有一个人拿鲜花,所以他很难为情,一副做了见不得人的事情的表情。

　　复苏中的俄罗斯还有许多不尽人意之处,但这个民族的文化素养之好,是我们难以比拟的。虽然他们生活清苦,但精神富足。而我们的生存环境,狗屎纵横,鲜花失色。我们在物质生活上可能会是个富翁,但在精神上却沦落为乞丐。其实让狗屎从城市消失并不难,可以采用罚款的方式。国人心疼自己的钱袋,一旦挨罚,就像被马蜂蜇了一般难受,会被迫打扫狗屎,从而养成好习惯;而对鲜花那种情怀的培养,可不是一蹴而就的事情了。

寒冷也是一种温暖

年是新的,也是旧的。因为不管多么生气勃勃的日子,你过着的时候,它就在不经意间成了老日子了。

在北方,一年的开始和结束都是在寒冷时刻,让人觉得新年是打着响亮的喷嚏登场的,又是带着受了风寒的咳嗽声离去的。但在这喷嚏和咳嗽声之间,还是夹杂着春风温柔的吟唱,夹杂着夏雨滋润万物的淅沥之音和秋日田野上农人们收获的笑声。沾染了这样气韵的北方人的日子,定然是有阴霾也有阳光,有辛酸也有快乐。

我每年的日子,大抵是在写作和旅行中度过的。

六月,我去了梦想的国度——俄罗斯。这十几天的旅行对我的震撼很大,我记得午夜时分涅瓦河上的灿烂落日;记得红场上不熄的火炬;记得莫斯科特列恰科父美术馆那些深沉静美的大师画作;记得贝加尔湖上的清风和俄罗斯草原上的金黄色的雏菊。这些画面如今回忆起来,仍然让我心旌摇荡。

故乡是我每年必须要住一段时日的地方。在那里,生活因寂静、单纯而显得格外的有韵致。八月,我回到那里。每天早晨,我做的第一件事就是拉开窗帘,打开窗,看青山,呼吸着从山野间吹拂来的清新空气。吃过早饭,我一边喝茶一边写作,或者看书。累了的时候,随便靠在哪里都可以打个盹,养养神。大约是心里松弛的缘故吧,我在故乡很少失眠。每日黄昏,我会准时去妈妈那里吃晚饭。我怕狗,而小城街上游荡着的威猛的狗很多，所以我走在路上的时候，手中往往要攥块石头。妈妈知道我怕狗，常常在这个时刻来接我回家。家中的菜园到了这时节就是一个蔬菜超市，生有妖娆花纹的油豆角、水晶一样透明的鸡心柿子、紫莹莹的茄子、油绿的芹菜、细嫩的西葫芦、泛着蜡一样光泽的尖椒，全都到了成熟期。不过这些绿色蔬菜只是晚餐桌上的配角，主角呢，是农人们自己宰杀的猪，是刚从河里打捞上来的野生的鱼类。这样的晚餐，又怎能不让人对生活顿生感念之情呢？吃过晚饭，天快黑了，我也许会在花圃上剪上几枝花：粉色的地瓜花、金黄色的步步高或是白色的扫帚梅，带回我的居室，把它们插入瓶中，摆在书桌上。夜深了，我进入了梦乡，可来自家园的鲜花却亮堂地怒放着，仿佛想把黑夜照亮。

如果不是因为十月份要赴港，我一定要在故乡住到飞雪来临时。

我去过香港两次，但惟有这次时间最长，整整一个月。浸会大学邀请了来自美国、尼日利亚、爱尔兰、新西兰、肯尼亚、台湾等国家和地区的八位作家，聚集香港，进行文学交流和写作，这一期的主题是"大自然和写作"。为了配合这个主题，浸会大学组织了一些亲近大自然的活动，如去西贡西湾爬山，去大屿山的小岛看渔民的生活，去凤凰山以及湿地公园等。香港的十月仍然炽热，阳光把我的皮肤晒得黝黑。运动是惹人上瘾的，逢到没有活动的日子，我便穿着一身运动装出门了。去海边，去钻石山的禅院等。一天下午，我外出归来，乘地铁在乐富站下车后，觉得浑身酸软，困倦难当，于是就到地铁站对面的联合道公园睡觉去了。别看街上车水马龙的，公园游人极少。我躺在回廊的长椅上，枕着旅行包，听着鸟鸣，闻着花香，睡着了。等我醒来的时候，太阳已经向西了，我听见有人在喊"迟——迟——"，原来是爱尔兰女诗人希斯金，她正坐在与我相邻的椅子上看书呢。我有些不好意思，因为在国外，蜷在公园长椅上睡觉的，基本都是乞丐。

在香港,我每天晚上跟妈妈通个电话。她一跟我说故乡下雪的时候,我就向她炫耀香港的扶桑、杜鹃开得多么鲜艳,树多么的绿等等。但时间久了,尤其进入十一月份之后,我忽然对香港的绿感到疲乏了,那不凋的绿看上去是那么苍凉、陈旧!我想念雪花,想念寒冷了。有一天参加一个座谈,当被问起对香港的印象时,我说我可怜这里的"绿",我喜欢故乡四季分明的气候,想念寒冷。他们一定在想:寒冷有什么好想念的?而他们又怎能知道,寒冷也是一种温暖啊!

十一月上旬,我从香港赴京参加作代会,会后返回哈尔滨。当我终于迎来了对我而言的第一场雪时,兴奋极了。我下楼,在飞雪中走了一个小时。能够回到冬天,回到寒冷中,真好。

年底,我收到了一份沉甸甸的礼物,是艾芜先生的儿子汤继湘先生和儿媳王莎女士为我签名寄来的艾芜先生的两本书《南行记》和《艾芜选集》,他们知道我喜欢先生的书,特意在书的扉页盖了一枚艾芜先生未出名时的"汤道耕印"的木头印章。这枚小小的印章,像一扇落满晚霞的窗,看上去是那么的灿烂。王莎女士说,新近出版的艾芜先生的两本书,他们都没有要稿费,只是委托新华书店发行,这让我感慨万千。在我们这个时代,那些垃圾一样的作品,通过炒作等手段,可以获得极大的发行量,而艾芜先生这样具有深厚文学品质的大家作品,却遭到冷落。这真是个让人心凉的时代!不过,只要艾芜先生的作品存在,哪怕它处于"寒冷"一隅,也让人觉得亲切。这样的"寒冷",又怎能不是一种温暖呢!

两个人的电影

母亲今春血压居高不下，我怀疑是故乡的寒冷气候使然，劝她来哈尔滨住上一段，换换水土，她来了。说也怪，她到后的第二天，血压就降了下来，恢复正常。我眼见着她的气色一天天好看起来，指甲透出玫瑰色的光泽。她在春光中恢复了健康，心境自然好了起来。她爱打扮了，喜欢吃了，爱玩了，甚至偶尔还会哼哼歌。每天她跟我出去散步，看待每一株花的眼神都是怜惜的。按理说，哈尔滨的水质和空气都不如故乡的好，可她却如获新生，看来温暖是最好的良药啊。

白天，我看书的时候，母亲也会看书。她从我的书架上选了一摞书，《红楼梦》、《毛泽东的晚年生活》、《慈禧与我》、《文化大革命十年史》等，摆在她的床头柜上。受父亲影响，她不止一次读过《红楼梦》，熟知哪个丫鬟是哪一府的，哪个小厮的主子又是谁。大约一周后，她把《红楼梦》放回去，对我说，后两卷她看得不细。母亲说《红楼梦》好看的还是前两卷，写的都是吃呀喝呀玩呀的事情，耐看。而且，宝玉和黛玉那时还天真，哥哥妹妹斗嘴斗气是讨人喜欢的。到了后来，宝玉和宝钗一结婚，小说就不好看了。母亲对高鹗的续文尤其不能容忍，说他不懂趣味，硬写，把人都搞得那么惨，读来冷飕飕的。她对《红楼梦》的理解令我吃惊，起码，她强调了小说趣味性的重要。

母亲对历史的理解也是直观朴素的。那段时间，我正看关于康有为的一些书籍,有天晚饭同她聊起康有为,她说,这个人不好啊,他撺掇着光绪闹变法,怎么样?变法失败了,他跑了。要是不叫他,光绪帝能死吗!为了证明她的判断是正确的,她拿来《慈禧与我》,说那里面有件事涉及到康有为,也能证明他的不仁义。母亲翻来翻去,找不见那页了,她撇下书,对我说:"不管怎么着,连累了别人的人,不是好人啊。"康有为就这样被她给定了性。

我想让母亲在哈尔滨过得丰富些,除了带她到商场购物,去饭店享受美食,去植物园看牡丹和郁金香外,还带她进剧场。我陪她看了一场京剧,是省京剧院在五月份推出的"京剧现代戏经典剧目回顾"展,上演的是《红色娘子军》、《沙家浜》、《磐石湾》、《海港》等的片段。当舞台上出现穿着蓝军服、戴着红袖标的娘子军时,母亲直摇头。而到了《磐石湾》的演员演唱"负伤痛冲破千层巨浪"时,她干脆堵起了耳朵。好不容易挨到戏散,她得救般地对我说:"这样板戏有什么好看的?太难听了!现在怎么还演这个?这东西怎么还成了'经典'了?"母亲接着说了一大堆传统折子戏的名字,什么《打渔杀家》、《贵妃醉酒》、《霸王别姬》、《杜十娘》、《空城计》等,她说:"还得是这些老戏是个东西啊,样板戏那叫什么玩意啊!"听了她的话,我回去后给她放梅兰芳的唱碟,谁知她对我说:"换了换了,我最不喜欢梅兰芳的戏了。"我诧异,问她为什么?她说:"我不喜欢男人扮女声,听起来不舒服。"母亲真是本色到家了。

"刘老根大舞台"最近落户哈尔滨的工人文化宫,每晚都有演出,场面很火爆。我约母亲一同去看,她说:"那东西有什么看头?就是耍嘛!"母亲伸出手来,绘声绘色地学着演员:"这边观众的掌声不热烈呀,给点掌声好不好啦?"她说她受不了这个。不过她没有拗过我,有一天,我还是把她拉到剧场。虽然不是周末,但上座率还是很高。母亲说得没错,演出一开始,演员就朝观众要掌声,有的还蹦下台,在观众席中怂恿观众鼓掌。高分贝的音乐震耳欲聋,母亲再次堵起了耳朵,一副痛苦状。演出只到半程,当又一位演员出场后耸着肩膀嬉皮笑脸地要掌声时,母亲终于忍不住了,她几乎是用命令的口气大声对我说:"咱走吧!"我也没有料到演出是那么低俗,赶紧跟着她出来了。出了剧场,她长吁了一口气,对我说:"怎么样?我说就是个'耍'嘛。花着钱遭着罪,再坐下去,我都要犯心脏病了!"

有一天,我和母亲黄昏散步时路过文化宫,看见王全安导演的《图雅的婚事》在上映,立刻买了两张票。我知道这部电影在柏林国际电影节上拿了奖。按照票上的时间,它应该开演五分钟了,我正为不能看到开头而懊恼呢,谁知到了小放映厅门口却吃了闭门羹。原来,这场电影只卖出这两张票,放映厅还没开呢。我找来放映员,他说坐飞机要是一个乘客,人家都得给飞,电影票呢,哪怕只卖出一张,他也会给放的。放映员打开门,为我和母亲放了专场电影。当银幕上出现了蒙古包、羊群和纯朴的牧民时,母亲慨叹了一句:"这是真景啊!"母亲看过两部流行大片,对里面电脑制作的假景很反感,所以这真实的场景让她觉得亲切。故事很简单,一个女人征婚,要带着"无用"的丈夫嫁人。而这个丈夫之所以"废"了,是因为打井所致的。这背后透视出的是草原缺水的严峻现实。虽然它与多年前轰动一时的《老井》有似曾相识之处,但影片拍得朴素、自然、苍凉而又温暖,我和母亲被吸引住了,完整地把它看完了。出了影厅,只见大剧场刘老根大舞台的演出正在高潮,演员在台上热闹地和观众做着互动,掌声如潮。

我和母亲有些怅然地在夜色中归家,慨叹着好电影没人看。快到家的时候,母亲忽然叹息了一声对我说:"我明白了,你写的那些书,就跟咱俩看的电影似的,没多少人看啊。那些花里胡哨的书,就跟那个刘老根大舞台一样,看的人多啊。"

母亲的话,让我感动,又让我难过。我没有想到,这场两个人的电影,会给她那么大的触动。那一瞬间,我觉得自己是幸运的,因为有母亲在,我生命中的电影,就永远不会是一个人的啊。

竹园的花朵

每一种生灵,似乎都依托着一种植物而生。大兴安岭鄂温克人放养的驯鹿,以苔藓为主要食物;马牛羊的嘴巴,是青草天然的割草机。熊猫呢,它的生命之树当然是竹子了。

小的时候,我常看邻里那些能织善绣的女孩子钩窗帘,或是绣门帘和枕头。那纯白及五彩丝线勾勒出的图景,有我熟悉的,如金鱼水草、松树白鹤、玫瑰蝴蝶;也有我不熟悉的,如鸳鸯荷花、夜莺海棠、熊猫竹子等。

但凡能上得了门帘、窗帘和枕头,能让人观赏和枕着入梦的,一定都是吉祥的事物。虽然那时对熊猫和竹子是陌生的,但我还是怀揣了一份憧憬,希望日后与它们有美好的邂逅。

我第一次见到竹园,是二十年前在青岛的八大关海边。见到它,总觉得在摇曳的枝叶间,应该有一种黑白相间的花朵在绽放——熊猫,还应该有一位竹园的主人迎面走来——曹雪芹用那枝极尽苍凉和绚烂的笔,描画出的被竹林环绕着的潇湘馆里的林黛玉。这一物一人,以一实一虚的方式存在于世间,广为人知。然而在那样的竹园中,既听不见黛玉缓步而行、裙钗轻触竹叶的温存之声,也看不见熊猫那憨然可爱的身影。没有它们,竹园似乎了无生气了。

熊猫爱吃竹子,在电视上见到它抱着竹子的模样,很像一个大烟鬼捧着杆须臾不能离身的烟枪。我这样联想,并没有鄙薄它的意思。熊猫是地球上濒临灭绝的物种,可爱而珍稀,所以它常常扮演外交使节的角色,远涉重洋,沟通中国与世界其他民族的感情。它是风光的,可又是不幸的。中国有哪一种动物要经历它这样的离别故土的苦楚呢?

　　我至今没有见过活生生的熊猫。我知道它的故园在四川,它的乐土在竹园。尽管我们采取了划归自然保护区和人工繁殖等手段,但它的家族仍然是人丁稀少。它是竹园的精灵,是从远古一路走来的疲惫的旅人,是开在翠竹间的黑白相间的花朵。它的白吸纳了云朵和雾气的精华,因而白得湿润、明亮;它的黑汲取了黑土和苍鹰的力量,因而黑得深沉、光华。我多么希望这样的花朵能在人间永驻,不求它盛开,只要年年能看到这样的花朵,哪怕寥寥,也是我们地球人的福气啊。否则,如果有一天它真的消失了,那些幽静而风雅的竹园,是否会因此而变得凄清和荒寂了呢?

阿 央 白

它是如此安然地出现在我面前——阿央白。晨光弥漫了空悠悠的山谷,它面朝着鸟声起伏的山谷,把它那惊世骇俗的美一览无余地展现在我面前。

石钟寺石窟的第八窟便是它了——阿央白。它是一尊刻有女性生殖器的石窟,据说是白族先民原始崇拜的特殊雕刻。它同周围石窟中的菩萨、南诏国王及侍从、天神、力神、古代波斯国人等等坦然地相处在一起,以其浑然天成的美吸引着一代又一代的人。只有这尊石窟下的一块圆石,才被千古不绝的朝拜者给跪出两汪深深的凹痕,那么触目惊心的凹痕。

我远远地看着它,它的黑褐色的质地、轮廓分明的曲线、睥睨世俗的那种天真无邪的气质。我们就在那一瞬间温存地相遇了,阳光在它的身上浮游着,它似乎就要柔软地荧荧欲动,就要流出一股莹白芬芳的生命之泉。

没有嘈杂的交谈,静悄悄的风、静悄悄的阳光在我们之间穿梭着。它静悄悄地立在这里已经有许多个漫长的世纪了。它沐浴着风声、雨声、月光、阳光,这一切都没有损害它的容颜。它是古老的,同时又是年轻的;它是苍凉的,同时又是青春的。我注意到,周围许多处石窟在战事中遭到破坏,菩萨断了胳膊;侍从少了腿,而许多头像都面目模糊。独有它,阿央白,它依然完整无缺地出现在我面前。就连邪恶的手都不敢触及它,看来真正的美本身就能驱除邪恶。

阿央白出在庄严肃穆的佛教圣地曾招致了种种非议。有人说这纯粹是后人对佛教的猥亵而导演的一场恶作剧。他们认为阿央白不洁、不贞,怎么可以把生殖器赤裸裸地雕刻在石头上呢?

我无意揣测这尊大约诞生于唐宋时期的雕刻其用意究竟是什么,也许雕刻者雕厌了充满神话色彩的菩萨、天神,雕厌了国王和歌舞升平的场景,雕厌了他们不可触及的事物,所以他们才雕出一幅显赫的女性生殖器,因为只有它,才能给人以最温存、亲切、可知的感觉。再有,也许雕刻者只是发现了一大块黑褐色的石头,他产生了丰富的联想,于是女性生殖器的轮廓就在上面显现了。

当然,一切揣测都只能是假想。不管怎么说,阿央白诞生了,而且存在下来,并且将要获得永生。雕它的人没有留下名字,但我觉得当他用刀凿刻出一道道痕迹时,他一定是敛声屏气用心在雕刻。雕它的人一定是个心性很高、懂得温暖的人,也是一个真正懂得艺术之美的人。我与阿央白邂逅的一瞬,我便于无形中看见了一双手拂它而过的痕迹。那只能是一双男人的手,只有男性的手才能使女性的美获得真正意义上的解放。

晨光涌动着,我和阿央白同样沐浴着光明。我走近它,仔细端详它,我其实是在端详自己。它经久不衰的魅力在于它的真实、凝重和生动。它可以感知语言,它的深处曾搅起多少令这世上男女流连忘返的波澜——万劫不复的波澜。对于它,世俗的一切揣测都是毫无意义的了。可我仍未能免俗,试图还想为它所招致的非议做一番开脱,它跻身于佛教圣地,是否提醒人们能做佛的思考该是由人开始的,而不是神。只有人才能思考宗教和哲学,而人是从母腹中啼哭着爬出来的,阿央白是我们生命的窗口,我们的思想在做无边无际的精神漫游时,不要忽视生命本身的东西。没有生命,一切都不会存在。

易卜生故居。他走过的路,后来者仍在走。

在加拿大参加"渥太华作家节"

当然,这些念头只是一闪即逝。在阿央白面前,你所需要的只能是安详的目光。我一遍遍地注视着它,由远及近,由近及远,这时阳光更加浓郁了,它使阿央白焕发出一股流光溢彩的美。

阿央白的美在于它赤裸裸地将人们引以为神圣或邪恶的东西公之于众,这样神圣和邪恶就不能依附它而存在,它只为它自己而存在。犹如一枝娇艳异常的金黄色喇叭花,在深山野谷中摇曳着,释放着它那安静、炫目、动荡而悠久的美。

伤怀之美

不要说你看到了什么,而应该说你敛声屏气凝神遐思的片刻感受到了什么。那是什么?伤怀之美像寒冷耀目的雪橇一样无声地向你滑来,它仿佛来自银河,因为它带来了一股天堂的气息,更确切地说,为人们带来了自己扼住咽喉的勇气。

我八岁的时候,还在中国最北的漠河北极村。漫天大雪几乎封存了我所有的记忆,但那年冬天的渔汛却依然清晰如目。冬天的渔汛到来时,几乎家家都彻夜守在江上。人们带着干粮、火盆、捕鱼的工具和廉价的纸烟从一座座木刻楞房屋走出来。一孔孔冰眼冒出乳白的水汽,雪橇旁的干草上堆着已经打上来的各色鱼类。一些狗很懂得主人的心理,它们摇头摆尾地看到上鱼量很大,偶尔又有杂鱼露出水面时,就在主人摘钩的一瞬间接了那鱼,大口大口地吞嚼起来。对那些名贵的鱼,它们素来规规矩矩地忠实于主人,不闻不碰。就在那年渔汛结束的时候,是黄昏时分,云气低沉,大人们将鱼拢在麻袋里,套上雪橇,撤出黑龙江回家了。那是一条漫长的雪道,它在黄昏时分是灰蓝色的。大人们挽着袖口跟在雪橇后面慢腾腾地走着,他们之间没有任何言语,世界是如此沉静。快到家门口的时候,天忽然落起大片大片的雪花,我眼前的景色一片迷蒙,我所能听到的只是拉着雪橇的狗的热气沼沼的呼吸声。大人们都消失了,村庄也消失了,我感觉只有狗的呼吸声和雪花陪伴着我,我有一种要哭的欲望,那便是初始体会到的伤怀之美了。

年龄的增长是加深人自身庸碌行为的一个可怕过程。从那以后,我更多体会到的是城市混沌的烟云。狭窄而流俗的街道,人与人之间的争吵,背信弃义乃至相互唾弃,那种人、情、景相融为一体的伤怀之美似乎逃之夭夭了。或者说伤怀之美正在某个角落因为蒙难而掩面哭泣。

一九九一年年底,我终于又在异国他乡重温了伤怀之美。那是在日本北海道,我离开札幌后来到了著名的温泉圣地——登别。在此之前已经领略过层云峡的温泉之美了。在北海道旅行期间一直大雪纷纷,空气潮湿清新,景色奇佳。住进依山而起的古色古香的温泉旅馆后,已是黄昏时分了,我洗过澡穿上专为旅人预备的和服到餐厅就餐。席间,问起登别温泉有何独到之处时,日本友人风趣地眨眨眼睛说,登别的露天温泉久负盛名。也就是说,人直接面对着十二月的寒风和天空接受沐浴。我吐了下舌头,有些兴奋,又有些害怕。露天温泉只在凌晨三时以后才对女人开放。那一夜我辗转反侧,生怕不慎一觉醒来云开日朗而与美失之交臂。凌晨五时我肩搭一条金黄色的浴巾来到温泉区。以下是我在访日札记中的一段文字:

> 温泉室中静悄悄的,仍然是浓重的白雾袭来。我脱掉和服,走进雾中,那时我便消失了。天然的肤色与白雾相融为一体。我几乎是凭着感觉在雾中走动——先拿起喷头一番淋浴,然后慢慢朝温泉走去。室内温泉除我之外还有另外两人,我进去后就四处寻找露天温泉的位置。日语不通,无法向那两位女人求问,看来看去,在温泉的东方望见一扇门,上写五个红色大字:露天大风吕。汉语中的"露天大风"自不用解释,只是"吕"字却让人有些糊涂。汉语中的"吕"除了做姓氏之外,古代还指用竹管制成的校正乐律的器具,代表一种音律。把这含义的"吕"与"露天大风"联系起来,

便生出了"由风弹奏,由吕校音"的想法。不管如何,我必须挺身而出了。

我走出室内温泉,走向那扇朝向东方的门。站在门边就感觉到了寒气,另外两位女子惊奇地望着我。试想想在隆冬的北海道,去露天温泉,实在需要点勇气啊。我犹豫片刻,还是将门推开。这一推我几乎让雪花给吓住了,寒气和雪花汇合在一起朝我袭来,我身上却一丝不挂。而我是不想再回头,尤其有人望着我的时候,是绝不肯退却的。我朝前走去,将门关上。

我全身的肌肤都在呼吸真正的风、自由的风。池子周围落满了雪。我朝温泉走去,我下去了,慢慢地让自己成为温泉的一部分,将手撑开,舒展开四肢。坐在温泉中,犹如坐在海底的苔藓上,又滑又温存,只有头露出水面。池中只我一人,多安静啊。天似亮非亮,那天就有些幽蓝,雪花朝我袭来,而温泉里却暖意融融。池子周围有几棵树,树上有灯,因而落在树周围的雪花是灿烂而华美的。

我想我的笔在这时刻是苍白的。直到如今,我也无法准确表达当时的心情,只记得不远处就是一座山,山坡上错落有致地生长着松树和柏树,三股泉水朝下倾泻,琤琤有声。中央的泉水较直,而两侧的面积较大,极像个打渔人戴着斗笠站在那。一边是雪,一边是泉水,另一边却结有冰柱(在水旁的岩石上),这是我所经历的三个季节的景色,在那里一并看到了。我呼吸着新鲜潮湿而浸满寒意的空气,感觉到了空前的空灵。也只有人,才会为一种景色,一种特别的生活经历而动情。

我所感受到的是什么?是天堂的绝唱?那无与伦比的伤怀之美啊!我以为你已经背弃了我这满面尘垢的人,没想到竟在异国他乡与你惊喜地遭逢,你带着美远走天涯后,伤怀的我仍然期待着与你重逢。

去年九月上旬,我意外地因为心动过速和痢疾而病倒了。一个人躺倒在秋高气爽的时节,伤感而绝望,窗外的阳光再灿烂都觉得是多余的。我盼望有一个机会出去呼吸新鲜空气,在城市里我已经疲惫不堪。九月二十日,大病初愈的我终于踏上了一条豪华船。历时十天的旅行开始了。省人大的领导考察沿江大通道,加上新华社、《光明日报》的两位记者和我的一位领导及同事陪同,不过二十人。船是"黑龙江"号,整洁而舒适。我们白天在甲板眺望风景,看银色水鸟在江面上盘桓,夜晚船泊岸边,就宿在船上。船到达边境重镇抚远,停留一天后,第二天正午便返航了。那时船正行驶在黑龙江上,岸两侧是两个国度:中国和俄罗斯。是时俄罗斯正在内乱,但叶利钦很快控制了局面。那是九月二十五日的黄昏,饭后我独自来到船头的甲板。秋凉了,风已经很硬了,落日已尽,天边涌动着轰轰烈烈的火烧云,映红了半面江水。这时节有一群水鸟忽然出现在船头不远处,火烧云使它们成为赤色。它们带着水汽朝另一岸飞去,我目随着它们,这时我突然发现它们身上的红色蓦然消失,俄罗斯那岸的天空月白风清,水鸟在那里重现了单纯的本色。真是不可思议,一面是灰蓝的天空和半轮淡白的月亮,另一侧却是红霞漫卷。船长在驾驶室发现了我,便用扩音器送出来一首忧郁缠绵令人心动的乐曲。我情不自禁地和着乐曲独自舞蹈起来。我旋转着,领略着这红白相间的世界的奇异之美。我长发飘飘,那一时刻我感觉自己就是一个女巫。没有谁来打扰我,陪伴我舞蹈的,除了如临仙界的音乐,便是江水、云霓、月亮和无边无际的风了。伤怀之美在此时突然闯入我的心扉,它使我忘却了庸俗嘈杂的城市和自身的一切疾病。我多想让它长驻心中,然而它栖息片刻就如袅袅轻烟一般消失了。

伤怀之美为何能够打动人心？只因为它浸入了一种宗教情怀。一种神圣的不可侵犯的忧伤之美，是一个帝国的所有黄金和宝石都难以取代的。我相信每一个富有宗教情怀的人都遇见过伤怀之美，而且我也深信那会是人一生中为数不多的几次珍贵片断，能成为人永久回忆的美。

周庄遇痴

未见周庄，先就喜欢上了它的名字。文人总改不了"望文生义"的虚荣毛病，所以一厢情愿地认为周庄一定是个古朴、宁静、平和的有种夕阳西下安闲情调的小镇。

从苏州到周庄，乘车大约要一个多小时。那天是周日，阴雨。同行者说这日子游周庄不好，因为上海离周庄很近，每逢双休日，周庄便人潮如涌，到处都是"阿拉"声。我便暗暗祈祷雨下得再大一些，那样"阿拉"声也许便会退潮。可是乌云并不偏袒我满含自私情怀的游兴，它很正直地从天庭撤退了。我第一眼望见的周庄，便是一带青砖灰楼顶上跳荡着的一轮湿漉漉的白太阳。

周庄旧名贞丰里，开始只是个小村落，到了元朝中叶，它才逐渐发展起来。一个地方的迅速繁荣，必定与商业活动有关，而商人中的巨富无疑起着举足轻重的作用。周庄也不例外。是江南富豪沈祐由湖州南浔迁徙至周庄，才仿佛在一夜之间给周庄下了一场白银大雪，使这里富得闪光。而沈祐之子沈万三又给这白银般的富庶涂抹了一层灿烂的金黄色，使它显出一派登峰造极般的辉煌，以至人们传说沈万三有一个聚宝盆。然而富庶极端了便有"招摇"之嫌，沈万三便因此而罹难。

据民间传说，明太祖朱元璋要修筑南京城墙，沈万三曾资助一万三千两白银，负责洪武门至水西门一段工程。后来工程超支,他又捐出一万三千两。但朱元璋贪得无厌,命沈万三献出聚宝盆。沈万三不从,将银子运回周庄,藏在银子浜下,又携带聚宝盆远走他乡。后来他被朱元璋的御林军捉住,发配云南充军。而《周庄镇志》记载:"富民沈秀者助筑都城三分之一,请犒军,帝怒曰:匹夫犒天下之军乱民也,宜诛之。后谏曰,不祥之民,天将诛之,陛下何诛焉!乃释秀,戍云南。"

不管是传说还是史料,都能证明沈万三是因为"露富"而犯上。只要你让皇帝感觉到富得咄咄逼人了,即便不马上人头落地,也只能是虽生犹死、苟延残喘地度过残生。

沈万三终于客死他乡,他的灵柩后来被运回周庄,葬于银子浜底。

周庄的石桥和窄窄的巷道中,果然有层出不穷的"阿拉"声。我们随着导游进入"沈厅"。沈厅原名敬业堂,清末改为松茂堂。由沈万三后裔沈本仁于清乾隆七年建成。沈厅面临河埠,水上有苫着天蓝色布的船在往来穿梭。没有我想象中的临河梳妆或淘米洗菜的女人,那船虽然也古旧,但载的都是嬉笑不已的游人。沈厅的中部是茶厅和正厅,我坐在厅中央的红木椅子上小憩的一刻,觉得一股砭人肌肤的阴凉从足下生起,仿佛我正踩在寒气萧森的地狱之口上。我参观过很多有钱人的宅院,它们大都有着高大的门楼,厅堂四四方方,里面雕梁画栋,陈设的椅子也大都笨重不堪。这样的屋子因为远离窗口,所以阳光的进入就极为艰难。何况周庄的建筑屋檐与屋檐之间几乎相交错,阳光投射下来已经颇多阻隔,又怎谈得上一泻厅堂呢?少见阳光的房屋,在拥有其凝重气氛的同时,必然给人一种挥之不去的压抑感,给人一种隔绝了自然的沉闷感。流连于沈厅那数不清的房屋,就仿佛是行走在地下墓穴一般,让人觉得阵阵悲凉。后来我们一行人聚在一处小茶坊前就着腌苋菜喝阿婆茶,我偶然看见窗前几株绿色植物的叶片上鼓着几滴被阳光照得晶莹剔透的雨滴,才觉得沈厅的周围仍然有生命在搏动,而在那一瞬间抹去了拜访它时萦绕于心头的凄凉感和萧瑟感。

　　周庄保留下来的基本上是明清建筑,它的基调是灰色的。在绿色永不凋落、永远是春天的江南,这种灰色总是像闪电一样跳跃。一座座的石桥像一匹匹骏马一样横跨在水巷上,并在水中投下它们的倒影。阳光照着石桥和石桥上的人,也照着水中的石桥和人淡墨似的倒影。吆喝茶点的声音仍然从深巷中掠过奇峭的飞檐传来。在某一瞬间,我似乎捕捉到了周庄的神韵,然而不绝如缕的游人很快就冲淡了那种感觉。我在嘈杂声中想象九百年前的周庄,也是这样的建筑,不过人很少,坐在厅堂里喝茶的时候,便能清楚地听到归船的桨声。船归的时候,也许会惊扰水中浮游的鸭子,也许闺中的小姐在临河的绣楼里推开窗户,看看那归船上是否有她喜欢的人。若没有她喜欢的人,又有没有她喜欢的丝绸或陶器。屋前的垂柳把一半绿意赋予石墙,另一半绿意却袅袅漫向河水。天色黄昏时,水巷里溢满金色,糯米糕和清茶的气息在每一位盼夫归来的妇人的指间琴音般萦绕。灰蒙蒙的周庄就在一派典雅平和的气氛中滑入夜晚。后来月亮起来了,周庄没有夜游人,月光就散散淡淡地照着周庄的石桥、流水、屋檐、垂柳以及树深处的鸟……

　　然而纷乱的现实很快又把我与周庄的"神交"隔绝,我们开始参观"迷楼"。迷楼原名德记酒店,柳亚子先生同南社诗词社的人曾在此居留并饮酒作赋。顺着狭窄的楼梯攀上二楼,突然看见几个南社成员的蜡像,他们看上去仿佛是在切磋诗艺,然而人物凝固的表情却给人一种彻头彻尾的做作感。其实有这一座古旧的小楼足以让人想象南社成员在此居留时的风采了,然而人们却总以为用蜡像来复原某种生命才能达到栩栩如生的效果。于是我败兴地下楼,又尾随大家来到三毛茶楼。据说三毛曾在一九八九年仲春来到周庄,我们参观的正是三毛喝茶的地方。茶楼很小,桌凳比较古旧,墙壁上有三毛的巨幅黑白照片。我觉得三毛自缢时不该选择丝袜,而应该用自己的长发做绳索来结束自己,她的长发太美了。我坐在三毛茶楼小憩的一刻,石巷中忽然传来一阵泼辣的叫骂声。那是一个女人的声音。骂声琅琅,无拘无束,跟雨后的阳光一样自由洒脱。我从窗口探出头,见是一个梳短发、着白背心的微胖的中年女人倚着一家铺子的石墙在骂,她目光散漫,举止粗俗,一眼望去便知她是个痴呆。然而正是她这一通骂,使我觉得九百年前的周庄突然掉头回来了。这深深的石巷中有一种经久不息的痴语长风般地穿越了时空。我蓦然想起了沈万三的悲剧命运,他因"露富"而犯上,而痴人却不会因为"露痴"而遭贬谪。"痴"向来被认为是一种无知,所以处于这一状态的人不管说出如何辛辣的话,都不会遭人嫉恨。难怪历史上有那么多名人因为突遭厄运而"佯痴"渡过难关,他们以一种消极的方式进行了内心最痛切的反抗。于是就有了阮籍、嵇康的假意"癫狂",有了明代大才子杨慎被流放云南后,酒后插花满头穿巷而过,使人疑为痴人的传说。"痴"是一种可以使心灵自由飞翔的生存状态,它像一座永远开着窗口的房屋,可以迎接八面来风。于是我便想,沈万三若是一个"痴人",肯定会逃出朱元璋为他设置的"虎口"。但沈万三不是一介书生,而是财大气粗的商人,这决定了他不会佯痴来求生存。所以世上的英雄有两种:一种是叱咤风云、我行我素、把生命置之度外的人;一种是内敛激情、藏锋不露、能忍受奇耻大辱的人。而我更欣赏的是前者,因为他们像飞旋在阳光中的灰尘一样透明。

朱元璋在南京拥有一片绿意浓郁的山陵作为长眠之所,而沈万三则是"水冢"一座,葬于周庄的银子浜底。王者的灵魂在千秋万代后仍然可以在大地上浪漫地浮游,而沈万三的灵魂则永远湿漉漉地浸在水中,仿佛是在低低饮泣。

鲁镇的黑夜与白天

名人的故居,最辛劳的要数门槛了。它要承载参观者或轻或重的脚印,这脚印当然比不得落叶抚过来得温存,更比不得风儿漫过来得清爽。更何况,这老门槛迎来的并不是它旧日的主人,它听到的大抵是游人的感慨声和照相机快门跳动的"咔嚓"声。稍好一些的,也无非是怀着凭吊情怀的人发出的几声叹息。我想这门槛在寂静的深夜,也许会为自己身上无端地沾染了陌生人脚上的尘土而感到难过,它也许会捂着被践踏得伤痕累累的脸,对着屋顶的残瓦或者天井中的老树而哭泣。

我是迈过鲁迅故居的门槛的,我不敢踩它,怕那像历史卷轴一样的门槛会被踏碎了。天色本来就阴沉,再加上人多嘈杂,我已失去了对这老屋的兴趣。只记得它很大,门是一重接着一重的,所有的房间都陈设着古旧的家具和器皿,它们就像老人们历经沧桑的眼睛一样,沉静而又略嫌冷淡地望着我们。我注意到,屋子没有大窗口,那栗色的窗子又一律是木格的。木格很细碎,它们就仿佛是横在窗上的一把把剪刀一样,把进屋的阳光给凭空剪得零落而黯淡,所以几乎很难看到一间阳光充足的屋子。我想当年的"迅哥"流连在这样的深宅大院里,住在永远暮气沉沉的房子里,他对外部世界的关注就会更为迫切。而由这寂静和昏暗生发出的幻想,也会像河里游荡的小鱼一样的活跃。

这是绍兴,而绍兴在我的心目中就是鲁镇。在听过了一场让人失望的"社戏"后,我与几位朋友寻到了一处大排档,那已是子夜时分了。没有星星,亦没有月亮,大排档正在高潮上。那排档是南北向的一条长巷,有些歪斜,而正是这歪斜,使它显出了随意、世俗和浪漫的气息。巷子里湿漉漉的,这当然不是雨的滋润,而是每个摊主洗菜时泼出的水。摊位一座连着一座,它们是清一色的塑料棚顶,每个棚子大约放四五张圆桌,每张桌都能容七八个人。摊前的煤火通红通红的,炒菜的声音和着摊主招徕客人的声音,让人觉得亲切和温暖。我们要了炸臭豆腐干、咸蛋黄炒番瓜丝、爆炒黄泥螺、辣椒鳝丝、盐水煮茴香豆等菜,叫了一壶酒。酒不用说了,一定就是孔乙己和阿Q都喝过的黄酒。这酒被温过,未放城市里时尚喝法中所加的话梅、姜丝、冰糖等调味品,因而纯正敦厚。我们先前还比较文雅地吃酒谈天,后来酒喝得人情绪飞扬,几个人就行"棒虎鸡虫"的酒令玩,输家罚酒,往往是男人一说"鸡"就赢,而女人一说"虫"则输,大家又笑又叫着,好不快活。这种时刻,我心中鲁镇的影子一闪一闪地呈现了,我嗅到了一股古中国生活的气息。我仿佛看到了孔乙己穿着长衫站着喝酒的情形,他用尖细的手指在柜台上排出一文一文的铜钱;我还看到了在酒楼上的吕纬甫讲述两朵剪绒花故事时怅惘的神情。我甚至想,如果不远处的护城河下停泊着一条船,我们登得船上,在夜色中划桨而行,一定能够看到真正的社戏,能喝到戏台下卖的豆浆,当然,如果碰到一个老旦坐在椅子上咿咿呀呀地唱个不休,我也一样会烦得撑船就走。如果偷不成别人家的豆子在船上煮着吃,就偷一缕月光来当发带,让它束着我随风飘扬的长发。夜越来越深了,是凌晨两点时分了,我们却毫无睡意,这时忽然来了一个瘦弱的孩子,他胸前斜挎的吉他比他还要高。他手里拿着一个用小学生的练习本写就的歌本,很老练地请求我们点歌。他眼睛很大,但却没有少年的那种天真之气。我问他几岁了?他说六岁。又问他点一支歌多少钱?他用生意人惯用的口气告诉我,点一支四元,但如果点三支的话,只收十元钱。我不假思索地说,那就点三支。他唱的第一首歌是《三个老婆》,歌词写得庸俗不堪,什么"三个老婆不嫌多"、"老婆多了有人疼"等等,歌词里甚至形象地给三个老婆所司其职做了分工,什么做饭的、捏脚的、陪睡觉的等等。他这一唱,大家的心一下子沉下来了。在他身上,我看不到少年闰土身上的天真、朝气和童趣,反而感觉相遇的是成年的闰土,那个被沉重生活压迫得几近麻木的闰土。我们没等他唱另外两首歌,付了他十元钱,打发他走了。他挎着吉他离去的背影有些摇晃,感觉那吉他是一头蛮力十足的怪兽,死死地拖着他走,我真怕它在这黑夜里把这卖唱的少年给拖得支离破碎了。自此,大家再无兴致逗留,仿佛是刚参加完一个好友的葬礼似的,郁郁走掉。

次日我起得很迟,把早饭和午饭放在一块吃了。天色仍然寡白寡白的,两三朋友聚集在一起,都说不想到安排好的景点去参观,我说那不如到绍兴的老街走一走。以我的经验,看一卷历史书,不如在一个有历史感的老街上走上一程更能领会历史的含义。因为老建筑会透出一股清秋般的苍凉之气,你能在其上看到岁月抚过的痕迹,触摸到历史心音的脉搏。

沿着绍兴广场的护城河向北走,没有多远,老街就呈现了。见到它我的眼睛蓦然一亮,感觉它仿佛扭着身子活跃地动了几下。在被高楼簇拥着的宽敞的柏油马路上行走,我常常觉得自己走在一具巨大的僵尸上,紧张,空虚,不知所措。而在狭窄的老街上闲走,我会无限的放松和陶醉。这种时刻,你觉得那街分明像河流一样,它潺潺地流动着,等着你的脚踏出阵阵水花。这街只有两米左右的宽度,它的两侧是层层叠叠的老房子。房前的门楼各具特色,有的高而窄,有的矮而阔。房子多数是两层的小楼,但也有三层的,极少。它们的色彩以栗色和苍灰为基调,屋顶的瓦却基本是深灰的,灰色年头久了,就泛黑了。不过它们与天色是极为协调的,仿佛它们就是天的底座。你不要小觑了这老街,看着它不长,走起来就长了,长得仿佛没有尽头。而且它也不是笔直的,略略地弯着,它这种弯不是老人的那种透出暮气的驼背,而是一个少女笑得不能自持时妖娆的弯腰,风情万种。街上很少有行人,石板路上干干净净的,给人以明净、妥帖之感。我们推开了几户门楼,进得院子,想更直接地接近老房子。真正的老屋比比皆是,它们保持房屋原来的状态,格局是老格局,窗户也是老窗户。到这样的屋子走一下,你会嗅到一股散发着隐隐腥气的潮味,仿佛这房子是放置已久的鱼,它因离河太久而伤感得落泪,那气息或许就是它的眼泪。如果不是有现代的人闪现在房子里,我会误以为回到了一百年前的鲁镇,听见了单四嫂子在空虚寂静的夜晚呼唤宝儿的哭声;嗅到了华老拴买来的人血馒头被火焰舔舐过所发出的奇怪的香味;看到了在祝福声中被主人呵斥后凄凉地放下烛台的眼神呆滞的祥林嫂。这是鲁镇,是鲁迅笔下那个永远也不会消失的鲁镇。那屋檐上的荒草,那窗棂上所弥漫的蒙昧天光,那院子中的桂花树,那天井中放置的杂物,似乎都透着旧时代的气息,它让人有某种伤感和惆怅,又让人有某种辛酸后的喜悦。

在那条老街里,留给我印象最深的是一个着白衣的盲人。他用一根细而长的竹竿探着走路,走得不急不躁,有板有眼。看来他对这老街熟稔之极,老街也许是他的眼睛仅能看到的一道光。当我们走完老街在一家茶楼坐下时,透过拉起的窗户,我能望见护城河上的拱形石桥,那桥是灰色的,上面匍匐着一些绿色藤萝,有棵高高的柳树越过石桥,它就仿佛是一个淘气的少年,赤脚站在水里,笑嘻嘻地看着流水。把目光放得远一些,再远一些,便可望见老街上的房屋,看见灰瓦和飞檐,它们就像漂浮在鲁镇上空的凝重的浮云,让我陷于回忆和思索之中。

我总想鲁迅在骨子里其实是一个浪漫主义者。只不过我们把他定位在"民族魂"这个高度后,更多地注意了他作品的现实和批判的精神,而忽略了任何一个伟大的作家内心深处都具有的浪漫主义情怀。从他的故居直至到老街,我感受到的是栩栩如生的鲁镇,它闲适、恬静、慵懒、舒缓,这种环境是能让人的想像力急遽飞翔的地方。孔乙己是现实的,但也是浪漫的,只不过那是被苦难压榨出的辛酸的浪漫,他赊账喝酒,他偷了书被人打断了腿时为自己的辩解,都体现了鲁迅在其身上倾注的浪漫主义的热情。还有那个让人过目不忘的阿Q,我觉得阿Q就是一个浪漫主义者,他对革命的无知的游戏态度,他由调戏小尼姑而生发出的对爱情的向往,他自甘其辱后的精神上的自我安慰,直至他为自己生命的终结而努力画上一个圆圈时,阿Q的形象都是神秘的、可爱的,让人憎恨而又同情的。而在《故事新编》中,鲁迅的浪漫主义情怀可以说是体现得淋漓尽致,挥洒自如。《奔月》里吃腻了乌鸦炸酱面的嫦娥,《出关》里骑着青牛的老子,还有《铸剑》里在滚烫的大金鼎里那颗如泣如诉的报仇的人头,不都在向我们昭示着:这是些有光彩、有魅力,经得起时间检验的浪漫主义人物吗!

绍兴似乎总是阴气沉沉的,我心目中的鲁镇因了这特定的天色而一直伫立在眼前。它的白天和黑夜仿佛是没有界限的,白昼有暗夜的气象,而黑夜又有白昼隐约的影子,一如鲁迅作品带给我的气息。当我喝了一杯碧绿的茶,再望护城河的时候,望见了一条乌篷船正从远处荡来。那船黑黑的,就像越出水面的一条青鱼。到得近处,我见那桨搅起一阵一阵的乌黑的淤泥上来,它使绿水有了一道道黑色的印痕,就像人的伤疤一样。待我把目光再转到石桥上时,竟然看见了先前在老街里遇见的那个盲人,他怀抱着竹竿,坐在石桥上。但他不是沉静地坐着,他不时地转身,用竹竿去抚弄柳树,于是就有一些微黄的柳叶天女散花般地被打落,它们落在水里,向下游荡来,渐渐地接近我们所坐的茶楼。我多想在它们经过的一瞬泼一杯清茶于它们身上,

在悉尼大学陈顺妍教授家做客

尼亚加拉大瀑布前

可我怕同行者笑我痴狂,而且我也不敢肯定,它们确乎能够领受茶的芬芳之气,于是就只是静静地看着它们一摇一摆地走远。

紫气中的烟火

房子跟人一样,老了也会生皱纹。而历史往往就掩藏在那一幢幢老房子的褶皱里。

能够留存下来的老房子,大抵都是有着不凡身世的。要么是皇宫贵族、达官显要的宫殿和城堡,要么是富贾天下的阔商的豪宅大院,古今中外莫不如此。所以建筑史上的杰作,往往与权利和金钱是分不开的。宫殿上那些经过了千百年风雨,仍然无比灿烂的琉璃瓦,与被岁月风雨侵蚀后大批大批倒塌或歪斜了的民居,形成了鲜明的对照。民居虽然温暖、朴拙,但它身上泥土的成分太多,等于是肉做成的,摧折也快。而宫殿的一砖一瓦、一石一木,都是由工匠们精心烧制、打磨和挑选的,耐用性强,所以说宫殿是由骨头筑就的。

我不喜欢阳光,而喜欢雨。阳光是人的铺路石,而雨是人的绊脚石。雨一来,街市中的人气就寥落了。这时候最适宜到老房子游览。

我在一个微雨的夏日午后走进沈阳故宫。雨丝时有时无,太阳若隐若现着。被忽明忽暗的天色和薄雾笼罩着的故宫,有点海市蜃楼的意味。

游人果然因为雨丝的落脚,少而又少。一座远离了人语的宫殿,就是一本干干净净打开的大书,可以激发人凭吊的情怀。

沈阳故宫也被称做"盛京皇宫",它是清太祖努尔哈赤在天命十年开始修建的宫殿,可惜他在定都沈阳后的第二年就晏驾归西了,留下的未完成的建筑,是由他的第八个儿子皇太极建造的。皇太极继承汗位后,于一六三六年在此登极称帝,改国名为"大清",所以这里也可称是大清的奠基地。

我最先进入的是那些"偏殿",它们大都是侍奉皇族的那些下人的居所。一座座灰色的小屋子看上去乌蒙蒙的,是那么的清冷,让我仿佛听到了夜半时分寂寥的梆声。

大正殿是努尔哈赤时代建立的宫殿,远远望去,它很像公园里那些随处可见的八角亭。不过走到近前,当你的目光与南门两侧柱子上盘踞着的两条栩栩如生的金龙相遇时,还是明白它终归不是寻常百姓可以驻足的亭子,仍然带着股帝王君临天下的霸气。尤其是大正殿的古色斑斓的天花彩绘,那"万福万寿万禄万喜"的篆书汉文与含有吉祥意味的梵文以及龙凤图案交相辉映,让人顿时嗅到了二百五十多年前的宫内的繁华气息。大正殿是处理政务、颁布诏书、召见大臣之地,充满了政治色彩,这样的殿堂在我眼里缺乏人间烟火的气息,所以在它面前站站脚就走开了。

沈阳故宫中,最让我动心的就是后宫,它其实就是皇太极的家。沿着石级向上,穿过高高的凤凰楼的楼阁,迎面既见皇太极和皇后的居所——清宁宫。

清宁宫的两侧是六座配宫,其中有四座是皇妃的寝宫。东侧靠北的是关雎宫,靠南的为衍庆宫。西侧靠北的是麟趾宫,靠南的则是永福宫。这四座宫中的皇妃都来自蒙古部落,其中宸妃和庄妃两姐妹尤为著名。

在这些建筑中,除了殿顶的琉璃瓦和檐下的彩绘呈现出别样的绚丽,居所里面却是布局简单:粗糙的锅灶、宽大的万字炕、古朴的屏风,看上去庄重朴素,体现了满族人传统的生活习俗。如果说正中的清宁宫是一位敦厚的男人的健壮的身躯的话,那么左右对称着的皇妃寝宫就是这个男人张开的宽厚的双臂。他揽入怀中的,正是与他的生命息息相关的女人。

历史上没有哪个皇帝能像清太宗皇太极那样,身上既有英雄的传奇,又有爱情的传奇。

宸妃和庄妃这对姐妹是皇后哲哲的亲侄女,她们先后成为了皇太极的皇妃。在这些人中,最为皇太极宠幸的,是关雎宫的宸妃海兰珠。海兰珠入宫的时候,她的妹妹庄妃已经跟着皇太极近十年了。皇太极对海兰珠无比钟情,所以后人喜欢用"后来者居上"来评价海兰珠。当宸妃生下皇子后,皇太极喜不自禁,大赦天下。然而好景不长,皇子出生后没有几个月就夭折了。宸妃受到打击,三年后终于一病不起,撒手离去。皇太极抚尸恸哭宸妃的佳话,可谓广为流传。

除了宸妃和庄妃,衍庆宫和麟趾宫中的两位皇妃也值得一提,她们是蒙古察哈尔部首领林丹汗的妻子。林丹汗是成吉思汗的后裔,被皇太极打败,逃至青海,郁郁而终。林丹汗死后,可谓是众叛亲离,他的两个妻子先后归顺了皇太极,改嫁于他。这在当代来说都是"有辱门风"的事情,皇太极却默然接受了,这完全是出于江山社稷的考虑。看来即使是一个皇帝,他也不能完全爱自己之所爱。

爱妃海兰珠的离去,使皇太极忧思沉沉,一年多以后,他端坐在清宁宫里,猝然倒下。我想他最后所看到的情景,一定是关雎宫冷落的门庭。

皇太极走后,庄妃与皇太极所生的皇九子、六岁的福临即位,庄妃为了辅佐年幼的顺治皇帝可谓殚精竭虑。清入关以后,都城迁至紫禁城。顺治帝二十四岁早逝,庄妃又开始辅佐她的孙儿玄烨,也就是日后开创了太平盛世的康熙大帝。所以庄妃的一生,跟皇太极一样,充满了传奇色彩。宸妃领受了皇太极最深厚的爱,但她像露水一样一闪即逝了。而被爱所冷落的庄妃,却在日后使两个皇帝成就了霸业。流连在永福宫里,我似乎能感受到年轻的庄妃的气息,她的气息是沉凝的,她的叹息也一定是浑厚的。

我在清宁宫的后面,看到了宫中保存下来的惟一的一座烟囱。它底阔顶尖,笔直向上。两百多年前,清宁宫中的烟火就是从这里袅袅漫出的。先前我曾在宫里见过乾隆御书的"紫气东来"匾,我想真正的紫气就是从这座烟囱中升起的烟火,它虽然消散了,但在它的周围,后世的人间烟火,却仍然丝丝缕缕、团团簇簇地升起来,生生不息!

我听见了雨滴从那皱纹重重的清宁宫的飞檐下滑落的声音,那么的曼妙,带着股旧时代迷离的音色,仿佛在为已逝的烟火,声声唱着挽歌。

山 水 豆 花

食物与人一样,是有禀性的。都说"江山易改,禀性难移",那是就人而言的;食物呢,它们有着"入乡随俗"的禀性,随着环境的变化,会微妙地改变风味。从这个道理来说,人是硬的,食物是柔软的。

我对香港美食的记忆,不是尖沙咀酒楼中的生猛海鲜,亦不是铜锣湾烧味店里被熏制得流蜜似的肉食,而是寻常的山水豆花。

原以为香港是个缺乏野趣的地方,其实不然。

从九龙的钻石山出发,乘坐一个小时的大巴车,便摆脱了都市的喧嚣,到了清幽的西贡渔港。从这里再乘半小时的计程车,便到了山脚下。

这个地方叫大浪湾,是个有山有海的地方。

当一座座山横在你面前,且看不见人烟的时候,这些山就是一本被风掀开了书页的大书,撩起了人阅读的欲望。

虽然我曾登过华山和黄山,又生长在山区,但由于十几年没有登山了,所以一开始很担心自己会掉队。香港的朋友吓唬我,说是山中潜藏着一些偷渡客,他们看见独行者,往往会从树丛中蹿出打劫。所以从迈向第一级石阶开始,我就紧紧地跟随着队伍。同行的两位美国作家是登山爱好者,他们登过很多世界名山,海拔不足千米的山在他们眼里就是小菜一碟,不在话下。他们箭步如飞,走在最前面。两位来自非洲的作家体力充沛,他们身体的柔韧性好,登山如同舞蹈,轻松而优雅。而我和浸会大学的钟铃教授,走了半小时便气喘吁吁,汗如雨下。好在台湾作家刘克襄有谦谦君子风度,陪伴我们走在最后。

十月底了,香港的太阳仍然火辣辣的。蜿蜒起伏的石阶宛如大海抛出的一条长长的浪花,在山中明亮地闪烁着。逢到林木茂盛的地方,就有难得的荫凉,能缓释行山时的疲劳;而石阶暴露在草木稀疏的向阳山坡上时,脊背就有被灼伤的感觉,好像背着火炉在走。

一个半小时后,第一座山终于被甩在身后,我们看到了人烟,一座依山傍海的客栈。远远地,就听见了主人殷勤的召唤声。我们散坐在凉棚下歇脚,点了客栈的招牌吃食:山水豆花。

它们被装在方方正正的硬塑盒中,储藏在冰箱中。店主人把它们拿到桌子上时,其身上的冷气与热气在刹那间融合,产生了一层细密的水珠,覆盖在山水豆花的薄膜上。揭开薄膜,随着水珠滑落,你看到的就是雨过天晴的情景:一块又白又嫩的豆花,像一朵初绽的白玉兰,鲜润明媚地看着你!豆花的原料是黄豆,它是由盐卤点化豆浆而成的半固体,细腻,柔软。用一次性的塑料调羹轻轻一挖,一块豆花就荡进调羹,看上去莹白如玉。豆花凉爽滑腻,入口即化。细细品来,它的清香不完全是豆子被研磨后迸出的香气,它还沾染了山中草木的气息,因而那清香是别致的。一份豆花落肚,疲劳感一扫而空,说不出的惬意和滋润。我实在爱极了这吃食,又叫了一份,这次不是原汁原味地吃,而是像别人一样,佐以含糖的姜汁。这份豆花虽然也好吃,但是淋了姜汁的豆花,味道还是俗了些。

两份豆花,给我增添了无穷的力气。再次上路时,脚步就轻快了。我不再落伍,而是走在前面了。开始时是尾随着行进在最前面的人,后来与他们渐渐拉开一段距离,为的是享受独行的那份快乐。好像人一有了力气,胆量也大了,我不再惧怕山中会跳出什么劫匪。我在溪畔驻足,观赏水中的游鱼;我在半山腰那白色的茶花和红色的扶桑前放慢脚步,看大团大团的花朵如何含着阳光绽放。突然,树丛传来"哗哗——"的声响,枝叶摇曳,我心下一惊,抬眼一望,原来是一只毛头小猴,正在树间戏耍呢!

两份山水豆花,使我在余下的两个半小时的山行中精神饱满,兴致盎然。直到下得山来,到了海边,也没有疲惫的感觉。

十月的最后一天,我们乘船去了大屿山的一个小海岛。

这个小岛居住的都是打渔人,他们是香港原住民的后代。他们住的房屋很有特点,一座座灰色的棚屋就建在水上,支撑棚屋的水泥石柱裹着海草,很多棚屋上落着鹭鸶。住在棚屋的人,出门乘船,归家也乘船。晚上,他们是枕着海涛入梦的。香港政府为渔民盖了新房子,可他们还是喜欢老式的棚屋,不肯迁出。我站在石拱桥上,看归来的渔船。有的渔船是大丰收,鱼儿满舱;有的则收获平平,不过几斤小杂鱼。打渔人站在船头,都黑瘦黑瘦的。不管收获大小,他们脸上的表情都是平和的。

我们在小岛的石街中闲逛,看形形色色晒干了的海产品。不知谁说,这里的山水豆花很好吃,于是一行人踅进一家小店。女主人很热情地推荐她店里的其他小吃,可我对山水豆花情有独钟,只点了它。它上来了,仍然是那么的凉爽滑腻,那么入口。不同的是它有着微微的咸腥气,好像它是一艘白轮船,刚刚出海归来。

直到此时,我才恍然明白山水豆花中"山水"的含义。这是一种与大自然最有亲和力的食物,在西贡的山中,我品尝的豆花中有山的气息,而在大屿山的小岛上,它则裹挟着海水的气息。这样浸润着山水精华的食物,无疑是有魂灵的。谁又能忘怀有魂灵的食物呢?

从此岸到彼岸

佛山因曾出土过三尊唐代的金佛,又名"禅城"。有禅之地,其意空灵。这儿的山水有几分仙气,民俗也充满了宗教意味。行通济,是佛山最具禅意的风俗了。

通济是一座桥。这桥非同一般,据说每年的元宵节,只要你在通济桥上走了一遭,就会安康幸福,无疾无忧。按当地人的说法就是:"行通济,无闭翳。"

这一风俗已有四百年的历史了。它像一束古老的月光,穿越了漫漫时空,安详地照拂着尘世中的人们。通济桥始建于明代,最早是木桥。木易朽烂,所以它在明代就历经了三次重修。到了清代,木桥被改建成木石拱桥。建国后,它又脱胎换骨,成了钢筋混凝土的拱桥。从通济桥材质的变换可以看得出来,我们经历了从农业文明到工业文明的进程,或者说我们是由柔软走向了坚硬。不管桥怎么变,在老百姓的心目中,它一直充当着诺亚方舟的角色,救苦救难,普度众生。桥上绵绵不绝的足印,就是人类祈祷的心声。

元宵节是我的生日。在北方,飞雪和寒流,通常是我生日的两道流苏。而在南方,斑斓的花树做了生日最天然的蜡烛,点燃这蜡烛的,是唱春的鸟儿那如火的目光。

此次在异地过生日,是为了参加"新乡土文学征文大赛"的颁奖礼。当我坐在台下,聆听我喜爱的配音演员童自荣先生和姚锡娟女士朗诵我的获奖作品《花牤子的春天》的片段时,我陶醉了。童自荣先生演绎的那个魅力非凡的独行侠——佐罗,曾是我少女时崇拜的偶像。是童先生的声音让法国的阿兰·德隆在中国家喻户晓。我在鲁迅文学院求学时,曾买过童自荣先生的诗词朗诵磁带。他的声音与另一位我喜爱的歌唱家的声音有相似之处,那就是世界三大男高音之一的卡雷拉斯,极富磁性,在纯净中透着妖娆之气,刚毅而柔美,不可抗拒。这样的声音于我来说,就是最好的生日礼物了。

颁奖典礼结束,晚宴后,与会的朋友们手持彩色风车,赶往通济桥。

天已黑了,乌云翻卷着,空气有些沉闷。虽然还没有到行通济的高潮上,但桥前已是万头攒动,交警在各个路口把持着,疏导人流。桥上灯火璀璨,人们除了拿着风车和风铃,有的还抱着一捆生菜,意谓"生财"。人群中有白发苍苍的阿婆,也有骑在父亲脖子上的小娃娃。人们喜气洋洋的,怀着各自的期盼,缓缓走过通济桥。据说,行通济要从桥头一直走到桥尾,也就是由北岸直达南岸,中间不能折返,否则不吉利。桥长不过三十二米,若在平素,即便慢行,一两分钟也会通过了。但在元宵节的晚上,行通济,起码要花上五分钟,甚至更长。看来幸福是需要一步三叹的。

在摩肩接踵的人丛中,忽听周围的人说:上了通济桥了! 我把风车举高,上了桥。也许是空气太闷,风车蔫头蔫脑的,并不旋转。我在桥上听不见流水,更看不见月光,感受到的只是无与伦比的喧闹。麦加的朝圣,曾屡屡发生踩踏事件。朝拜是神圣的,也是危险的,所以我留神着脚下的路。据说,行通济的时候,若是在心中许愿,会很灵验。我没有许任何愿望,在我看来,能够自如地走路,不论是什么样的路,都是福。桥,其实是人间路上的一个破折号,在它下面,注定会缀着密密麻麻的人生注解。人实在是太多,我根本没有看清这桥的模样,就被人簇拥着,在朦胧的喜悦中过了桥。

说来奇怪,过了桥,天就落雨了。不过这雨轻描淡写的,只是寥寥雨滴,空气好了起来。风起了,风车乐了,那红色和金黄色的风轮在我眼前刷刷地旋转,五光十色,绚丽极了。从北岸到南岸,其实是从人生的此岸到了彼岸,未敢说把烦恼和忧愁一扫而光,但在万民祈福的时刻,我还是感受到了天人合一的和谐,感受到了超凡脱俗的快乐。

立地成佛者,从此岸到彼岸,只是一瞬;而苦苦修行者,从此岸到彼岸,则需百年。我有七情六欲,想必到达澄澈的彼岸,还有待时日吧。能够从通济桥上走一回,其实是对人生境界的一种提升,也是对自我的一个反省。我庆幸在我四十三岁生日的这一天,能在热闹中体味寂静之美,能在风雨中无悔地回顾从前。

元宵节的次日,我到珠江电视台录制"飞鸿茶居"的文化访谈节目,主持人对我说,行通济,如果连行三年,则会一生安泰。他问我明年和后年的元宵节,会不会再来佛山走通济?我几乎是不假思索地回答,其实我已经走了三次。元宵节的晚上,我现实地走了一遍;过了桥后,我回望了通济桥,用目光又走了一回;晚上,我在睡梦中见到它,等于在梦想中第三次行了通济桥。所以,我已不需要我的肉身再去走两次了。

如此说来,从此岸到彼岸,是有多种的抵达途径啊。

尼亚加拉的彩虹

自从爱人初春因车祸而永久地离开了我,我推掉了所有笔会的邀请,在哈尔滨独自待了四个月。盛夏最热的几天,我却觉得周身寒冷,穿着很厚的衣服枯坐在书房中,这时我懂得了什么叫"凄凉"。面对着市井的嘈杂之声,我第一次觉得世界仿佛与我无关了。有那么一段时间,我不敢接电话(怕别人安慰我),不敢上街(几乎每一条街都留下了我们共同走过的足迹),更不敢上商场(我仍能清晰记得在哪家商场为他买过格子衬衫,在哪家商场为他买过鞋和裤子)。我终日流泪,沉浸在对往昔温馨生活的回忆中,以至于眼痛得无法看书。以前我很少做噩梦,可那一段时间噩梦连连,有好几次我惊叫着在深夜中醒来,抚摸着旁边那只空荡荡的枕头,觉得自己是那么的孤立无援。

我知道人死不能复生的道理,也知道我必须要直面这突变,勇敢地活下去。于是,渐渐地我能够接电话了,能够拿起笔来写作了,能够在傍晚时去夕阳笼罩的街道上散步了。我记得他去世后我在一个雨天第一次拿起笔来,为自己即将出版的新书做跋时,只写了一行字就泪流满面。那支笔是爱人送我的结婚礼物,婚后四年我一直用它来写作。笔犹在,人已去!命运的风云突变让我更加珍爱这支笔:爱人都会别我而去,而它却永远不会抛弃我。

文坛的朋友们纷纷打来电话,约我出去散心,均被我一一谢绝了。我想我应该正视发生的这一切,离开哈尔滨意味着"逃离",而我今后必须还要走我们曾走过的街道,还要去我们曾去过的商场,还要到我们曾举杯共饮的餐馆,我不能把这曾十分熟悉的日常生活统统排斥在我的未来生活之外,这不现实,也不人道。于是,拾笔写作之后,我鼓励自己逛商场、散步,虽然我常常在经过某个街角时会心痛得无法自持。

整整四个月我没有外出。这在我的生活中是从未有过的。我的精神状态和身体状况糟糕到了极点。我害怕见到人,害怕放下笔来回到现实的那个瞬间。所以,当我受邀去加拿大参加国际作家节时,犹豫了好几天才确定可以出去。谁也不会想到,我去那里,其实只是为了重温尼亚加拉大瀑布曾带给我的震撼和感动。

一九九七年我访问美国时,曾对三处自然景观情有独钟:大西洋城的广阔沙滩、科罗拉多大峡谷壁立着的深赭色的岩石和奔腾咆哮的尼亚加拉大瀑布。

尼亚加拉大瀑布是世界著名的三大瀑布之一,位于北美的伊利湖和安大略湖之间的尼亚加拉河上。河水在前流的过程中由于地势陡然降低,形成了一处宽约一千二百多米,落差达五十余米的瀑布。这瀑布主要有两处,一处在美国境内,称"亚美利亚瀑布",规模较小;而另一处"马蹄形瀑布"在加拿大境内,宽达八百多米,气势恢弘。当年,我曾跟随游艇经由美国瀑布靠近加拿大瀑布,深深记忆着瀑布一泻而下时水珠四溅、水鸟翻飞、彩虹凌空而起的那个激动人心的画面。那时,我曾在连接美加两国的彩虹桥上拍了许多大瀑布的照片,想着有朝一日赴加拿大时,一定再来看这片瀑布。

飞抵加拿大后,我才知道国际笔会十几天的活动主要安排在首都渥太华,主办方并没有安排去多伦多的行程。会议像海边的空气一样自由松散,我有充足的时间逛街,在运河畔晒太阳,看着黑色的松鼠在草坪上不绝如缕地跑来跑去。夜晚坐在街头的露天酒吧中与友人共饮葡萄酒时,感受着湿润而清凉的晚风,也觉无比惬意。只是如果不去看尼亚加拉大瀑布,总觉得辜负了这次远涉重洋的旅行。于是,我跟代表团团长蒋子龙先生建议,去多伦多看一次大瀑布吧。同行的徐小斌和周大新也积极响应。在蒋子龙和钮宝国的努力下,我心仪已久的尼亚加拉之行终于成为了现实。

我们乘火车从渥太华去多伦多。出发时天还未亮,可见一轮圆月挂在天际(前一天恰是中国传统的中秋节)。火车行进了一个小时左右,天渐渐亮了。朝窗外望去,一侧是山冈上起伏的枫树,一侧则是泛着黝蓝光泽的波光浩淼的安大略湖。我们乘坐在头等车厢中,享受着比在国际航班中还要优质的服务。主食中的鱼佐以葡萄美酒,让我们那五小时的旅行格外的温馨怡人。

火车抵达多伦多后,前来接站的蒋子龙的天津同乡郭善群先生对我们说,你们今天来得正是时候,昨天多伦多还在下雨。我明白他这话的含义,那就是雨天中看瀑布只能看到一团迷雾,而晴天观瀑才能一览无余。游瀑布心切,我们直接上了郭先生提供的面包车,奔赴尼亚加拉。

两小时之后,我已经登上了观赏大瀑布的游艇。同五年前在美国一样,我罩上了天蓝色的雨披,以防船接近瀑布时飞溅的水花会打湿衣衫。

游船先从美国瀑布前经过,然后逐渐向右转,逼近加拿大境内的马蹄形瀑布。在船上,我脱离了同行者,站在船舷的最前沿,直接感受扑面而来的风和飞珠溅玉般的晶莹而清凉的水滴。在我的身后,一对新人正在举行别具一格的婚礼。为新郎新娘证婚的,就是这壮阔的尼亚加拉大瀑布。那一瞬间我突发奇想,如果让我爱人的葬礼在这瀑布旁举行,那对我该是多大的安慰啊!我愿意让他的肉体消失在水汽蒸腾、汪洋恣肆、洁净而明亮的瀑布里,而不是火葬场那肮脏的焚尸炉里!可是人类永远都把出生看得比死亡要庄重,好像死是"不洁"的,殊不知"死亡"在有些时候也是对生命的一种礼赞!譬如这瀑布,在我看来就是水的最壮丽的死亡,它们沿着尼亚加拉河一路缓缓走来,等待的也许正是这个俯冲而下、与云相接的时刻!

在马蹄形大瀑布前,我的心无比的忧伤,又无比的空阔,那一瞬间我泪如泉涌。我双手合十,对着瀑布默默地说:如果我的爱人去了天堂,请让彩虹出现吧!然而直到我回到岸上,彩虹却是了无痕迹。而五年之前,我在美国瀑布前却看到了妖娆的彩虹,这不禁使我怅然。我想是不是午后的缘故,抑或节气已至深秋,彩虹才不肯出现呢?

正当我在岸边踌躇漫步时,突然,我发现瀑布上空呈现了一道弓形的微黄的光影,我意识到彩虹就要生成,连忙驻足眺望。很快,那彩虹的形状和颜色变得越来越完满和深重,只短短几分钟的时间,彩虹已横跨瀑布,傲然屹立在晴空之下!我的内心一阵狂喜,不是因为彩虹本身,而是因为我面对瀑布的那个暗中祈求的兑现。如今彩虹圆圆满满地出现,我确信我的爱人是去了他所理想的净土——他一直渴望着的与世无争的、远离人间种种龌龊的和平的家园。这彩虹使我获得了莫大的温情和安慰。我想让同伴拍下我与彩虹同在的那个瞬间,然而恰在此时,相机卡了壳。我陡然联想起爱人出事的前两天,我和他在公园欲在盛开的桃花下拍一张合影时,相机同样卡了壳。它们是同一台相机。在出国前,我带它时还犹豫了一番。没想到它一路上安然无恙,偏偏在彩虹出现之时卡了壳。我顿然醒悟:爱人是不是不想让我与虚幻之物合影?桃花虽然艳丽,但它极易衰落;彩虹虽然绚丽,但它却已是天上之物。我明白世上但凡美好的事物,是最容易遭受摧残的。美好只是惊鸿一现,转瞬即会化为云烟。果然,没有多久,那道彩虹袅袅消失。留给我的,是大瀑布永不

在爱荷华国际写作中心（左一为刘恒，右二为聂华苓）

与台湾诗人郑愁予在香港兰桂坊的俄罗斯冰酒吧

消失的轰鸣声。

我想大瀑布是永恒的。人类引以为贵的黄金宝石豪宅名车最后都会变为垃圾;人类引以为尊的权位和利益也终会化为虚无。只有大瀑布,它会上接天际之彩虹,下引地上之流泉,永存于天地之间。大瀑布就是天堂垂下的一块银白的幕布,等待芸芸众生在其上演出人间的悲喜剧。我甚至觉得,这块幕布就是步入天堂或跌入地狱之门的试金石,天地有灵,一些卑鄙苟且之人即使能在这个物欲横流的年代逃得过人间的审判,最终也逃不过天的审判。

从加拿大归来,我的心中满漾着那道尼亚加拉大瀑布上空的彩虹,我可以安然地继续平凡而朴素的生活了。我知道我的爱人不喜欢我总在泪水中度日,那么在此我想对他说:曾经拥有,不再遗憾。世界很大,但真正能留在我心底的,只不过是故乡的风景。我能相识千千万万个人,但他们在我的生命中大都只是匆匆过客,真正能留在我心底的,也不过一两个人。你已深深地留在了我的心底,愿你在彩虹的国度里永生吧!

石头与流水的巴黎

巴黎的教堂、宫殿、桥梁、博物馆、道路以及老城区的房屋，都是由石头铸就的。那石头于苍灰中隐藏着青白色，极似三月的塞纳河水，苍凉却不失温暖，凝重而又不失明媚。所以我对埃菲尔铁塔和卢浮宫前的金字塔都没有热爱之情，在我看来，铁塔像颗刺向巴黎的铁钉，而贝聿铭设计的玻璃金字塔无疑就是扎向卢浮宫心脏的一把尖刀。如果除掉这颗铁钉和那把尖刀，巴黎就是一幅极具质感和沧桑的油画，值得永久悬挂在天庭下。

巴黎众多的艺术馆，是我最向往的地方。我是由罗丹开始走入巴黎的艺术世界的。罗丹艺术馆，有一个很大的草木葱茏的庭院，他的代表作之一的《地狱之门》，就伫立在入口处，让人顿生肃穆之情。室内展厅有著名的《吻》、《手》和《巴尔扎克》，也许是对它们的期望值太高了，我觉得它们有些微微的拘谨和庸常。我更喜欢的，是那些线条灵动、朴拙的小小的石头雕塑，那上面有懒洋洋的少女，有拥抱着的恋人，这样的作品看上去更天真和传情。雕塑其实是一种让坚硬变得柔软的艺术，所以我对那些能让我感受到柔软情怀的作品更情有独钟。

接下来我去的是位于玛莱区的毕加索美术馆。我以前对毕加索没有特别的喜好，觉得他在用色上跟莫奈一样花哨、招摇，而且认定他只是一个形式主义的画家，没有更深的精神内涵。可当我看到他的两百多幅层层叠叠地排布开来的画作，以及他的那些雕刻品、陶瓷器品之后，我震撼了：毕加索确实是个天才，是个天马行空的永远不可能被人替代和遗忘的画家。他的画作的色彩繁杂却不迷乱，他的灵魂似乎悄悄潜伏在画作的经纬线上，牢牢控制着那些看似凌乱斑驳的色彩，使它们具有那种优雅的妖娆气质。他似乎无所不能，一颗铁钉，一个旧自行车的车把，一个歪斜的陶器，都能让他改造成艺术品。那看似随心所欲的一件件作品，浸透着他绵绵的才华。所以，毕加索的作品可以用"辉煌"一词来形容。虽然对他仍然谈不上热爱，但我欣赏他，为他的才华而折服。

蓬皮杜文化中心的现代艺术也是我想看的。其实去之前我就做好了失望的准备。在那里，我们很容易看到前些年风靡中国美术界的"行为艺术"的源头。在这一类的艺术家中，我对杜尚还存有一份好奇和尊敬，可到了他的展厅一看，失望之情油然而生。也许我没有看到他的《下楼的裸女》的那一系列我比较感兴趣的作品的缘故。但我们不能无视他的存在。在这个文化中心，还有马蒂斯、康定斯基、夏迦尔的作品，他们的作品值得流连。

卢浮宫太著名了，尤其是那幅《蒙娜丽莎》，因它慕名而来的人太多了，使安置着这幅画的展厅更像一个庸碌的农贸市场的早市。相反，占据着近两个展厅的科罗的那些优秀的画作前却门厅冷落。卢浮宫没有一个很好的赏画的环境，去那的人好像"赶场"一样，多数行色匆匆，所以尽管那里有众多值得一看再看的画，我还是像呼吸到了不洁的空气一样觉得心中郁闷。蒙娜丽莎用她那若有若无的微笑，轻而易举地俘虏了世人"掠美"的普遍心态，她在永无止息的世俗目光的注视下成为"经典"。众生的眼睛啊，当他们睁着时，有多少又是盲人呢！

我爱奥塞。这个由旧火车站改造成的美术馆珍藏着许多我喜欢的画家的作品。在那里，我流连了一天。一进凡·高的展厅，我就觉得血流加快，他的画作的色彩和这色彩洋溢着的生命激情是那么的令人着迷、疯狂,百看不厌。那些画虽然经历了漫长岁月的洗礼,但它们仍然活泼得似乎要滴下那一滴滴的浓绿和金黄的油彩,给爱着他画的人添加一缕生命的颜色。毕沙罗的《冬天印象》,德加的《苦艾酒》,也在奥塞中,它们也是我热爱的画作。

最让我难忘的是米勒。我太喜欢米勒了。看到他的《晚钟》、《拾穗者》、《牧羊女》、《月光》,我想流泪。流泪并不是矫情,而是发自肺腑的热爱。写实的米勒是那么敢于运用陈旧的颜色,他烘托的凝重气氛总是带着股宗教意味,他笔下的底层人不管生活多么的艰苦,看上去都是那么的隐忍、安详,给人一种圣洁感。他的忧郁之气浑融地漫溢在画面中,就像黎明前的晨曦一样动人。只有大画家才敢于运用陈旧的色彩表达人类最平凡、最质朴、最温暖的情怀。如果把凡·高的画比喻为巴黎的蓝天和白云的话,米勒的画就是那条呈现着苍凉之色的塞纳河,它们相互照耀,同样伟大。

我愿意巴黎是一座石头城,人类在其上能继续做着艺术的雕塑;我愿意塞纳河永远环绕着巴黎,因为它的水能分离和变幻出无穷的色彩,滋养着一代又一代的画家。只要石头和流水拥抱着巴黎,上帝就会永远把巴黎这幅人间名画悬挂在天庭下。

最苍凉的海岸

如果上帝还在怜恤失落在人间的迷途的羔羊,请他把目光投向大西洋岸边的诺曼底吧,那里有一片浩浩荡荡的白色墓葬,那下面掩埋着成千上万的年轻的士兵,虽然他们告别这个世界已经有六十年了,但他们的灵魂,仍然在大西洋的海浪中盘旋和呜咽。和平年代的欢歌笑语已经彻底湮没了他们满怀着伤感的心语,那些在诺曼底海滩牵着爱犬享受着阳光的度假者,那些劳作了一天、在晚餐时喝着诺曼底特有的苹果烧酒的农人,有谁还会在意这样的一片坟墓呢——也许是人类为自己制造的墓葬太多太多了!

人类的战争史应该永远铭记着一九四四年六月六日的黎明——事实上那一天是没有黎明的。盟军在薄雾中向着防御薄弱的诺曼底发起了攻击!为了抵御盟军的登陆,希特勒早在一九四二年就下令修筑一道从诺得角到西班牙海滨的防线——大西洋壁垒,虽然到了一九四四年还没有完全建成,但它设置的地雷场和像丛林一样潜伏在水中的障碍物,还是给登陆的英美联军士兵带来了极大的困难和伤亡。我们从英国战地记者瑞安的报告文学《最长的一天》(这篇文章后来被改编为同名电影,强烈地震撼了观众的心,影响甚广)中,能直观地看到登陆那一天的情景,士兵们有的在舰船中眩晕呕吐,躺在甲板上默默向上苍祈祷;有的彼此鼓励或者相互交代家庭住址,以备不测;还有的豪情满怀地背诵着诗句——"凡是渡过了今天这一关,能安然无恙回到家的人,每当提到了这一天,就会肃然起立"。

战争永远离不开流血和牺牲。从中世纪开始就不断在欧洲大陆崛起的教堂,从来就没有以上天赋予的无穷力量阻止过炮火的袭击。我们在高唱赞美诗的同时,屠戮却在烽烟中进行。也许我们应该感谢上帝,如果不是德军的最高统帅把盟军的登陆点预计在加来地区,而把更多的兵力部署在了那里,如果不是天气护佑着艾森豪威尔,那么,盟军在诺曼底的伤亡将会更加惨重。

我们不知道那些肩负着武器、野战背包、防毒面具、水壶、急救包以及食物的士兵在冲上诺曼底海滩的那一瞬间,怀着怎样的心情。当战争像一条条看不见的坚韧的饵线把他们如鱼一样鲜活的身体强行拖上海岸时,他们就不是自己命运的主人了。命运好的,躲过了敌人炮火的袭击,活到了和平年代,能在夕阳中一次次地回忆那个惊心动魄的早晨。命运差的,会被敌军的子弹射中,还来不及看到这片陌生的陆地上哪怕一抹的生命绿色时,就永久地闭上了眼睛;那些在飞机掩护下先期登陆的伞兵,并没有因为来自天上而特别受着上帝的眷顾,有的落入了沼泽地里,有的掉入农户的花房中,还有的被吊在教堂的十字架上,十字架充当了刺刀的角色,使他们一命殒天!

随着德军反扑的加强,漂浮在岸边的盟军的尸体越来越多,沙滩上被炮火击中的登陆艇在燃烧,坦克也在燃烧,硝烟中受伤的士兵无助地坐在沙滩上,鲜血如朝霞一样染红了那片海域。但伟大的盟军还是拥有兵力和武装上的绝对优势和主动,一批人倒下来了,另一批人又冲上去了,最终,大西洋壁垒被打开了一个巨大的缺口,诺曼底登陆成功,艾森豪威尔可以畅快地喝上一杯香槟酒,为他的规模宏大的两栖登陆战的巨大战略成果而庆贺!

我是在三月底来到诺曼底的。春天来了,行进在乡村公路上，可以看到初开的各色花朵。在这之前，我们一行六人沿着法国美丽的卢瓦河，看了著名的香波荷和雪浓舍，这些有着几百年历史的老城堡，其沧桑而绚丽的建筑外壳里，无一不包含着众多的宫廷故事，一直成为法国历史和文化的骄傲，被络绎不绝的游客参观着。带着一股浓浓的古堡情怀，我们奔向诺曼底海滩，走向那片掩埋着登陆战中死去的盟军士兵墓地的时候，确实有一种被现实击痛的感觉，虽然说这个"现实"距离我们已有漫长的六十年了。

第一眼看到那片浩大的墓地的时候，我以为看到了正在安闲吃着青草的一群羊。那些伫立在草地上的白色十字架，连绵在一起，远远一望，像极了雪白的羊群。我悄悄在入口处的草地上摘了一簇碎碎的小黄花，拈着它走向墓地。墓地太大了，它被划分了十几个区，白色的墓碑数不胜数，墓碑前几乎是没有鲜花的，不像我沿途经过的那些乡村小教堂旁的墓地，总有鲜花点缀着。我真不知该把花放在哪一座墓碑前。天气晴朗极了，阳光飞舞着，环绕着墓地的翠绿的松柏将它的影子投到草地上，就像为墓葬镶了一道花边。那里的游人零星可数，四周静悄悄的，只听得一片呢喃的鸟语和草地下的大海的平静的呼吸声。我缓缓地独自穿行在墓葬中，看着白色十字架上的碑文，后来将那朵黄花献给了一个年龄只有十五岁的战士，十五岁——花季的年龄啊！

有谁还会记忆着这些客死他乡的战士呢！他们无声无息地躺在这里，隔着苍茫的大海，诉说着他们永远的乡愁！他们的死亡，在历史教科书中，是伟大的辉煌的死亡。可是再崇高的定义，也不如生命本身的存在更富诗意，他们在最该对着青山碧海抒发豪情的年龄闭上了眼睛；在最该亲吻恋人的年龄闭上了嘴巴。所以我相信，他们年轻的心，一直没有死亡，大海上那些漂浮的云，可是他们流浪着的灵魂？他们该诅咒谁？诅咒制造了那场人间地狱的希特勒和墨索里尼？或者诅咒让他们成就英名的艾森豪威尔？

在二战的将帅中，我最尊崇的人就是艾森豪威尔。凭着自己咄咄逼人的"战绩"，他成为一名五星上将，并且做了两届的美国总统。他的战绩之一，就是我面前的这片庞大的墓地，这样的战绩是多么地让人撕心裂肺啊！走在这样的墓地中，艾森豪威尔的光环在我心中黯淡了一圈，虽然我知道他仍然是一个伟大的将军！当我们折取橄榄枝的时候，其实对它已经构成了一种摧残，和平的来临就是伴随着这样一个又一个沉重的代价！然而我们并不珍惜无数人用鲜血换来的和平，这世界的局部战争从来就没有止息过，我们战胜了法西斯，可我们一直没有战胜我们内心的贪婪和愚蠢！

诺曼底登陆距今已有六十年了。为了纪念这个历史性的日子，在即将到来的六月六日中，现任美国总统布什和英国首相布莱尔将在那一天莅临诺曼底，祭奠他们长眠在这里的士兵。所以，诺曼底一带的公路正在为迎接这两国的领导人而加紧重修着。诺曼底一带旅馆的房价，也因此而提前几个月就开始了暴涨。当布什与布莱尔沿着平坦的道路畅通无阻地抵达这片墓地时，我相信这些越来越被世人所遗忘的战士的墓碑前会有鲜花覆盖着，庄严的祭奠的炮声也会隆隆地响起。只是谁知他们带着怎样的情怀来到这里，但有一点可以肯定，他们的举动，将会使他们在自己的政治天平中，又增加一个砝码！

诺曼底的那片海域很美，可在我的眼里，它是我见过的世界上最苍凉的海岸！那飞起飞落的鸟，那飘来荡去的云，那在微风中摇曳着的松柏，那一望无际的墓碑，都在轻声诉说着一段已被我们逐渐遗忘着的历史，如果我们在阳光下看到了阴影，请不要惊诧，因为阴影从来就没有远离我们！

我想起了艾森豪威尔在一九五三年就任美国第三十四任总

统时发表的演说,他说:"在人类从黑暗走向光明的历程中,我们已经走了多远?我们是否正在接近光明,接近所有人类都应享有自由和平的一天?还是另一个黑夜的暗幕正在向我们逼近?"也许在他任职的四年中,他深深体会到了这样的黑暗仍然存在,所以他在一九五七年连任时又强调:"愿自由之光,普照一切黑暗的角落,燃起明亮的火焰,直到最终黑暗消失为止!"

黑暗消失了吗?!

愿这样的墓葬能像火炬一样,照亮人间还残存的黑暗;让人类的光明,能像诺曼底的海水一样,汪洋澎湃,势不可挡!

艺术之"缘"

悉尼歌剧院,是每一个到了澳洲的人都不会错过的一道风景。它在阳光下像一片片迎风展开的白帆,而在月光下则如一蓬宁静的睡莲。我不满足只是看它的外观,我对乔伊斯基金会的艺术主任克拉拉女士说,我想去歌剧院听一场音乐会。她问我喜欢什么风格的?古典音乐还是现代风格的爵士乐?我说随便,赶上什么就看什么,我觉得能在那里上演的节目都不会差了。

克拉拉女士预定了两张票,告诉我们在歌剧院的入口处将我的名字报给对方后,就可以取到票。她对我开玩笑说,你要穿得漂亮些,我给你订的包厢票,到时会有人拿着望远镜看你。

我们领完票,提前半小时就进场了。将包寄存好,我买了一张节目单。原来是悉尼交响乐团的演出,这真让我兴奋不已!我喜欢交响乐,而且我知道悉尼交响乐团是声名赫赫的乐团。找到我们所处的包厢位置,才明白克拉拉女士在跟我开玩笑,那是一个可容纳近百人的包厢,二楼都是这种环绕着舞台的包厢,不过视觉效果很好。楼下的舞台一览无余,感觉那圆形舞台就是身下的一只巨大的摆着丰盛食物的盘子,等着众多的食客一样的听众享用。坐定后,我仔细阅读节目表,发现第一支曲子竟然是柴可夫斯基的作品,这真使我美得要晕了!我偏爱古典音乐,其中对莫扎特和柴可夫斯基尤为钟情。我写作的时候,常把莫扎特的碟放在唱机中,用它作背景音乐。而柴可夫斯基的音乐,需要静坐下来专心致志地欣赏。我这样说,并不是说莫扎特世俗,柴可夫斯基高雅,只不过说明他们音乐品质不同。莫扎特可以在你不经意间就走进你的心灵,而柴可夫斯基的音乐则需要你培养着一种心情对它"虚席以待"。

当交响乐团的著名指挥 Gianluigi Gelmetti 风度翩翩走向乐池时,全场响起了热烈的掌声。剧场座无虚席,可见交响乐团受欢迎的程度。开篇就是令人心醉的《D大调小提琴协奏曲》,当家喻户晓的小提琴家阿卡多拉出令我熟悉的那深情、悠徐而又感伤的主题旋律时,我觉得整个歌剧院化成了一朵云,而我正坐在云端,有一种羽化登仙的感觉。我为能在那里相遇这样的旋律而无比陶醉,对我而言,那不啻于爱的相遇。

欣赏完音乐会,已是深夜了。我们乘着船回海滨的驻地。我站在船尾,被清凉的海风吹拂着,看着渐渐离我远去的沐浴着灯火的歌剧院,觉得那如贝壳一样层层叠叠张开的白色瓷片,就是上帝写在海面的一串最烂漫的音符!

去澳洲前,我还想看一幅由弗雷得里克·麦卡宾创作的油画《在沃勒比小路上》,那是描绘早期殖民地时期金矿开发的作品。画家择取的角度非常独特,他没有描绘采金的混乱、辛劳的现场,而是选取了采金人在归家途中晚炊的画面。妻子不胜疲倦地倚靠着一棵粗壮的树在打盹,孩子趴在母亲的腿上似在酣睡,而作为主人公的淘金人,被大胆地设置在远景上,他正笼火做饭。在林间空地,一抹金色的斜阳飘动着,整个画面看上去生动、凝练而又和谐,十分巧妙地揭示了采金人的辛酸生活。我喜欢这种不充斥着剑拔弩张情绪的内敛的艺术。

我去了悉尼歌剧院对面的国立美术馆,没有发现这幅画作。也就是两天后,克拉拉女士为我的英文新书《格里格海的细雨黄昏》举行了一个大型钢琴伴奏朗诵会,地点选择在新南威尔士州美术馆。那是澳大利亚馆藏经典最多的美术馆,我在抵达当日的媒体见面会也在那里,不过那天已是闭馆时分,我未及仔细参观。朗诵会开始前一小时,我步入现场,那是一个巨大的展厅,一架浅黄色的三角钢琴摆在展厅的正前方,工作人员拉来了一百多把椅子,正在布置现场,电台的调音师也在做着演出前的准备工作。我浏览着悬挂在墙壁上的画作。突然,我发现了它,确切地说是钢琴帮助我发现了它!我站在钢琴旁,满怀好奇地想着华裔钢琴家威廉姆陈在演奏时,他抬眼所看到的画会是什么风格的?是裸体的女人还是寂静的风景画?当我让目光穿过钢琴停留在对面的墙壁上时,我看见了那片蓊郁的树林,看见了靠着大树打盹的女人和她膝上的孩子,看见了淘金人晚炊的篝火和比篝火要灿烂的斜阳,那一刻我又有了相逢到爱的那种感动!能够在我喜爱的一幅画作前用钢琴来演绎我的作品,我认为这与在歌剧院相遇到柴可夫斯基的作品一样,也是一种"缘"。能引起我永久回忆的并不是朗诵会热烈的现场气氛和谢幕时听众那长久的掌声,甚至不是那流水一样悦耳动听的琴声,而是那幅已经沁入我灵魂深处的画。画面上那历经了百年岁月的油彩,就是最苍凉而又最温暖的音符!

生命中不能承受之"重"

达令港的夜景是绚烂的。港湾里停泊着许多漂亮的私家船只。灯火中,白色的桅杆看上去就像一只只透明的蜡烛,要把夜给点亮。

这样一处美妙的风景,竟然是悉尼同性恋者聚集的地方。月亮升起来的时候,同性恋者就陆陆续续地来了。他们有的依偎在港湾的长椅上,有的钻进酒吧倾心交谈,还有的只是在木质长堤上携手散步。这幅画面,常让我觉得夜晚同时升起了两轮月亮。

不仅是在澳洲,就是在有着悠久文化传统的爱尔兰,我也多次看见同性恋聚集的情景。我住在都柏林非常繁华的一条街上,街两侧的酒吧一座连着一座,每至深夜,泡在酒吧中的人相继涌到街上,他们在街巷中热烈交谈、叫喊、歌唱或者拥抱着,常把刚入睡的我扰醒。我站在三楼的窗前,能清晰地看到拥抱的人中有许多是同性恋者。女孩与女孩接着热吻,男人与男人耳鬓厮磨,我感觉身上就像爬了无数只毛毛虫,有一种说不出的滋味。

我觉得同性恋者首先是有自恋倾向的一群人,他们(她们)不喜欢异性的容颜,不喜欢异性身上散发的身体气息,不喜欢异性迥异于自己的行为方式,这与他们的生活经历和审美取向大约有关系。其次,我认为异性夫妻之间不和谐率的上升是同性恋萌生的另一个温床。他们看到的不是夫妻间那种灵魂与肉体真正的水乳交融,而是貌合神离和无可奈何,这令他们产生了恐惧。当然,生育带来的"负担",也可能是他们逃避异性交往的一个缘由。他们大约不愿意让自己的青春过早地流逝在孩子身上,更不愿意让儿童看到他们并不喜欢的这个世界。归根结底,是整个人类越来越强的孤独感和厌世情绪为同性恋的聚合提供了最天然的环境。异性间的背信弃义、仇恨、抚养下一代的辛酸,以及人们在社会生活中找不到自己的位置和尊严等等这些生活中的"重",成了同性恋生命中所不能承受的东西。而这些"重",也是我们这个物质越来越发达和丰富、文明越来越缺乏"血性"的世界所面临的巨大难题。

生命本来就是一个谜团。上帝并没有指明男人女人在人间所做的惟一的事情就是繁殖后代,那么同性恋者完全有选择自己的生活和情感的自由。在我眼里,同性恋者都是些爱好神话的人,虽然他们的行为会为教会所不齿,但也许他们也深爱着宗教,他们会认为自己的灵魂在另一个世界会相遇另一个浪漫的灵魂,而灵魂与灵魂的交融也会分娩出后代,这个"后代"也许是我们所望见的月亮旁的云朵、日出前的霞光等等这些脱离了生活之"重"的轻盈的事物。我想维系这个世界的,有我们用肉眼能看到的事物,也有我们的凡胎所难以洞穿的事物。那些在昏暗的灯影下拥吻的同性恋者,也许在内心深处也是孤独的。我们不该耻笑孤独,因为我们投映在大地的影子也是孤独的!

酒吧中的欧洲杯

在澳洲的蓝山国家写作中心,有天午后我正在楼下对着一片蓊郁的树林喝茶,手机响了,一接,竟然是《足球》报社的记者打来的,他说欧洲杯开战在即,希望我能为他们写点球评。亏得记者的提醒,我几乎把开赛日期都忘记了。

离开悉尼的前两天,是欧洲杯的烽火燃起的日子。那天晚上在悉尼大学的陈顺妍教授家做客,我对她说喝完酒回去,我会熬到凌晨,看欧洲杯。陈老师的丈夫古得曼先生对我说,澳大利亚的电视台对世界杯都不感兴趣,他判断转播欧洲杯的可能性不大。我知道澳洲人喜欢橄榄球,而我对这种抱着跑的足球一窍不通,澳洲人却对它无比痴狂。但我想欧洲杯在某种意义上比世界杯更具观赏性,他们起码应该转播首场比赛。

回到旅馆后,我打开电视,见 SBS 电视台正有三个人在聊欧洲杯,这让我欣喜之极,虽然听得一知半解的,但从不断穿插的贝克汉姆、齐达内、菲戈等巨星的画面上,我认为他们一定会直播揭幕战,于是就把频道锁定在这里。两个小时过去了,是开赛的时间了,SBS 的画面竟然换成了别的,是一个午夜剧,这让我的心一阵阵下沉。时间分分秒秒地过去了,午夜剧仍在继续,我赶紧转换频道,搜索足球。有一刻以为找到了,仔细一看,却是橄榄球的比赛,让人沮丧。我心犹不甘,像个顽强的战士一定要攻克一座堡垒一样,手持遥控器,把电视画面摇得风云变幻、闪烁不休,那顿足球的早餐却最终没有吃到。那一瞬间我盼望着早些离开澳大利亚,我相信到了欧洲,每一个角落都会洋溢着欧洲杯的快乐气氛。

果然,飞抵爱尔兰的首都都柏林后,每晚都有欧洲杯的大餐等着你享用。我住在一条繁华的酒吧街上,几乎所有的酒吧都在直播欧洲杯。而我在都柏林作家节的活动,除了一场正式的报告会外,其他都是自由时间。我选择了一家热闹、开阔又比较有情调的酒吧作为"据点"。那家酒吧设有三个电视屏幕,北面的是横幅的,视觉效果差一些;西面的较小,你必须坐得离它很近,才能真切感受到现场的气氛;而东侧的是四四方方的跟银幕一样宽大的屏幕,它面前聚集的人之多可以想见了。由于在欧洲看球没有时差,所以吃过晚饭,我就踅进酒吧。酒吧里男球迷居多,他们往往穿着自己所支持的队的球衣,跟即将上场的球员一样,在开赛前就开始了"热身"活动:选择位置、买啤酒等等。爱尔兰的黑啤酒久负盛名。这种啤酒口味浓,有点微微的咸,回味绵长,很适合看球时喝。我与其他球迷一样,也举着一杯黑啤酒。如果在酒吧看球而不买酒,就有点像小孩子耍无赖了。

我在酒吧看的第一场球,是俄罗斯对葡萄牙的比赛。也许爱尔兰与葡萄牙是近邻的缘故,抑或爱尔兰的国家足球队的风格与葡萄牙很相似,酒吧中的球迷百分之九十都倾向葡萄牙。每当俄罗斯队拿球的时候,酒吧里就嘘声一片。白色的俄罗斯队看上去就像一片飘在天空的浮云,孤独无助得很。他们的打法也没有生气,最终斯克拉里率领的葡萄牙以 2:0 轻取对手。如果说爱尔兰的球迷对葡萄牙队是热爱的话,那么他们对待英格兰队可以用"狂恋"一词来形容。到了英国与瑞士的比赛日,我像以往一样提前十几分钟走进酒吧,可是里面已经爆满,一个座位都没有了,中央地带还站着许多人。我急得转来转去的,希望有一个座位能成为"漏网之鱼",然而我的希望落空了。有一个留着两撇黑胡子的球迷见我找不到座位满面焦急的样子,就

香港太平山顶

在鄂温克营地的希楞柱内

拍着自己的腿,示意我坐上去。我想我若坐在他腿上,有些球迷就不用看大屏幕了。当画面中运动员开始入场时,我终于想出了一个好主意,我分开众人,一路向前,一直走到大屏幕的最前方,一屁股坐在地上,把地当成了椅子。而且我还叫来一大杯黑啤酒,把地也当成桌子,摆上去,痛快地先呷上一大口,这引起了很多球迷的喝彩。因为酒吧里没有一个人是坐在地上看球的,他们大约也没有见过一个黄皮肤的女球迷如此钟情于足球。当画面出现小贝的夫人辣妹的镜头时,酒吧里爆发出热烈的掌声。我想,辣妹已经深入人心,不管小贝闹出多少绯闻,辣妹都是不可取代的,这让我想起克林顿与西拉里的关系,不管他们是否还恩爱,世人认定他们不可分割,他们只能为共同的利益,或者说是为了报答众人共同的爱戴而携手走下去。酒吧里的球迷百分之九十九都是英格兰的支持者,我也一样。当场内奏响英国的国歌时,球迷们也跟着齐声歌唱,场面感人。英格兰的每一次进球我都要跳起来欢呼,这时身后的英国球迷就抓着我的手狂吻,他们很开心我这样一个"外国女人"是英格兰的拥护者。鲁尼在那场比赛中让斯文的瑞士连吞两枚苦果,使我对这个朝气蓬勃的前锋充满了尊敬和喜爱,他真的是上届欧洲杯欧文的翻版。3:0的结果合情合理,我们只有为他们纵情欢呼了!我们狂饮,这时酒吧乐池中的爵士乐演奏也开始了,没谁想要离开酒吧,因为快乐之河就在那里流淌。

我在那家酒吧看了整整一周的比赛,没有看到球迷闹事的事件。即使意大利打得不很精彩,那些披着地中海蓝色球衣的意大利球迷也没有过激的举动。当我离开都柏林时,对它惟一的留恋就是,不能与那么多可爱的球迷一同欣赏欧洲杯了。回到中国,正赶上四分之一决赛的开始,当我在黎明中看到贝克汉姆射失了点球,葡萄牙最终进军半决赛时,我想到了都柏林的那家酒吧,那些英格兰的支持者一定会扼腕叹息、悲痛欲绝!虽然我们在同一个时刻悲痛,但他们悲痛在黄昏,而我悲痛在黎明!

　　当德甲联赛中那张熟悉的面孔出现在希腊主帅的位置上时,我曾跟人预言,这个雷哈格尔肯定会创造奇迹。因为这家伙在德甲就善于创造奇迹,而且对足球没有欣赏眼光的上帝很愿意帮助他书写神话。希腊最终夺冠了,我相信在都柏林的那家酒吧,许多葡萄牙的球迷会流下伤心的泪水。他们也许并不仅仅为葡萄牙"黄金一代"的折戟沉沙而难过,他们会为足球的"实用主义"的胜利而叹息,而那也是我在看希腊球员手捧奖杯狂欢时,心中发出的最深重的一声叹息。

邦迪海滩的驯犬者

秋天的邦迪海滩游人稀少。海鸥一群群地在近海的空中低低盘旋着,似乎嫌这海太平静了,想要做一朵朵浪花的样子。偶尔有两三个冲浪人,带着他们的滑板,向远处的海滑翔而去,溅起一带银链似的浪花。还有一些年轻的姑娘绕着海岸慢跑,她们往往带着一条狗,狗与主人跑的速度是一致的。

阳光虽然不那么炽热了,但它依旧浏亮和明媚。我赤足在沙滩上散步,海水涌流而来,它像一道花边一样,缠住了我的脚。海水确实很凉很凉了,难怪海中不见游泳的人了。不过,我喜欢这空寂的海,海一热闹,就觉得海是花园了,没了浪漫的情调。

海边的大礁石上,有一个人在作画。他衣衫褴褛,赤足,戴顶破草帽。一只旧木箱打开着,能看见里面的颜料盒、画笔、雨布和吃剩的三明治。他一手拿着画笔,一手擎着调色板,在画大海。画板上的海的色彩正在由绿向蓝过渡,没有一朵浪花,那海看上去十分阴郁,愁云惨淡的样子。他那落魄而又心事重重的样子,看上去也不像个画家,倒像个流浪汉。走过去看他的画,他无动于衷的,让我觉得他在这幅画中哀悼着什么东西。我离开那块礁石,向着另一处海角攀爬,海在我身下变得幽深了,在一处礁石嶙峋的地方,我看见海水改变了颜色,是丰富多彩的绿,有墨绿、翠绿、嫩绿,仿佛春天的树要从海角里钻出来。在那片礁石上,我看见了一个穿白衣的男人,正在训练两条黑狗。那狗个头很高,即使从高处看,也能感受到它们的威武。男人手中拎着一只木棒,把它抛到海中,两条狗就奔向大海,在激流中去争夺它。其中一条狗用嘴衔了它,另一条就显出沮丧的样子,跟着灰溜溜地上了岸,把木棒交给主人。主人呢,他从不给它们喘息的机会,接过来又朝海里扔去,而且是越投掷越远,两条狗就像两支被射向水中的箭,飞也似的奔向海中,它们追随着被海浪裹挟着的木棒,有的时候眼看着要得手了,可一个巨浪打过来,木棒消失了踪影,而它们也被劈头盖脸的浪花砸得团团转,等它们从水中拔出头来,却见那木棒已向海中央漂游,追逐它的艰辛可想而知了。而当它们历经千辛万苦把木棒送到主人手中时,主人从来都把木棒当成了烧红了的烙铁,立刻丢出去,于是,我又看到两条黑狗奔向海里。也许见惯了主人带着爱犬懒洋洋地走在路上的情景,我觉得这驯犬的男人太冷酷了。有那么一刻,我甚至觉得他是在虐待动物。训练即将结束了,他最后一次把木棒丢进海里,这次他没有让它们同时下海,而是带着其中的一条离开礁石,让另一条叼上木棒次数较少的狗奔向海里。我见木棒越漂越远,那条狗跃进海里后,被澎湃的海浪打得上下翻腾,有一刻它消失了踪影,我不敢看下去,以为它会被卷到海的深处。我抬起头看了一会儿天,天上没有云,很蓝,感觉那是另一片海横在天际。等我耐不住好奇心再看那片海水时,我只看见了绿色的海浪安闲地拍打着礁石,海面没有木棒,没有黑狗,我心下一惊,再看那个驯犬者,他带着一条黑狗已经走得很远了。正当我为那条狗的命运而担忧时,突然发现礁石中有一团黑色的东西忽隐忽现着,我盯着它看,它终于穿过礁石,露出头来,竟然是叼着木棒的黑狗!它乐颠颠地奔向主人和它的伙伴,虽然看不到它的表情,但我能想象得出它那得意洋洋的情态。他们快走到作画人的身边了,我想那个人如果看到刚才的一幕,他画中的海会成为真正的海,会于苍凉中多几分生命的激情!

风　　景

达尔文是澳大利亚最北的城市。由于澳洲处于南半球,最北的城市也就是最炎热的城市。五月的悉尼正是凉爽宜人的秋季,而在达尔文,则是另一番情景,行人都穿着薄而短的夏装,阳光炽热得仿佛从火炉里钻出来的。记得午夜时刚下飞机,我们所搭乘的出租车司机不无抱怨地对我们说,达尔文已经连续一个月没有下雨了,它永远是蓝天、蓝天、蓝天!

我们的作家节就在蓝天中的海边举行了。一位土著女歌手弹着吉他,唱了一首浑厚而又忧郁的歌,拉开了作家节的序幕。在开幕式上,当地的一些作家还带来了他们的孩子,小孩子们在地上爬来爬去的,发出童稚的叫声,与作家的讲话交融在一起,充满了生活情趣。每位作家都有一个作品朗诵会,朗诵会就设在树下的草地上,你能听到近处的海浪声,还能听见此起彼伏的鸟鸣。达尔文给我印象因而也就亲切起来,它的闲适和浪漫之气令我喜欢。

按照日程安排,达尔文市长将要接见来自中国和爱尔兰的作家,听说她是一位女市长,不久前刚刚访问了中国。我觉得这种接见一定是礼节上的,所以也并未放在心上。

市长的接见时间定在某日的上午十点半。在此之前,我与其他几位作家有一场联合的报告会。报告会一结束,女市长如约而至,她高高的个子,身材姣好,穿一件浅灰色上衣,一条灰白格的棉布裙子,脚登一双凉鞋,一只休闲包随意地搭在肩头,如果不是她的气质中还隐约闪现着一缕威严之气,你简直无法把她和市长联系到一起。她那轻松随意的样子,也不像要来接见谁,倒像是来赴一位好友的Patty。她只带来两位随从。

我以为接见地点会选在一个小型的会议室,谁知竟是我先前做过报告的大型报告厅。她率先坐到主席台上,对我说,一会儿她将引出一些话题,与我交流。我这才明白,她的接见是别开生面的,台下坐着听众,而她向我和爱尔兰作家提出一些问题。而且,这场报告对外售票,听众想要入场,必须买票。无疑,她不是以一个市长的身份,而是以一个读者和主持人的身份参与作家节的活动,这实在出乎我的意料之外。

时间到了,买票入场的观众并不是很多,听众只坐了半场,三四十人的样子,闲着许多座位,她毫不介意,开始讲话了。她几乎没有一句客套话,就直奔主题,对我抛出了第一个问题:"你认为风景描写在作品中起着怎样的作用,它重要吗?"这个问题实在比较专业,我认为她事先一定做了精心的准备。我说:"现在我和您坐在这里,台下也有许多听众坐在这里,我相信再过五十年,我们可能都不存在了,可这座报告厅还在,报告厅外的大海还在。从这个意义上说,风景是永恒的,描写风景当然很重要。"她听了我的回答后,率先鼓起掌来。我接着说:"不过不是所有的风景都可以进入作品的,单纯地描写风景是没有意义的。比如我每天清晨都去达尔文的海滨公园,那里有许多高大的树,对于我来说,它们只是树而已,而对于市长您来说,那些树的意义也许就不一样了。也许您曾在青年时代与您的恋人在树下幽会过,这棵树对您就是有感情的了,文学要做的,就是要把单调、死寂的风景注入情感。"这次是台下的听众首先鼓起掌来,市长也笑意盈盈地冲我点头。我挨着她坐,椅子拉得稍稍靠后一些,我能清楚地看到在我们交流的时候,她不断地把双脚从凉鞋中悄悄往出拔,仿佛一个任性而又喜爱自由的小女孩要摆脱掉所有的羁绊似的,其实凉鞋对她来说已足够宽松的了,这让我对她的好感油然而生。她接下来提出的问题是,你作为一个女性作家,在描写生活时与男作家有着什么不同?你每天都要写作吗?一个作家的童年生活经历对他有着怎样的影响?我和爱尔兰作家一一做出回答,接见会现场不时荡漾着阵阵笑声和掌声,一个半小时的时间很快就过去了,女市长仍显得意犹未尽。只有在结束之时,当我把中国作家协会的纪念牌赠给达尔文市时,女市长半接过来,与我合手托着,转过身来,第一排的两位记者及时抢拍这个镜头,我在闪光灯闪烁的那个瞬间,才从她这一系列职业化的动作中感觉到她是一个市长。

那天晚上下了一夜的雨,空气骤然变得清爽起来了。我觉得这位女市长其实就是达尔文的一道风景,而且是雨中的风景,虽然有些朦胧,但带给人的感觉却是清新的。

非洲木雕的"根"

在爱荷华的三个月,每至黄昏,我都要去河边散步。雨天时撑着伞,感受烟雨蒙蒙;起风的日子便可与飞舞的枫叶和银杏叶握手了。大多的日子是天清气朗的,夕阳把河面当成了宣纸,在上面泼洒晖墨,时而浓烈,时而疏朗。河边有一座美术馆,逢到周四,会开到晚上九点,我喜欢此时走向它。馆里的人寥寥无几,这时欣赏美术品无疑就是饭后手上拥有了一杯清茶,惬意极了。

这座美术馆最吸引我的,是非洲木雕。

木雕产生的年代为十六到十八世纪。木头不像石膏和铸铁,给人以生硬和冰冷的感觉。木是从泥土里生长的火种,是人世间最容易与云天相接的植物,它仿佛是肉身做的,腐烂后也会化为泥土。

我没有去过非洲,这些木雕不仅仅给我带来艺术上的享受,也让我谛听到了几百年前非洲土地上的风雨之声。

木雕多为人物的造型,但也有动物,如火鸡、狗和老虎等等。人物的情态多是温顺的,动物也如此,能感受到人与动物在那片土地上的和谐相处。有两尊木雕让我格外喜欢,一尊是一个半蹲着的宽额女人,乳房高耸,其脖颈以下的木质颜色深重,让人觉得她刚从深渊中拔出头来,带着股无与伦比的喜悦和安恬。还有一尊是一个站立着吹口琴的人,这尊木雕上有额外的装饰,人物的胸前挂着一面小镜子,头上则插着羽毛,看上去优雅而时尚。非洲木雕,常常有这样的"神来之笔":用稻草做胡须,用贝壳做披风等等。所选的材料,无一不是植物的标本和动物的外壳——它们都曾有过生命的。

我喜欢这些非洲木雕,它们无一不是抽象的,又无一不是具体的。木雕中的人物神态是安详的,好像他们每时每刻都在梦境中。我一次次地走向这些木雕,终于有一天,我发现了非洲木雕的"根"!

乳房大概是太阳和月亮的化身,所以全世界的艺术家在处理它时,大都采用明朗的笔法,极尽赞美。男性的私处,处理得黯淡的居多。但也有明朗的,如米开朗琪罗和罗丹的雕塑。那些非洲木雕,在男性的"根"的处理上,无一例外的含蓄。很多木雕的男性均为短腿,肚腹很长,私处被置于边缘,极不起眼。还有的呈跪立的姿势,这样私处就与泥土相接,融为一体。当然,也有安然坐着的,但他们坐着时都是双腿交叉,不见其"根"。有一尊骑在老虎身上的男人雕像,他的"根"就隐藏在动物的毛发中了。还有一尊坐在椅子上怀抱婴孩的雕像,这婴孩也是用娇小的身体遮住了其父的"根"。而另一尊身材修长的男性雕像,私处干脆挂上了一块深棕色的麻布,好像那里是男性舞台的后台,随时要向观众垂下幕布。

我从这些非洲木雕对男性的"根"的处理上,看到了非洲艺术的"根",那就是内敛的激情和含蓄的美。雕刻者把非洲男人身上的雄性特征,与泥土、生灵和器物融为一体,我们既可体会到他们的古朴的生活方式,又可领略到简约、纯净之美,而这是艺术的至高境界。难怪这些木雕吸引着我,一次次地让我在如梦似幻的黄昏时靠近。

农事博览会

经历了秋霜洗礼的爱荷华就像一个刚刚圆过房的小媳妇,一夜之间,她身上的燥热和妩媚之气就退去了,呈现出一派洗尽铅华的安恬与清凉。水流平缓了,树也因为叶子的渐次凋零而显得精干了。在草地上蹦跳的小松鼠大约意识到能在和风中戏耍的日子不多了,它们抱着松果啃啮的时候,尾巴翘得高高的,好像在为自己竖起一面抵抗严冬的旗帜。

耕种了一季的农民收获了庄稼,该歇息了。耕种了一季的马收获了青草的芳香和泥土的温热之气,也歇息了。浸润在夕照中的爱荷华农庄,宛如在海上漂泊数日后终于归港的航船,沉凝而辉煌。

从爱荷华城出发,驱车朝着西南方向行驶四十分钟左右,就到了著名的科露娜(kalona)农庄,它是个德裔农庄。每到秋季,科露娜都要举行一次劳动马的拍卖活动。

我们的车子在爱荷华的田野里奔驰的时候,我觉得汽车的四只轮胎就是四只巨大的画笔,而乡村路上的泥土、草屑、阳光、落叶就是绚丽的油彩,它饱蘸着它们的汁液,将一幅长轴的田园风光的画卷留在路上。

上午十点多,我们到达了科露娜拍卖会的现场。

我以为那仅仅是马的拍卖会,其实不然。在那个大约有三千平米的空场上,早已摆放了一排排等待拍卖的东西,其中有旧式四轮马车、古旧的浴缸、朴拙的农具、老家具、昏蒙的马灯、铜镀的马、地毯、风铃等器物。它们的身上坠着白色的小纸片,上面标记着号码。微风之中,那些纸片翩翩起舞,就像一群白蝴蝶在飞。

穿梭在空场上的人,都是附近农庄的农民。他们大都穿着水磨蓝的牛仔裤,将棉布上衣掖在裤腰里,束上一条宽宽的皮带。男人们喜欢戴着牛仔帽或是五颜六色的遮阳帽;女人们呢,她们大约觉得自己的头发就是丰收了的麦穗,值得炫耀,任那一束束金黄的发丝流泻在肩头。偶有戴帽子的,大抵是那种紧箍着头颅的筒式黑帽子,看上去娇俏而古典。无论是农夫还是农妇,他们的步履都是和缓的,表情是恬静的,好像走在自家的农庄中一样闲适。

拍卖还没开始,已经有一些人开始记录自己中意的东西的号码了。我们穿过露天的空场,进了马棚,那里圈着待卖的马匹。

我还从未见过那么大的马棚,它大约有两千平米吧,用纯色的原木建构而成。马棚中的柱子和栏杆甚至都没有刨过,毛毛糙糙的,似乎是专门为马预备的害痒时用的"痒痒挠"。马棚里有些昏暗,浓烈的马的气息使刚进去的我打了一个喷嚏,好像是受到了冷风的侵袭。我已经有三十几年没有嗅到这样的气息了。童年的时候,我家的前菜园的尽头就是生产队的马厩,那里面的马多的时候十几匹,少的时候也就三五匹,但马的气息却始终是浓郁的。说实在话,我并不喜欢那种气息,它没有山林和田野散发的气息好闻。我没有想到三十多年后,我会在遥远的美国的农庄与这样的气息重逢。这股久违的气息让我想起了童年的马厩、马夫铡草的声音、马灯温柔的光焰,以及故乡晚风的沙沙声,心中顿时泛滥起一股浓浓的怀乡之情,马的腥气也随之变得亲切起来。

我以为被拍卖的一定都是老马、瘦马和病马,谁知大多的马还是俊美、剽悍的。它们大约知道自己被卖的命运了,马的神情看上去是忧郁的,它们那湿漉漉的眼睛透露着难以言表的凄凉和哀愁。有一匹马是菊花青,威武,桀骜不驯,只有它昂着头,不安地动着四蹄。在黯淡的马棚中,它就像一道灿烂的闪电!我想这样的马无论进了谁家的院子,都是主人的福气。隐忍和哀怜固然好,但能够把每一片即将到达的土地都当作乐园,不吝惜在任何土地上撒下自己劳动的汗水,这才是好马的品性。在菊花青面前驻足的买马人并不多,看来无论中外,人们喜欢的还都是温顺的牲畜。

马棚中的马并不是很多,买马的人也寥落,这里的交易看上去相对冷清一些。我想这些被出卖的马,其中大部分还是会被老主人给领回家的。只是不知道它们回去之后,在来年耕作的时候,是否还会那么的勤恳。

出了马棚,露天空场上旧器物的拍卖已经开始了。在东南角和西北角,各有两个拍卖点,那里人潮涌动,热闹非凡。他们各自以一架旧马车为拍卖台,马车上放着待拍的东西,拍卖员手持麦克风,站在后面手舞足蹈、激情飞扬地一声声地报价,而他前面有一个人在展览被拍卖的器物。这两个人看上去就像一对相声演员,一个在捧哏,一个在逗哏。竞价的农人在下面挥舞着胳膊,笑着叫着,就像在酒吧中聚会一样快乐。我见到一只装鸡蛋的木匣子,在一声连着一声的嬉笑的竞价声中,被一个中年妇女获得。她接过那只木匣子的时候,非常的知足,好像里面已经盛满了沉实的鸡蛋。接着,又有一只铁耙子被一个矮胖的男人得到,他用农人特有的稳实的手接过它,在半空中挥舞了一下,好像已经用它开始了劳动。不过它耙的并不是干草,而是空气中浮动着的欢声笑语。这些旧器物,并没有拍出很高的价钱,少的三五元,多的也不过二三十元。我看着那些器物,就像看着无数道谜语,我在猜它们的谜底在哪里?比如那架铁质的四轮马车,它有一个黑色的小包厢,箱体的连接处镶着黄色的铜条,车门那里还有一个小天使的铜雕,它最初的诞生地一定是在德国,它是怎样跟着老主人漂洋过海,来到这片新大陆的?它里面载过什么样的人?再比如那个红木梳妆台,虽然它的镜子已经乌蒙蒙的了,但它当年一定照耀过年轻靓丽的女人的脸庞,它在打量她们面孔的同时,是否也看到过她们为爱而伤怀的泪水?还有那个光泽已经退去的浴缸,当年它盛满清水时,是什么样的人在里面洗着岁月的风尘?那对黑铁马头,曾经在谁家的门侧端坐过?那轻轻一晃就发出悦耳的"铃——铃铃——"的声音的马铃,是什么样的手曾握过它?什么样的马曾被它召唤过?谁在那块花地毯上饮过酒?谁在那张高靠背的木椅上张望过远行的家人?谁用那根轻巧的木杆打过树上的核桃?谁的脚曾踏进那副马镫中?谁曾把玉米放在了那个有着斑驳花纹的瓷盘中?

  每一件器物,都在昭示着一个长长的故事。只不过这故事的大幕低垂,等着人用手把它撩起。我们撩起幕布的方式有很多种,而我钟情的只是其中的一种:那就是用手中的笔。

  我们小说中的人,哪一个可以脱离得了这些旧器物?谁能不在它们的辅助下生活?它们是隐藏在我们周围的一只只眼睛,看着我们长大,看着我们由盛而衰。它们既同我们一道领略了生活中繁华的气息,也与我们的先人一道领受过死亡和我们的出生。这样的眼睛不管多么老了,其本质都是明亮的!我爱这样的眼睛。我喜欢用这样的器物讲述故事:《清水洗尘》中的大澡盆,《北极村童话》中的石子项链,《日落碗窑》中的泥碗,《一匹马两个人》中的马鞭和镰刀,《踏着月光的行板》中的闹钟,《逝川》中的渔网,《伪满洲国》中的铜镜,《世界上所有的夜晚》中的剃须刀盒,等等。我觉得这些器物既是我们生活的伴侣,又是我们生活的证明。

  科露娜的拍卖会,在我眼中就是一个盛大的农事博览会。

虽然它拍卖的不是价值高昂的世界名画,但我觉得它是值得尊敬和留恋的,因为它拍卖和展览的正是生活的艺术。

光明于低头的一瞬

俄罗斯的教堂,与街头随处可见的人物雕像一样多。雕像多是这个民族历史中各个阶层的伟大人物。大理石、青铜、石膏雕刻着的无一不是人物肉身的姿态,其音容笑貌,在各色材质中如花朵一样绽放。至于这躯壳里的灵魂去了哪里,只有上帝知道了。

莫斯科与圣彼得堡那几座著名的东正教堂,并没有给我留下太美好的印象,因为它们太富丽堂皇了。五彩壁龛中供奉的圣像无一不是镀金的,圣经故事的壁画绚丽得让人眼晕,支撑教堂的柱子也是描金勾银,充满奢华之气。宗教是朴素的,我总觉得教堂的氛围与宗教精神有点相悖。

即使这样,我还是在教堂中领略到了俗世中难以感受到的清凉与圣洁之气。比如安静地在圣洗盆前排着长队等待施洗的人,在布道台上神情凝重地清唱赞美诗的教士。但是这些感动与我在一座小教堂中遇见扫烛油的老妇人相比,就微不足道了。

莫斯科的东南方向,有一座被森林和草原环绕的小城——弗拉基米尔,城边有一座教堂,里面有俄罗斯大画师安德烈·鲁勃廖夫的壁画作品。我看过关于这位画师的传记电影,所以相逢他的壁画,有一种惊喜的感觉。教堂里参观的人并不多,我仰着脖子,看安德烈·鲁勃廖夫留在拱顶的画作。同样是画基督,他的用色是单纯的,赭黄占据了大部分空间,仿佛又老又旧的夕照在弥漫。人物的形态如刀削般直立,其庄严感一览无余,是宗

三十岁那年的夏天

会议间隙

教类壁画中的翘楚。我在心底慨叹：毕竟是大画师啊，敢于用单一的色彩、简约的线条来描绘人物。

透过这些画作，我看到了安德烈·鲁勃廖夫故乡的泥土、树木、河流、风雨雷电和那一缕缕炊烟，没有它们的滋养，是不可能有这种深沉朴素的艺术的。

就在我收回目光，满怀感慨低下头来的一瞬，我被另一幅画面所打动了：有一位裹着头巾的老妇人，正在安静地打扫着凝结在祭坛下面的烛油！

她起码有六十岁了，她扫烛油时腰是佝偻的，直身的时候腰仍然是佝偻的，足见她承受了岁月的沧桑和重负。她身穿灰蓝色的长袍，戴着蓝色的暗花头巾，一手握着把小铁铲，一手提着笤帚，脚畔放着盛烛油的撮子，一丝不苟地打扫着烛油。她像是一个虔诚的教徒，面色白皙，眼窝深陷，脸颊有两道深深的半月形皱纹，微微抿着嘴，表情沉静。教堂里偶尔有游客经过，她绝不张望一眼，而是耐心细致地铲着烛油，待它们聚集到一定程度后，用笤帚扫到铁铲里，倒在撮子中。她做这活儿的时候是那么虔诚，手中的工具没有发出一声刺耳的响声，她大概是怕惊扰了上帝吧——虽然说几个世纪以来，上帝不断听到刀戈相击的声音，听到枪炮声中贫民的哀号。

我悄悄地站在老妇人的侧面，看着祭坛，看着祭坛下的她。以她的年龄，还在教堂里做着清扫的事务，其家境大约是贫寒的。上帝只有一个，朝拜者却有无数，所以祭坛上蜡炬无数。它们播撒光明的时候，也在流泪。从祭坛上蜂飞蝶舞般飞溅下来的烛泪，最终凝结在一起，汇成一片，牛乳般润泽，琥珀般透明，宛如天使折断了的翅膀。老妇人打扫着的，既是人类祈祷的心声，也是上帝安抚尘世中受苦人的甘露。

如果我是个画家就好了，我会以油画，展现在教堂中看到的这一幕令人震撼的情景。画的上部是安德烈·鲁勃廖夫的壁画，中部是祭坛和蜡烛,下部就是这个扫烛油的老妇人。如果列宾在世就好了,这个善于描绘底层人苦难的伟大画家,会把这个主题表达得深沉博大,画面一定充满了辛酸而又喜悦的气氛。

这样一个扫烛油的老妇人,使弗拉基米尔之行变得有了意义。她的形象不被世人知晓,也永远不会像莫斯科街头伫立的那些名人雕像一样,被人纪念着、拜谒着。但她的形象却深深地镌刻在了我心中!镌刻在心中的雕像,该是不会轻易消失的吧?

我非常喜欢但丁在《神曲》的《天堂篇》中的几句诗,它们像星星一样闪耀在结尾"最后的幻象"中:

无比宽宏的天恩啊,由于你
我才胆敢长久仰望那永恒的光明,
直到我的眼力在那上面耗尽!

那个扫烛油的老妇人,也许看到了这永恒的光明,所以她的劳作是安然的。而我从她身上,看到了另一种永恒的光明:

光明的获得不是在仰望的时刻,而是于低头的一瞬!

最深的湖水

冬宫的埃尔米塔日剧院,是叶卡捷琳娜二世于一七八三年下令兴建的,担当设计的是宫廷建筑师克瓦连吉。这座皇家剧院规模不大,只能容纳两百多人。观众席不是正对着舞台,而是由中央的一条通道给分成左右两部分。座椅呈圆弧形,所以从远处看,它就像一个裂成两瓣的红石榴。

这颗红石榴诱惑着我们,谁不想品尝它内里洋溢的汁液呢!更何况即将在此上演的,是柴可夫斯基的著名芭蕾舞剧《天鹅湖》。所以尽管票价高达三千卢布,折合人民币要一千块钱,我和几位同伴还是欣然解囊。

六七月份正是俄罗斯旅游的旺季,剧院爆满,据说一些欧洲的游客,提前一两个月就预定演出票了。坐在红色丝绒座椅上,我在想两百多年前的叶卡捷琳娜二世,她曾盛装华服,如一轮落在水中的明月,坐在舞台下面,由皇宫贵族陪伴着,观赏演出。这些显赫一时的人物俱已化为云烟,但柴可夫斯基却因为他的音乐,让人还能触摸到他的心跳。

在音乐家中,我最尊崇的就是柴可夫斯基了,其音乐的忧愁之美无人能比。能够在多少年后仍然能把人心底的泪水淘出来的音乐,一定是天籁之音。《天鹅湖》在柴氏音乐中是个例外,虽然也有悲伤的旋律,但总体是甜美、安详的,故事也是正义战胜邪恶的套路,不似《吉赛尔》,对人性和爱情有着更深刻的表达。看来大众还是向往美好的爱情的,所以尽管《天鹅湖》的主题有些浅显,还是赢得了人们的喜爱。

黑白天鹅的扮演者出于一人,演员的气质太动人了,以致让人对黑天鹅顿生怜悯。当白天鹅在天蓝色的湖面布景前展开翅膀,伴着行云流水般的音乐翩翩起舞时,我仿佛是置身湖畔,感受到了它的清凉和清澈。魔法师的魔咒,在王子和奥杰塔忠贞的爱情面前,如乌云般散尽,所以终场前的音乐,铿锵有力,充满喜悦和激动。

两个多小时的演出结束了,当我们满怀感动地步出剧院时,已经是午夜时分了。处于高纬度的圣彼得堡正值白夜,流经剧院的涅瓦河上落日溶溶,流金溢彩,好像河流也在上演一部轰轰烈烈的戏剧,正值高潮。

我们的俄罗斯之行的最后一站是伊尔库茨克,到了西伯利亚不看贝加尔湖,就像到了西藏没有朝拜布达拉宫一样,是令人遗憾的。尽管由于飞机延迟和其他的原因,我们已经连续二十几个小时没有休息,心急体乏,放下行李后,朋友们还是纷纷踏上了贝加尔湖之旅。

车子沿着安加拉河,向贝加尔湖驶去的时候,车窗外飞驰而过的是我熟悉的风景:盛开着野花的原野、大片大片的白桦林以及茂盛的灌木丛和那一座座木刻楞小屋,让我以为回到故乡了。

两个小时后,我们站在了凉风习习的贝加尔湖畔。这个世界上最深的湖容纳着蓝天,把天变成了怀抱中深藏的一块蓝宝石。它的蓝色程度,与我见过的安大略湖相似。登船前,我们在岸边的集市买了啤酒、烤鱼和烤肉。鱼产自贝加尔湖,我不知道它的名字,有点类似于黑龙江的花翅子鱼。

从地图上看,狭长弯曲的贝加尔湖就像一条跃出水面的青鱼,所以上游船的时候,我觉得是骑上了青鱼的背。船很旧,这正符合我的口味。船开了,风也起来了。开始时我还站在甲板上看水,但很快受不了冷风的侵袭,回到舱内,和朋友们唉鱼饮酒。炭火熏烤的鱼鲜极了,大家赞不绝口。一条鱼落肚,我觉得身上有了热气,于是提着酒瓶出舱,上了甲板。风把我的长发吹得狂舞。虽然贝加尔湖的平均深度有七百多米,但我还是能望见湖底圆润的石头,足见它是多么的清澈逼人!贝加尔湖是世界上最大的淡水湖,它的水可以直接饮用,所以湖底还匍匐着一条条输水的管线,这是人类的生命线。假如贝加尔湖瘦弱不堪,这样的管线对它们来说就是绳索,但是有大大小小三百多条河流汇入其中的它,具有海的容量,这样的管线于它来讲,不过是衔在嘴边的一支竹笛吧。面对着幽深的湖水,面对着岸上的青山,尤其是面对着无边无际的风,我忍不住饮酒呼喊着。同船的俄罗斯小伙子伊万见我如此忘情,走过来豪迈地对我说,我代表俄罗斯人民,把贝加尔湖送给你!我笑着回答,不是送,是还给我,我们的祖先曾在这里生活过啊。他看着我,一脸苦笑。

尽管俄罗斯有那么多不尽人意之处,但他们对文化和自然的保护是世界上首屈一指的。我在埃尔米塔日剧院,领略的是文化上的深沉的湖水;在贝加尔湖,看到的是自然上深沉的湖水。被这样两种深深的湖水滋养着的俄罗斯,一定会像白夜中的涅瓦河一样,裹挟着光明,一往无前。

看花的姿态

我是白先勇先生的读者。他的《永远的尹雪艳》和《金大班的最后一夜》,在我眼里就像两棵灿烂的花树。尹雪艳是株梅花,而且是雪光中的,极端的娇艳,又极端的朴素,香气淡淡,久经回味;金大班呢,是一簇夜来香,香气扑鼻,那在月夜下闪烁的花朵,恰如多情的眼,在半梦半醒间,温暖着迷茫的人。梅花不管多么经得起风霜,它终有花容不再的时候;夜来香呢,它也终归有寂灭的一天。可是白先勇先生用那枝生花妙笔,让尹雪艳和金大班这两个花树般的人物,获得了地久天长的绚丽。

四月底,青岛的春天正热闹着,白先勇先生来到了中国海洋大学。我刚好在那里给人文学院的学生讲《额尔古纳河右岸》,得以相识。白先生初来青岛,可他似乎并没特别的兴致看风景,他喜欢待在屋子里。王蒙先生请他出来参加活动时,他才会下楼。天凉时,他披着一件人字呢大衣,天暖时,则是一件中式便服。他闲闲的,淡淡的,似乎与春天有着某种隔膜。

我曾经看过白先生的《树犹如此》,是怀念他的同性朋友王国祥的,写得催人泪下,感人至深。文章中,他多次写到花和树。王国祥离去了,白先生家花园中的一棵高大的意大利柏树也随之枯死,花园荒芜了。那株青烟般消失的树,在花园中留下一个巨大的缺口,这道缺口,被白先生形容为"一道女娲炼石也无法弥补的天裂",其内心的苍凉之情,可想而知。我想白先生一定是因为看了太多繁华的"春",胸中弥漫着旧时光中花朵的沉香,才会在春光中如此的超然、安详。

但他还是爱花的。海大校园中的樱花开得正盛,那天我们去报告厅,路过一树又一树的樱花,他一再驻足观赏,叹息着:"太美了,太美了!"他看花的眼神是怜惜的。三月三,大家到崂山的太清宫去,在一处殿门前,逢着一丛朝霞般鲜润的花朵。我看了一眼,便说:"这是芍药。"白先生走过去,大叫:"不是芍药,是牡丹啊!"芍药和牡丹虽然在花朵上相近,但叶片却是不一样的。我仔细一看,哦,确实是牡丹。白先勇先生自从将汤显祖的《牡丹亭》搬上昆曲舞台后,对牡丹可谓情有独钟。对于即将要去北京参加青春版《牡丹亭》百场演出的白先生来说,这丛牡丹,无疑是老天为他写就的福音书啊。那丛牡丹姿态灼灼,开得恰到好处,飘洒、浓艳、馥郁,蓬蓬勃勃的,没有一朵呈凋敝之态,白先生啧啧惊叹,连称:"不得了,不得了!"我对他说,将来第一百零一场的《牡丹亭》,去哈尔滨演出吧,那儿的市民爱好音乐。白先生笑着说,抗战时,他父亲(国民党高级将领白崇禧先生)打到了东北,可是蒋介石不让打!他说自己没有来过哈尔滨,当然希望有一天能带着《牡丹亭》到这里演出。

今年的哈尔滨酷热难当。这个时候,我会放下笔来"歇伏",以读书为主。好书是可以带来清凉的。

我从书架上将郑愁予先生赠送的三本诗集取下。去年十一月我在香港浸会大学时,郑愁予先生刚好由耶鲁大学到香港大学讲学。愁予先生的诗歌,韵律优美,婉约惆怅,在港台影响极大。他与白先勇先生一样,根扎在台湾,后来到美国发展,执教于名校。愁予先生爱酒,我在爱荷华时,聂华苓老师就跟我讲过他不少"醉酒"的趣闻。他和他夫人梅芳请我去兰桂坊,我感受到他爱酒之切。在那家俄罗斯人开的酒吧,他先是给我叫了杯鸡尾酒,然后又拉我进"冰屋子",披着大衣,在零下三十多度的环境中,品尝威士忌。梅芳女士悄悄对我说,愁予先生几年前做过心脏手术,医生建议他少饮酒,可他改不了。愁予先生喝酒之后,谈笑风生,出口就是诗,他的热情能把一个冰冷的人都点燃。有一天晚上,他请我和台湾作家刘克襄到港大他暂居的寓所去坐坐,一进去,他就举着一瓶酒对我说:"这是金门高粱酒,给你准备的,你带回哈尔滨吧!"我说我从香港出发,还要到北京开会,托运酒又麻烦,不如喝掉。愁予先生豪爽地说:"就听你的。"梅芳女士早已准备了几样下酒菜,我们围聚到桌旁,喝酒谈天。近午夜时,愁予先生举着杯,邀我到阳台看海。与其说是看海,不如说是赏月,那晚上的月亮实在太明朗了。海上月光飞舞,好像海上生了一片白桦林。愁予先生无限感怀,轻轻地哼起歌来。那低沉而忧郁的歌儿在月色中回旋,宛如夜莺的翅膀轻触着花树。

愁予先生的诗歌意象绮丽,比如他写长城:"长城像一个担夫担着群山,从地平线上彳亍走来。"他写塔:"塔,乃天问的形式吗?"他写微醺的状态:"微醺是枕着山仰卧,全身成为瀑布;微醺是左手二指拈花,右手八指操琴;微醺,抬头满天的灯,低头满座的美人",他写花:"百合花的嘴张得太大,像在惊讶。"他有一首诗的名字就叫《寂寞的人坐着看花》,读这首诗的时候,我忽然联想起了白先勇先生,想起他看花时那顾眷的神色。他们俩,虽然年过古稀,但他们身上那种美好的情感,从他们看花的姿态上,可以充分感受得到。

有一天,聂华苓老师来电话,我跟她聊起白先勇和郑愁予,他们都是她的老朋友了,我说:"他们与我们这代人最大的不同,就是他们是风雅的人!"聂华苓叫道:"很对很对!"

是啊,我们这一代人,传统文化的根基浅,缺乏琴棋书画的浸染,对西方文化的认识也不够深刻。为什么我们可以写出好看的作品,却难写出有大品格的作品?我想是因为我们的文化底蕴还不足,境界还不够深远所致的。我们看花,是用眼睛;而他们看花,用的则是寂寞、沧桑的心。看花姿态的不同,作品所呈现的气象就大不一样了。我愿引愁予先生的几句诗,来为这篇小文做结:

  我们常常去寺庙
  常常去无人的海滩
  常常去上坟
  献野花给好听的名字

今日水犹寒

江苏南通的狼山,被誉为中国佛教的"八小名山"之一。传说古时候,有一只成精的白狼盘踞山头,为害生灵。大圣菩萨来到此山,欲借白狼"一衲"之地修行,白狼慨然应允。大圣菩萨凭借法力,在祭袈裟时令祥云满天飞,山上金光闪烁,最终袈裟将整座山都罩住了。白狼大骇,自知领地将失,痛悔不已。它在远遁他乡前提出一个要求,欲在此山留个名儿。于是,大圣菩萨就将这处宝地封为"狼山"。大圣菩萨以一衲之地,得万树千花;而白狼丧一衲之地,失却的是沧海桑田啊。看来造化的深浅,决定着气象的大小啊。

狼山不高,但因为忘了换旅游鞋,我选择了乘缆车上山。缆车,其实就是"懒车",它在给人带来便捷的同时,也把细致入微的风景掠去了。山上盛开的桃花和玉兰,在缆车下只是红红白白地一闪,就不见形影了,我那么轻易地就与它们灿烂的姿容和蓬勃的香气错过了。所以到山顶的寺庙拜过菩萨后,我想即使脚打了血泡,也要步行下山。

狼山脚下,是长江了。下山时,在每一休憩处,都可以看见江水。大概由于这儿已是江之尾,海之头,所以江水既带着股入海的欣喜,又有即将脱离旧道的惆怅。它浩浩荡荡,苍苍茫茫。海纵然好,但过于广阔的它看不到江水流经之处常见的那种鸡犬相闻的人间景致,总让人觉得有些空寂和贫乏。看来大也有大的失落啊。

每走一程,我都要停下来,看看身后寺庙的飞檐,看看身前娇羞的桃花,看看身下的江水。与闹市毗邻的山,已没有清幽可言了。山路上随处可见茶肆和商铺,游人与商贩讨价还价的声音不绝于耳。不惟人声喧闹,香气也是喧闹的。香气中有香火的浓香,也有花儿的淡香,还有呢,是往来的女人身上散发出的各色脂粉和香水的气味。这一波一波的香气朝你涌来,雅也罢,俗也罢,你都得嗅着啊。

就这么着走走停停,不觉已接近了山脚。看看时间尚早,我见旁边的一条小路上没有行人,就岔过去。然而刚踏上那条石板小路,就看见一块指示牌,上面写着"骆宾王墓",并有前行的箭头标记。

骆宾王,不就是那个七岁时做了"鹅、鹅、鹅,曲项向天歌,白毛浮绿水,红掌拨轻波"的神童吗?他是著名的"初唐四杰"之一,其中《在狱咏蝉》中的"无人信高洁,谁为表余心"我一直铭记在心。

骆宾王的墓地怎么会在狼山?带着疑问,我踏上那条小路。路旁的草丛中点缀着星星一般的金黄色的野花,我顺手折了一枝,打算献给骆宾王。

山顶的寺庙香火旺盛,人声鼎沸,而骆宾王的墓前却是冷冷清清,一个游人都没有。看来从古到今,文人都是热闹处的冷点。这墓不是一座,而是连在一起的三座墓,骆宾王的居中,右边的是宋金应将军墓,左边的是刘南庐墓。我对另两座墓室的主人是陌生的,所以只对着骆宾王的墓深深一拜,并献上那枝花。我在抬头的一瞬,只觉眼前光影浮动,好像一千多年前的时光幽幽回来了。

回到酒店,我翻阅关于狼山的资料,才对骆宾王墓有了大致了解。武则天专权时,徐敬业在扬州起兵,讨伐武则天,骆宾王代徐敬业拟写了檄文,其中的"一抔之土未干,六尺之孤安在"和

"请看今日域中,竟是谁家之天下"!令武则天都为之动容,她慨叹:"宰相安得失此人!"为骆宾王的才华折服和惋惜。徐敬业兵败之后,骆宾王下落不明。《资治通鉴》说他与徐敬业同时被杀,《新唐书》说他"亡命不知所之",民间还流传着他投江自尽和遁入空门等说法。

南通的骆宾王墓,发现于明朝。说是南通郊区一个姓曹的农民在城北黄泥口开荒掘地,发现一座墓,墓碑上写着"唐骆宾王之墓",他打开墓一看,见一人"衣冠如新,少顷即灭",农民吓坏了,他怕被人告发他盗墓,就把墓碑打碎,扔回原处。两百多年后,军山有个处士叫刘名芳,字南庐,他听说这件事后,专程去黄泥口寻觅,发现骆宾王墓一半浸在水中。他掘得一块断碑,上面有"唐骆"二字,刘名芳便向通州知州建议,将骆宾王的墓迁至狼山。如果这一切是真实的话,那么兵败之后,骆宾王隐姓埋名活了下来,最后他死于南通。而与骆宾王为邻的金应将军,是文天祥最忠实的部下,他是在旅途中,客死南通的。

这三位墓主,一个生于唐朝,一个生于宋朝,还有一个是清朝。他们一个是一代诗杰,一个是将军,一个是布衣。他们生不同时,死却同处。看来人可以有千万种的来处,归途却只有一个。他们在狼山赏佛乐,听涛声,生前的荣辱悲欢,想必早已化为清风了。

其实我拜谒的墓下,所埋之骨是不是骆宾王的,已经不重要了。在我想来,骆宾王的魂灵是诗,而诗魂是可以葬在云中,葬在波涛中,葬在月光中,葬在落花声里的。只要我们还爱恋着山川河流,日月星辰,就可以与他的魂灵相逢。我很喜欢骆宾王《于易水送人》中的两句诗:"昔时人已没,今日水犹寒。"能够在这么精短的句子中,把人生的冷暖写到极至,古往今来,又有几人呢?